从学海无涯苦作舟，到学海无涯乐做舟
从归海，到“龟”来
从为了生活而拼搏，到为了拼搏而生活
从改革开放，到开放改革
从穷则思变，到富则思变

师夷长技以自强

我在加拿大的十二年

亓官增明 著

知识产权出版社
全国百佳图书出版单位

责任编辑：雷春丽　　**责任校对：**董志英
封面设计：SUN 工作室　　**责任出版：**卢运霞
封面素材提供：青岛市市南区活力玫瑰商务行

图书在版编目（CIP）数据

师夷长技以自强：我在加拿大的十二年/亓官增明著.—北京：知识产权出版社，2014.1

ISBN 978-7-5130-2567-6

Ⅰ.①师… Ⅱ.①亓… Ⅲ.①亓官增明—回忆录 Ⅳ.①K828.4

中国版本图书馆 CIP 数据核字（2014）第 021716 号

师夷长技以自强——我在加拿大的十二年

亓官增明　著

出版发行：知识产权出版社有限责任公司

社　　址：	北京市海淀区马甸南村 1 号	邮　　编：	100088
网　　址：	http：//www.ipph.cn	邮　　箱：	bjb@cnipr.com
发行电话：	010-82000860 转 8101/8105	传　　真：	010-82005070/82000893
责编电话：	010-82000860 转 8107	责编邮箱：	leichunli@cnipr.com
印　　刷：	北京市凯鑫彩色印刷有限公司	经　　销：	各大网络书店、新华书店及相关销售网点
开　　本：	880mm × 1230mm　1/32	印　　张：	9.625
版　　次：	2014 年 2 月第 1 版	印　　次：	2014 年 2 月第 1 次印刷
字　　数：	221 千字	定　　价：	66.60 元

ISBN 978-7-5130-2567-6

献　给

我的全家

所有帮助过我的人们

所有在海外留学、工作、生活的人们

I am a loyal friend of WORLD PEACE.

我是世界和平的忠实朋友。

I love the City of Greater Sudbury in Canada, I grow up there.

我爱加拿大的萨德伯里市，我是在那里成长的。

前 言

这本书记录的是从2000年至2012年，我在加拿大留学、勤工俭学、工作、异国婚姻、生子和移民的生活经历。到目前为止，这12年是我人生中最精彩、最有价值的12年。

从2006年开始，我已经断断续续地为写这本书做准备，2010年12月由于我个人的“过错”让我得到了一个可以静下心来完成这本书的机会。促成我完成这本书的“过错”会在书中第七章提及。

我写这本书的初衷是给全家人一个交代，让全家人对我多年的海外生活有一个基本的了解和认识，尤其是让父母妻儿们对我有一个重新的认识，弄明白我在加拿大到底都学到了些什么、干了些什么，以弥补我多年因留学、工作而不得已疏于沟通的不足。

除此之外，本书的作用如下：

- 为将要出国留学和已经出国留学的学生和他们的家长提供前车之鉴；
- 为将要出国工作和已经出国工作的朋友们提供前车之鉴；
- 为将要移民和已经移民的同胞们提供前车之鉴；
- 为有中日异国婚姻的朋友们提供前车之鉴；
- 为有兴趣了解国外高等教育系统的人们提供一点常识；
- 为家里有“海龟”的朋友们提供一个了解自己亲人的途径；

- 为有计划回国发展的“唐僧们”提供一点点精神方面的催化剂；
- 为老百姓能够更好地了解和接受归国的“唐僧们”做一点准备；
- 为老百姓能够了解和理解中国境内的留学生和外籍员工们做一点铺垫。

有的人，可以通过这本书为自己创造财富。

有的人，可以通过这本书为自己省掉一些花销和烦恼。

真心祝愿每位读者能够踩在我的肩膀上，看得更远、爬得更高！

亓官增明

青岛

甲午本命年

2014年1月31日

师夷长技以自强！

我们不是为了生活而拼搏，

我们是为了拼搏而生活！

目 录

第一章

我眼中的加拿大

概 述

如果要用一些简短、直观的词汇来形容加拿大的话，我会选择这些：地大物博、人烟稀少、空气清新、污染有限、风景秀丽、结构紧密、交通便利、设施齐全、文化多元、宗教自由、秩序井然、贫富有别、债台高筑、教育有方、阶级明确、法英互利、地方主义、高薪养廉、政务公开、科技发达、法律法规健全、法律体系完善。

加拿大是一个高度发达的资本主义国家。加拿大的近现代史[①]主要是由法国、英国和美国"制造"的。在举不胜举的有关加拿大的历史书籍中，给我印象最深刻的莫过于"自由贸易"[②]这四个字和一个与东印度公司[③]齐名的、曾经在加拿大拥有土地

① See Warburton D. G., The Conquest of Canada, Vol. I, London: Richard Bentley, 1849. Warburton D. G., The Conquest of Canada, Vol. II, New York: Harper & Brothers, 1850.

② See Cobden Club, Free Trade Tracts: A Series of Essays, London: Cassell, Peter, Galpin & Co., 1881.

③ See Kaye W. J., The Administration of the East India Company, London: Richard Bentley, 1853.

最多的公司——The Hudson's Bay Company[①]（HBC），今天的HBC在加拿大仍然是一个庞大的公司。

加拿大的主流文化随着人口多元化的增加，逐渐由原始的原住民（俗称印第安人）文化转变为现代的以法、英为主的欧洲文化。19世纪末至今，随着更多国家的劳工和各类移民的涌入，加拿大的文化就像世界村一样，丰富多彩。节假日、街道名称、城市名称[②]、宗教信仰、政治团体、法律法规、外企种类、语言、饮食等方面无一不显示出加拿大是一个有着自身特色的、地地道道的多元化发达国家。

加拿大的人口构成是多元化的，根据2012年加拿大年鉴的统计数据显示[③]，加拿大的种族类别，按人口比例大小依次是：加拿大人、英格兰人、法国人、苏格兰人、爱尔兰人、德国人、意大利人、中国人、印第安人、乌克兰人、荷兰人、波兰人、印度人、俄罗斯人、威尔士人、菲律宾人、挪威人、葡萄牙人、瑞士人、西班牙人、美国人、匈牙利人、犹太人、希腊人、牙买加人、丹麦人、奥地利人、罗马尼亚人、越南人、比利时人、黎巴嫩人、韩国人、尼日利亚人、芬兰人、巴基斯坦人、伊朗人以及混血儿（有31 241 030人参加了这次人口普查，加拿大人口共约35 000 000人）。

---

① See Bryce G., The Remarkable History of The Hudson's Bay Company, Toronto: William Briggs, 1900.

② See Douglas D., Meaning of Canadian City Names, Secretary, Geographic Board of Canada, 1922.

③ http://www5.statcan.gc.ca/acces/alternative_alternatif.action？1=eng&loc=pdf/ethnic-e thnique-eng.pdf&teng=Ethnic%20diversity%20and%20immigration&tfra=Diversite%20ethnique%20et%20immigration. 访问日期：2013年11月20日。

加拿大的宗教是多元化的，根据 2001 年加拿大统计局公布的数据，按宗教信仰人口比例大小排名前 9 位的是：天主教（Roman Catholic）、基督新教（Protestant）、东正教（Eastern Orthodox Church）、其他类别的基督教（Christian Other）、伊斯兰教（Islam）、犹太教（Judaism）、佛教（Buddhism）、印度教（Hinduism）、印度锡克教（India Sikhism）。除此之外，在加拿大至少还有 20 种以上的宗教信仰非常活跃。

加拿大的饮食文化是多元的，其中最具代表性的是来自英国、法国、意大利、日本、中国、印度、韩国、牙买加、泰国、墨西哥、德国、葡萄牙、希腊等国的饮食文化。这些国家的饮食文化，在加拿大不仅早已被大众所广泛接受，而且大多已经以商业化的形式存在。如果以咱们中国人在饮食方面的思维模式为准，加拿大人有资格讲：来加拿大，吃遍全世界！

加拿大的外国直接投资[①]是多元化的，较发展中国家而言也算是历史悠久、成果硕硕，诸如，石油天然气开采业、汽车组装业、造纸业、橡胶业、化工业、林业、矿业、食品饮料业等，都有大量的来自国外的直接投资。

加拿大的政治体系是多元化的，原因很简单，在加拿大合法注册的政治党派中有共产党，而且共产党员都是“地上工作者”。

总之，任何一个个体在加拿大的生活都可以是丰富多彩的；任何一个个体在加拿大的生活都很难独善其身；任何一个个体要想在加拿大长住久安、生根结果，所需要了解和接受的不是一个

① See Safarian A. E., Foreign Ownership of Canadian Industry, Toronto: University of Toronto Press, 2011.

国家的全部，而是全世界的所有。

自我感叹一下：工作量很大啊～不是闹着玩儿的～

在加拿大学习、生活和工作期间，我问过自己几个问题

我知道 Incorporated 是什么意思吗？

我知道为什么大部分城镇和城市要被 Incorporated 吗？

我知道 Incorporation 和 Incorporated 的关系吗？

我读过只有六十几页的 Guide to Federal Incorporation 吗？

我知道什么是一个 Corporation 吗？

我读过只有九十几页的 Canada Corporate Law Act 吗？

我知道什么是 Public Administration 吗？

我知道什么是 Corporate Governance 吗？

我知道什么是 Corporate Management 吗？

最重要的一个问题：我有能力站在加拿大的角度上把上面所有的问题贯穿起来理解吗？

分　述

Community：群落、社区、社会、团体、派系、共同体

发达的加拿大社会是一个结构非常紧密成熟、运行非常矫健稳定的社会。在这个国度里的各城市地区、各政府部门、各行各业、

各个种族、各个社区，甚至各家各户之间，都有着积极的、相互的、名副其实的、千丝万缕的联系。这种联系是建立在互利的、国际上公认的、完善的法律制度，一流的教育科研团队，健全的政府职能以及现代化的通讯技术之上的。

如果说发达国家的世界是一个 Community，加拿大在这个 Community 中的地位是很重要的。在加拿大，如果你能够清楚地了解“Community”在宏观和微观两方面的含义、意义和价值，那么你对周围很多现象和事物的理解和判断能力就会上升到一个更准确、更理性、更有逻辑性的境界。可以说，一个在加拿大的 Alien① 对“Community”的理解程度和其融入加拿大社会的程度是成正比的。以下的一些词汇可以让生活、工作和学习在加拿大的 Alien 对 Community 一词有一个入门性的认识：

Small Business Community——小业主团体

Lawyer Society/Association/Community——律师协会

Political Union/Community——政治派系联盟

Community Watch Program——社区监控项目

Community Credit Union——社区信贷

Community Development Grant——社区发展津贴

Community Childcare Centre——社区幼儿园

Community Centre——社区中心

Community for Engineers——工程师团体

Community for Accountants——会计师团体

Community Programs——社区项目

---

① Alien 外国人，Alien Corporation 外企。

Community Services——社区服务

Community Building——社区建设

The Charity Community——慈善团体

The Academic Community——学术界

The International Student Community——国际学生团体

The Health Care Professional Community——医疗服务团体

The Financial Community——金融业团体

The Chinese Community——华裔团体

The Inuit Community——因纽特人团体

The French Community——法国裔团体

The Jewish Community——犹太教团体

Employment就业、Reference推荐信（人）、Credibility信用度

面试、工作、换工作、升迁等方面的竞争永远都是一个残酷的过程。任何人在求职、升职方面的成功不仅仅是建立在自己的能力和以前成功与失败的经验基础之上的，这个成功的过程同时也是建立在许许多多的、未曾谋面的竞争者的失败之上的。对于占加拿大总人口约 1% 的少数族裔华裔来讲，这种竞争更是非常具有挑战性的。

在加拿大，就业是离不开推荐人的，尤其是全职工作。普通职位的应聘者在第一轮面试过关后，会被要求提供推荐人的信息，如果没有推荐人（或者说保荐人更为贴切一些），那么得到工作的机会就有可能大大降低。原因很简单，站在雇佣者的角度上，如果一个面试者连两个支持自己工作的人都找不到的话，那么这

位面试者的“信用度”和“能力”就会大打折扣，且不说面试者以前是否有工作经验了。顺便加一句，就算是应聘者有工作经验，干过很多种工作，也不一定表明这位竞争者的能力和可信度就比其他人高。事实可能是恰恰相反，原因是：一般的正式工作都需要至少 1 至 2 年的时间才能让一个职员充分地进入状态，经常换工作的人给面试官产生的在员工培训、团队稳定等方面的疑虑要多过其他类型的面试者，就算在面试过程中胜出，试用期的要求可能是比较苛刻的，时间会证明很多事情是有它的道理的。

在发达国家，科学化的、谨慎的、保守的、严格的人力资源雇佣方式和办法①是经过多年的实践和研究后不断地完善起来的。面试官考虑的事情是多方面的，考察的问题是全方位的，因此任何人在应聘任何职位时，至少都要从雇佣者和被雇佣者两个方面的利益去了解、准备。

举个例子，美国 CNBC 电视台的主持人团队是我见过的在金融媒体方面最优秀的团队之一。这个团队在成员结构方面具有很大的包容性。无论是种族、性别、性格、年龄段、演技、知识背景，还是长相等都搭配得相当成熟，能够最大限度地满足和吸引社会各个阶层的注意力，从而大大地提高收视率。如果这样的团队需要招募一名或几名替补主持人，那么面试官（们）在给任何人面试之前的准备工作量是可想而知的，在面试后的筛选工作肯定也是非常严格的。对于面试者来说，要考虑的不仅仅是自身的能力，还包括面试官（们）的真正需求，也就是这个主持人团队现在到底需要什么样的队员才可以满足真正的、工作上的需要。

---

① See Adler L., Hire With Your Head, U.S.:John Wiley & Sons. Inc., 2007.

此外，在最终决定是否被录用的条件中，诸如，年龄、性别、种族等都是隐性的，一定要自己去分析。在发达国家有法律明文规定：老板在招工时不允许以性别、种族、年龄、长相等为由拒绝雇佣应聘者，如果有证据证明属于此类情况，老板就倒了“大”霉了。人权问题在发达国家可“不是”闹着玩儿的。

如果招聘的是高级职位，那么这个程序肯定会更复杂。在很多情况下，雇主会雇佣专门的猎头公司进行猎聘。我对猎聘不熟悉，但是我相信以下几点是有可能要涉及的：

- 高端人才数据库，类似于美国的 The Corporate Library[①] 研发的 The Interlock Tool；
- 全方位个人“历史”背景调查（我相信对于专业的人事背景调查公司而言，世界上是没有人有秘密的）；
- Industrial Psychologist（行业心理学[②]专家）有可能参与猎聘。

国际留学生在加拿大大学毕业后，可以有 1 至 2 年的时间留在加拿大工作。根据我的个人经验，很多中国留学生毕业后想找工作锻炼一下的计划是进展得很不顺利的，主要的障碍有以下三条：

（1）英语口语水平难以满足工作需要；

（2）对西方文化的了解不够深入；

（3）没有保荐人或推荐人（有时也可以理解为 no

① The Corporate Library, Governance Matrics 和 Audit Integrity 在2010年已合并为 GMI Ratings.

② See Muscio B., Lectures on Industrial Psychology, London: George Routledge & Songs Ltd., 1920.

connections, no social network——“关系”“大大地”没有)。

以上三条的解决办法是没有捷径的，但是对于留学生来讲，第三条是可以早在大学时期就做好准备工作的。在大学修商业英语这一门课的时候，我们的教授告诉过全班同学两条跟日常工作、生活有关的忠告，我一直铭记至今：

(1) 大学教授是可以给学生写推荐信的，而且他们出具的推荐信的价值和可信度都是社会上公认的。如果学生在班里的成绩很A的话，那就有机会要求并得到教授写的推荐信。这样的推荐信也是没有保质期限制的。

(2) 当人在生气的时候，不要做决定、不要回复任何相关的电邮或其他信件、不要讲气话。在需要理赔的时候，更不要生气。如果你的态度很恶劣，那就恰恰中了奸商们的圈套，因为他们所雇佣的挡箭牌（职员们）也是人，也有逆反情绪，在面对粗鲁的顾客时，他们会更加理直气壮地站在自己雇主的一边，而不是站在“正确的”一边。

Connections & Network 关系

人际关系是我刚出国时对发达国家最严重的错误认识之一。出国前我听说在发达国家不讲关系、不讲情面、只讲原则。事实上，不论是在发达国家还是在不发达国家，只要是有人生活、工作的地方，就有关系和关系网。不同的是：人们对关系和关系网的相互利用和相互回报的方式。我在加拿大上大学、工作的时候，有很多人无数次地帮助过我，但是几乎从来没有人期待着从我这里得到任何实物性的回报。在我得到帮助的这些事例中，或者说在别人给我方便的事例中，很多帮过我的人都是在暗处，我当时只是感觉到有人在帮我，但是并不知道到底是哪个人，就算我想感谢，也只能在平日里心存感激或是等到有机会的时候感谢和支持这些人所在的团体、单位而不是个人。当然，话说回来，再完善的体制也是需要由人去执行和维护的。“关系”在任何国家、任何地方都有可能产生负面影响，树大有枯枝[①]的情况的确是存在的，尤其是在人口众多、大公司[②]聚集的地区。

总之，发达国家也是从不发达的阶段发展过来的，很多不发达国家正在经历的事情，其实是发达国家早已经历的。看一看发达国家在为树立和维持一个良好的社会风气方面所建立的法律、法规的种类和数量，就不难推断出：发达国家里的老百姓们更是经历过风雨的！

结构紧密

加拿大各级政府为了维护、构建一个稳定的社会而建立的各种形式的个人信息、个人历史、团体信息、团体历史的“信息”系统化后的“网络化”管理是非常完善、非常发达的。以个人为例，在加拿大任何一个国民从出生到“归西”都有一份非常细致、非常全面的人事档案，档案内容至少包括驾照、税务、医疗、宗教、婚姻、财产、犯罪记录等。

设施齐全

在我眼中，加拿大的城市化是很明显的，很多城市作为品牌[③]也是世界有名的。每个城市的建设都好像有统一规划、有一

① See Transparency International, Global Corruption Report, London:Pluto Press, 2004.

② See Hartley D. R., Corporate Crime, US & UK: ABC_CLIO, Inc., 2008.

③ See Dinnie K. City Branding, UK: Palgrave Macmillan, 2011.

张共用的蓝图，尤其是新兴城市，真可谓尽善尽美。有些小城镇给人的感觉的确是“麻雀虽小、五脏俱全”，大城市给人的感觉是规划合理、井井有条。在加拿大，我去过的每一座城市的每一处公共设施、民用设施、服务设施等，在设计、建造时考量的因素给我的感觉都是很全面的。我相信，其中就近居民的人口数、消费收入水平和需求都在考量因素范围内。例如，在一个居民区内，人口的数量决定了这个居民区的公园、医院、诊所、警察、消防、社区图书馆、幼儿园、学校等设施的数量。在加拿大，人均生活水平高的体现之一是人口与设施的比例合理，大多可以满足居民的需要。如果用发达国家同不发达国家在设施与人口比例方面作比较的话，在发达国家里，每一个人就会建一所社区图书馆，而在不发达国家里，每十个人可能也没有条件建一所社区图书馆。

题外话

在发达国家，地方主义（localism）是非常明显的。撇开地区政府之间在人事档案、税收、消费、住房、各类信贷、社保等方面的经济利益问题不说，如果单纯地用城市人口的多少跟城市设施数量的多少来挂钩的话，在发达国家，地区政府之间对人口流动的反应是比较敏感的。换言之，地区性的人口流动等同于一个地区在吸纳另一个地区的竞争力和活力，也就是发达城市在吸引外来劳工的同时，间接地剥削和掠夺没有吸引力的城市和地区的生产力。在发达的国家之间，这种地方主义（regionalism）也是存在的，此类的竞争也从未停止过，尤其是在高端人才方面。因此，绞尽脑汁地通过创建高档次、高质量的生活、工作、学习、医疗、环保、商业环境等优越的生存条件，从而增加就业机会，尽全力减少人口外流是每个政府的首要职能之一。

First Nation加拿大原住民

称呼加拿大原住民的礼貌用语是 Aboriginal People 或是 First Nation，如果用 Indian People 是不礼貌的。根据 2011 年加拿大统计局的数据显示，现在加拿大原住民人口大约是 120 万，分布在加拿大各地，原住民人口较集中的省份有不列颠哥伦比亚省（British Columbia）、亚伯达省（Alberta）、萨斯喀彻温省（Saskatchewan）、曼尼托巴省（Manitoba）、安大略省（Ontario）和魁北克省（Quebec）。排名前三的原住民语言是克里语（Cree）、因纽特语（Inuktitut）和奥吉布瓦语（Ojibwa）。我在大学时期接触过的原住民都是非常非常善良、朴实的。他们中很多人的生活方式和文化已经渐渐被西化（美其名曰：文明化）。加拿大原住民在各地区族群的发展有好有坏、良莠不齐。我感觉在短时间内了解加拿大原住民文化的最好途径是参观他们在全国各地建的文化馆和博物馆，或者是参加他们每年都会在全国各地组织的 Pow-wow 年会活动。Pow-wow 这个名词来源于 Powwaw，是精神领袖的意思。除此之外，Aboriginal Canada Portal 和 The Assembly of First Nation① 是加拿大比较全的有

① Aboriginal Canada Portal主页:http://www.aboriginalcanada.gc.ca, The Assembly of First Nation 主页 :http://www.afn.ca.

关原住民组织的网站，浏览他们的网页也可以让你了解更多、更新的有关加拿大原住民的信息。

高薪养廉

加拿大政府的高薪养廉[①]和政务公开是众所周知的，以安大略省为例，安大略省每年会在政府网站上公布以下11类政府职能部门的年收入在100 000加币以上的政府职员们的全名和职务。

- Colleges——专科学校；
- Crown Agencies——国企；
- Hydro One and Ontario Power Generation——安大略省水力发电业；
- Hospitals and Boards of Public Health——医院和公共卫生；
- Government of Ontario-Legislative Assembly and Offices——安大略省各级政府；
- Government of Ontario-Ministries——安大略省级政府部门；
- Municipalities and Services——市级政府部门（政府职员、警察、消防员等）；
- Other Public Sector Employers——其他公共部门；
- Organizations with No Salaries to Disclose——不支付薪水的政府组织；
- School Boards——义务制学校；
- Universities——大学。

① See Canada Public Sector Salary Disclosure Act, 1996.

如果将这些职员的收入水平同加拿大统计局公布的人均收入、消费水平相比较，高薪养廉的味道是比较明显的。也许我们国家应该像加拿大一样，至少要把公务员群体首先维持在“先富起来”的群体中（我不是公务员，但我从心底里希望公务员群体被定位在高薪阶层）。

政务公开

从宏观方面了解一个国家的途径之一是了解这个国家的收入和支出。在加拿大，各级政府在财政管理方面的透明度是比较高的，每年的财务报告都是定时公布在政府网站上的，各级政府的财政年度是每年的 4 月 1 日到下一年的 3 月 31 日。通过了解各级政府的年度财务报告，可以让人及时了解当地政府的一些重要的职能和政策及其他相关的信息。

表1 各级政府资产损益的大致科目

	级别 收入类型	国家级 加拿大	省级 以不列颠哥伦比亚省为例	市级 以多伦多市为例
收入	税 收	个人所得税 企业所得税 外国人收入所得税 消费税 能源税 进口税 其他税收	个人所得税 企业所得税 地 税 其他税收	税 收 政府部门的其他税收
	各种收费收入	劳动保险保费	社会服务收入 执照收入 自然资源收入	各种使用费用 开发费用

续表

	级别 收入类型	国家级	加拿大	省级	以不列颠哥伦比亚省为例	市级	以多伦多市为例
收入	财政拨款	——		政府拨款		政府拨款	
收入	经营性收入	国有企业收入 其他项目收入		省政府企业收入 投资收入		市政府企业收入 投资收入	
收入	其他	外汇收入		其他收入		其他收入	
支出	社会保障性支出	养老金 劳动保险赔偿 孩子补贴 健康补贴		社保服务 医疗服务 环境保护 治安 交通 教育		社保服务 医疗服务 环境保护 治安 交通 廉租房 休闲、文化服务	
支出	财政支出	地方政府财政补助 其他补助		——		——	
支出	经营性支出	各部门运营费用 国企项目费用支出 其他项目补助		政府运营费用 折旧		政府运营费用 企划费用	
支出	其他	国债利息		利息 其他费用		其他费用	

科技发达

在加拿大，在一个法律完善的国家里，老百姓们免不了有很多类型的表格要去填，有很多法律程序要去走。例如，出生证、社保号、驾照、驾照延期、车牌、车牌延期、驾车的罚单等。在这些方面，加拿大政府的运营方式吸收了商业的经营理念：one stop shopping（一步到位），也就是一个商家提供的服务和产品是全方位的，顾客的需求在同一个商家里就可以全部被满足，没有必要再到其他地方去寻求服务或商品。就是说，既然国家只有一个中央政府系统能够办理发放以上列出的个人证件等个人事务，需要记录这些文档的也是同一个政府，那么为什么不进行统一化的管理呢？再说政府又是为民服务的，为什么不把这些服务最大限度地统一管理以方便群众呢？以安大略省为例，人们只需要去同一个政府办公地点就可以办理全部的事务。当然，这与现代化的软件系统、网络系统、网络安全系统是分不开的，一切都是网络化的。

我认为，加拿大能够达到这种发达程度不是一两天，一个团体或几个团体努力的结果，而是对整个国家资源合理运用的结果。

Not-for-profit organizations /Nonprofit organizations非营利性组织

加拿大的非营利性组织颇具规模，历史也非常悠久，它们的存在涵盖社会各个层面，它们的管理体系也十分健全、发达，可以用无处不在来描述。很多非营利性组织是全球化的，他们的分支机构遍布世界各地。

在加拿大常见的全球性的非营利性组织分支机构有：

- 基督教青年会 Young Men's Christian Association（YMCA）；
- 基督教救世军 The Salvation Army；
- 童子军 Scouts；
- 世界慈善总会加拿大分会 United Way World Wide-Canada。

Charity 慈善

在加拿大，慈善事业是全民事业，参加慈善事业的人是没有贫富、等级、种族、国别、年龄、性别之分的。慈善事业的作用是多方面的，除了基本的给予和救济作用之外，教育民众、团结民众、增进了解和友谊的作用也包容在内。每一个慈善组织对生活在加拿大的外国人来讲，不仅是一个可以帮助别人、展示友善的渠道，而且还是一个可以得到别人帮助的渠道。在加拿大，每一个慈善组织对外国人来说都是一扇可以融入当地社会的大门，不管是做义工也好，还是直接参加慈善活动也好，我所经历过的都是友善与和谐，学习到的都是对身心有益的知识。以下几点是来自于 The Charities File 网站的有关加拿大慈善事业的小统计[①]：

- 加拿大约有 80 000 个在 Canada Revenue Agency（加拿大税务局）注册的慈善机构；
- 约有一半的慈善捐款是捐给宗教组织的；
- 医疗服务机构收到的捐款次数是最多的；
- 加拿大的慈善收入每年维持着约 200 万个工作岗位，其中钟点工占 88 万个；
- 2006 年的统计数据显示，约有 85% 年龄在 15 岁以上的加拿大人在 2004 年捐过钱；
- 家庭收入在 2 万加币以内的社会群体捐的钱多于家庭收

---

① The Charities File 网站：http://thecharitiesfile.ca/en/fastfacts，访问日期：2013年5月8日。

入在2万加币以上的社会群体。

◆ 有关慈善事业的名言

The desire of **Power** in excess, caused the angels to fall; The desire of **Knowledge** in excess, caused men to fall; but in **Charity** is no excess, neither can men, nor angels, come into danger by it.

——An unknown U.K. individual

意思是：对权力的没有节制的渴望，可以使天使堕落；对知识的没有节制的渴望，可以使人堕落；但是对慈善而言是可以没有节制的，慈善是不会让人和天使陷入到危险境地中的（出自一位英国人，名字不详）。

◆ 慈善组织的作用[①]

They are threefold: First and basic, the rehabilitation of families which for any reason fail to be self-sufficient; Second, the education of the community in correct principles of relief; and Third, aid in the elimination of the causes of poverty.

共三条：

（1）帮助不能自给自足的家庭；

（2）培养和教育社会大众正确的救济原则；

（3）协助消除造成贫穷的根源。

---

① See Watson D. F., The Charity Organization Movement in The United States, New York: The MacMillan Company, 1922.

Literacy 读写能力、文化水平、教养

在加拿大，人们对读写能力的重视和理解程度是很高的，要求也是很严格的，越是学历高的人，在读写方面的要求和需求越高。例如，在论文写作[1]方面，Modern Language Association (MLA) system 和 American Psychological Association (APA) system 是世界上公认的两种在人文学科和社会学科方面的写作系统。这两种写作系统的共同挑战之一是：剽窃，剽窃并不一定是道德败坏的行为，而很有可能是因为单纯的写作技术不过关造成的。从某种程度上说，这与中国的“天下文章本一家”有异曲同工之意。在阅读能力与速读方面，虽然说熟能生巧，多练多读就可以了，但是如果大学里组织有关速读[2]的公共课，积极地去参加，听一听、学一学也是很有价值的。

下面这段文字节选于 2003 年 7 月出版的 Family Literacy Best Practices Guide for Programs in Nova Scotia[3]，其中有对广义上的现代读写能力和它在家庭范围内的相关解释。

Literacy in today's society is more than knowing how to read, write and calculate. Literacy is a skill that starts in infancy and continues to be built upon throughout life. Literacy helps an individual to participate more fully in life and to improve his or her economic and health status.

---

① See Hacker D. A., Writers' Reference, New York: Bedford/St. Martin's, 2003.

② See Beale A. M. & Mullan P., The Complete IDIOT's Guide to Speed Reading, U.S.: Penguin Group, 2008.

③ Bowden M., Family Literacy Research Project for Nova Scotia, Colchester-east Hants Regional Library, 2003，pp.4-5.

The International Adult Literacy Survey (IALS) defines literacy as:

The ability to understand and employ printed information in daily activities, at home, at work and in the community, to achieve one's goals and to develop one's knowledge and potential. (Statistics Canada Literacy Economy and Society, 1995, p.14)

This broad definition incorporates one's life experiences in the home, workplace and community into the lifelong learning process.

What Is Family Literacy?

Family Literacy is an approach to literacy development that builds on family strengths and connections within the context of the communities and the culture in which families live and learn. (Centre for Family Literacy, 2002, p. 113)

意思是:

在当今社会，是否懂得阅读、写作和计算已经不能用来衡量一个人是否具备读写能力(或是否有教养、有头脑)。在人的一生中，良好的读写能力开始于婴儿时期，可以伴随着人的成长而不断提高。良好的读写能力可以帮助一个人更全面地享受生活，提高个人的经济水平和改善健康状况。

国际成人读写能力调查把读写能力定义为:

读写能力是建立在能够明白和运用社会上有关日常生活和工作的印刷品基础上的，从而能够实现自己的目标，增长自己的知识和发挥自己的潜能。

从广义上来说，读写能力是贯穿于人一生的能力，即活到老、学到老的能力。

什么是家庭范围内的读写能力？

家庭范围内读写能力的教育是提高读写能力的一种途径，是建立在家庭成员的实力和社会关系及家庭所处的社会阶层和文化背景之上的（也可理解为家教是有局限性的）。

Pricing 物价

加拿大是一个法律、法规健全的国家，因此“货真价实”的定律贯穿于整个社会体系中。在加拿大的 12 年生活中，我几乎从未购买过价值和质量不成比例的物品，几乎从未使用过价值和质量不成比例的服务。虽然不好的经历的确有过，但我认为是小概率事件。

Public Library 社区图书馆

加拿大的社区图书馆从硬件到软件是非常先进、非常有特色的。任何一位喜欢学习的男女老幼，都会在这里有所收获。在加拿大，几乎每个城市、每个社区都建有免费的、供社区居民使用的图书馆。图书馆的日常运营是政府负担的，藏书涉及的范围非常广泛，藏书的形式不仅有传统式的印刷品，还有现代化的电子图书[①]。大部分的书籍和音像制品是国民无偿捐赠的，来自全国各地。由于加拿大是个多种族移民国家，所以有些社区图书馆还有很多英语和法语以外的读物。虽然每个社区图书馆都是会员制的，

---

① See Witten H.I. & Bainbridge D. & Nichols M. D., How to Build a Digital Library, U.S. & U.K.: Elsevier, 2010.

但是只要你是该地区的常驻居民，在出具有效的身份证件后，管理员就会为你办理一张免费的会员卡。有了这张会员卡，居民就可以免费借阅图书馆的藏书和音像制品。对于工作忙、时间不充裕的居民，图书馆还提供网上预约借贷服务，就是说居民可以在本地区的社区图书馆网站上查阅和预定任何一样可以外借的图书或音像制品，然后在规定的时间和地点来取就可以了。一般每个社区图书馆都设有电脑区、藏书区、活动区、阅读区、服务区和一个小型的儿童游乐区。人们不仅能够在这里享受冬暖夏凉的，可以免费上网、学习、阅读的环境，还有饮水机、投币式的打印机和复印机可供使用，非常方便。

阶级明确

多年的加拿大生活，让我在不知不觉中产生了一种强烈的感觉：加拿大总是有“一只看不见的手”在不断地、变着花样儿地将人们分门别类。每个类别之间既相互依赖，又相互竞争，有强有弱、有胜有败，但是各类别之间的大众化评判方式又都是一样的：贫或富。这只看不见的手也许就是制度和法律，这种类别之分也许就叫阶级。在发达国家，也许法制体系是阶级产生的源泉，也许法制健全的程度和社会阶级化的程度是成正比的，也许法制体系健全后阶级就明确了，也许阶级明确后社会也就有秩序了，也许社会有秩序了人人就可以各就其位了，也许人人各就其位后国家就繁荣富强了，也许，也许……

总之，在加拿大阶级是存在的，确实也是在法制健全的条件下，通过穷人区、富人区，公立学校、私立学校，穷忙族、富忙族等方面表现出来的。同时，在我看来，阶级的存在具有正面意义，它得到了社会大众的信服和肯定。因为：

（1）国家法制健全后的作用之一是：大大降低了暴发户和不劳而获的现象产生，使社会大众懂得并接受脚踏实地、劳有所得、老有所养的道理；

（2）各个阶级之间对致富有道有着共同的理解：有知识、有文化、有能力的人就应该收入高、职位高、地位高、吃得好、穿得好；

（3）国家的福利体系保护着大多数弱小群体；

（4）国家的文明程度使得各个阶级民众的价值和他们的人格得到了社会的尊重和肯定。

Racism种族歧视、Competition竞争

种族歧视是一种原始的思维方式，种族歧视是与历史、文化、教育、宗教等有关系的。在加拿大，相关的法律、法规数不胜数，大部分地区的企事业单位都有非常具体的、相关的规定和宣传教育，大部分族裔的权益都能得到保护；但是，在加拿大种族歧视的现象确实存在，不过非常具有讽刺意味的是在12年的生活中，让我看到的和亲身经历到的带有歧视色彩的事例却大部分存在于同一个族裔范围内，例如，中国人和中国人之间；同一社会阶层内，例如，社会底层和社会底层之间。

我是生活在人人平等的社会底层的人。

在这里，我之所以把竞争和种族歧视放在一起，是因为有很多人包括我自己从前都没能把这两个词的真正意思理解透，反而

搞混了。说白了，在多种族混居的加拿大，对一些少数族裔来讲，如果在各项竞争中或者在某项日常工作进行得不顺利的时候，容易朝这个方面想、容易产生误会，我自己就问过自己：是不是有人瞧不起中国人？

在有了这方面的疑问后，我对自己学习、工作的周边环境变得敏感起来，只要有机会就会了解相关的知识，例如：

- 我学习、工作的地方有没有与种族人权方面相关的政策、法规和宣传教育？
- 我学习、工作的地方有没有专人执行、维护这些法规？
- 我学习、工作不顺的时候，是不是因为自己对自己的教学要求或业务要求不够熟悉？
- 我自己的语言能力会不会在日常交往的时候没被别人理解透？
- 我自己的教育、文化背景会不会影响对其他文化的理解和接受程度？
- 我对所在城市、地区、单位、学校的文化有没有进行具体的了解？
- 如果我自己有种族歧视倾向的话，我会怎么做？
- 我周边的人际关系是不是出了问题？“少爷”我是不是做错什么事情了，“又”得罪人了？
- 我学习、工作的时候给别人出过难题没有？

经过多年的学习、观察和工作经验的积累，我给自己的答案是：我把真正的竞争和真正的种族歧视搞混了。**其实，真正的竞争比种族歧视更残酷、更现实、更难让人忍受。**在我个人的经历中，

99.99%以上的情况是，当自己不顺时，是因为自己的能力、综合实力不能够充分地满足学习、工作和日常交流的需要，更达不到在竞争中胜出的要求，而根本不是因为种族歧视。在这个答案的基础上，使我坚信，在法制健全的发达国家里，只要有知识、有能力，就有机会成就自己。在加拿大,出类拔萃的少数族裔的实例是很多的。

◆ 哲学小问题

对竞争而言、对贫富而言，之所以成功的人少、富人少，原因也许是：

大部分失败者从心底里希望和自己一样的人越来越多；

大部分成功者从心底里希望和自己一样的人越来越少；

穷人希望和自己一样的人越来越多；

富人希望和自己一样的人越来越少。

Multilingual多语言技能

加拿大的官方语言是英语和法语，在政府工作的职员大多是有双语技能的（bilingual）。在语言天赋方面，很多加拿大移民的后代远远没有停留在双语的基础上。有很多加拿大人是非常有语言天赋的，会说三种甚至更多种语言的二代、三代移民大有人在。在加拿大，任何时候、任何场合都有人可能听得懂其他人讲的语言是一点都不夸张的说法。

审美观

全世界老百姓的审美观都是相似的。在加拿大生活时，我亲自求证过这个问题。我求证这个问题的原因是年少时去北京“新北方”学英语的时候，有位“糊糊儿”老师讲：中国长得丑的男人到了国外，都会变成英俊的男人。其实不是，事实就是事实。

但是，在文明发达的国家里，人们的确更注重一个人的内涵，外表并不是最重要的。所以长得丑不是你的错，长得丑再加上做得不够用心、敬业就是你的不对了。

吃的喝的

加拿大具有较为成熟的饮食文化。在居家过日子方面，给我印象最深的莫过于产业化的食品深加工，这与国内买东西需要根据季节不同。

如果在全世界范围进行评比的话，我认为日本在这些方面做的“创新努力”是世界第一的。

举例来说：

（1）牲畜类：在加拿大，由于“一步到位”的服务理念和“人性化”的社会环境使得肉食加工业已经达到了“杀畜不见血”的境界。一般情况下，顾客是看不到屠宰和分割的血腥过程的，看到的大部分都是清洗干净，切割整齐的按口感、价位、重量、质量和日期摆放好的肉类产品。

在我看来，这种人性化服务模式的进程对社会文明的“长远影响”是一种潜移默化的人类心理进化过程。

（2）水产品：与牲畜类同理，一般情况下价钱高的鱼类都是新鲜的、鱼刺少的、提前清理过的，且已经切成鱼排式的鱼类产品。唯一与牲畜类不同的是，新鲜的水产品是有季节性的，例如，龙虾、螃蟹、海虹、生蚝、野生三文鱼。

（3）禽类：火鸡、肉食鸡、鸭子、鹅、鹌鹑是常见的禽类，它们的销售方式同上。在价格方面白肉（white meat）价钱高，是指胸脯肉；深色肉（dark meat）价钱低一些，是指四肢部分。禽类的头和爪子一般是出口或是直接用做饲料或宠物食品的原料等，有时也会零售。

（4）瓜果蔬菜：加拿大的瓜果蔬菜有很大一部分是从国外进口的，所以新鲜的瓜果蔬菜一年四季都不断，季节感几乎没有。每次到超市的时候想看见什么就能看见什么，有没有钱买是另一回事儿，尤其是对我而言。

我“富”得就剩下尊严了！

（5）罐头类：生产规模工业化恐怕是发达国家的“通病”，剩余产品的保存和销售自然而然就落到了罐头食品的肩上。在加拿大，只要是能吃的食品几乎都有罐装的。

（6）饮料：同瓜果蔬菜类似，很多都是进口品牌，以来自世界各地的软饮料为主；茶和咖啡的品牌也非常多、非常全。

Farmers Market 加拿大的农贸市场

加拿大的农贸市场是非常有特色的。农贸市场在社会中的角色是一种传统文化的延续，丰富人们的日常生活；同时也可视为一个外地人了解当地文化的途径。

一般情况下，每一个城市都会有一处市内的农贸市场。农户们会在每周周六、周日带着自己的农副产品到这里销售，有时也会销售特色小吃、手工艺品。在农贸市场，大部分的瓜果蔬菜都是非常新鲜的，唯一和超市不一样的地方是价钱。

债台高筑[①]

财政方面的自由是全世界每一个人、每一个家庭所追求的生活目标之一。在加拿大，这个目标似乎是大多数人短期内难以实现的，而且他们现在的家庭债务现状越来越严峻。截至 2009 年，加拿大每个家庭的平均债务总额在 110 000 加币。房贷、车贷、学贷及其他形式的信用型消费成了很多家庭的经济负担。这其中，单亲家庭是所有负债家庭类型中最容易陷入债务危机的家庭。

Post-secondary education高等教育：University大学

一个国家真正的财富是取之不尽、用之不竭、高质量的人力资源。高质量的人力资源来源于高质量的教育体系，高质量的教育体系的表现之一是高质量的大学。

在世界上任何一所大学的建设和完善都是一个漫长的过程，它们的成功道路也都很有特点。最直接地了解发达国家大学的方式之一是从它们的过去开始。例如，加拿大的多伦多大学[②]（University of Toronto）、美国的哈佛大学[③]（Harvard University）、英国的剑桥大学[④]（University of Cambridge）等很多大学都对自己的发展史有着非常细致的记载，而且早已编辑出版成书。对于有兴趣了解西方“大学史”的人来说，这些书籍

① http://www.statcan.gc.ca./pub/11-008-x/2011001/article/11430-eng.pdf.访问日期：2013 年 12 月 12 日。

② See The University Librarian, The University of Toronto and Its Colleges 1827-1906, Toronto : The University Library, 1906.

③ See Josiah Quincy, The History of Harvard University, Vol. 1, Cambridge: Folsom, Wells and Thurston, 1840.

④ See James Bass Mullinger, The University of Cambridge, London: Cambridge Warehouse, 1873.

是很有意义的。除此之外，通过综合性的学习对比加拿大、美国和英国的大学系统①也是一种非常有效的了解途径。

现代加拿大公立大学的职能主要有三部分：提供高等教育机会；做调查、搞研究；为社会和政府提供学术性建议和相应服务。

当今社会值得注意的一个与高等教育相关的问题是：商业界的力量正在不断地“影响”学术界的“自由”，即商业与高等教育体系之间的矛盾。②

医疗体系

加拿大的医疗保障体系是和劳动保障体系遥相呼应的，是世界上最有效的医疗保障体系之一。大部分加拿大人不用太担心因为看病而严重影响家庭的经济健康状况。

节假日

网上有，自己查吧！

英文名称、名字和意义

老外的姓名③和中国人的姓名一样，也是很有讲究的，同样充满了家族的意味、充满了父母们对孩子的爱。如果能够对西方的姓名学有小小的了解，那么在人际交往方面会让人方便不少，尤其是在一个由多国移民组成的国家。例如，了解某个人的姓名的

---

① See The Universities of Canada - Their History and Organization with an Outline of British and American University Systems, Toronto: Warwick Bros. & Rutter, 1896.

② See Bok D., Universities in the Marketplace, New Jersey: Princeton University Press, 2003.

③ See Baring-Gould S., Family Names and Their Story, London: Seeley, Service & Co. Limited, 1913.

来由，就有可能知道这个人的性别、祖籍、宗教信仰、文化背景、家庭背景，甚至更多。比如说，O'Connor[①] 是爱尔兰人的一个姓氏，O 的意思是某人的后裔，Connor 来源于 Conn，O'Connor 的意思就是 Connor 的后裔。O'Conner 和 O'Connor 有相同的意思。

城市的取名也有相同的意味。如果能够了解一个城市名字的来由，就可以了解到很多非常有意义的、有关这个城市的历史和原有文化背景。例如：

Kitchener, Waterloo county was named in 1916 after Lord Kitchener, earlier it was known as Berlin. The origin of the city is described as follows: in “Busy Berlin”, a jubilee souvenir pamphlet issued in 1897; “Joseph Schneider a native of Pennsylvania first settled on the site…in 1807. Joseph and Jacob Shantz took up adjoining tracts in 1808 and Benjamin Eby…about the same year. The location was then often called the Sand Hills and later…Mt. Pleasant…Early in the Thirties…a group of villagers were one evening seated in the village inn, discussing the matter of a name, when two strangers walked in and called for refreshments…‘Where are you from’ was asked. ‘Berlin, Germany and we are looking for homes.’ Then, said the questioner ‘Settle here and Berlin shall be the name of this village’.”[②]

---

① See Gentry T. G., Family Names from the Irish, Anglo-Saxon, Anglo-Norman and Scotch, Philadelphia: Burk & McFetridge, 1892.

② Douglas D., Meaning of Canadian City Names. Secretary, Geographic Board of Canada, 1922, pp.13-14.

中心意思就是 Kitchener Waterloo 地区很早以前有来自德国的移民，这个地区的原名是柏林（Berlin），后来改为 Kitchener。Kitchener 是当时已故的一个贵族头领的姓氏。

Personal Credit Report and Credit Score个人信用报告和信用度记分

个人信用报告是任何一个加拿大人或者在加拿大长期学习、生活、工作的人，在私人财务方面的信用度的全部历史记录。个人信用度记分可以决定一个人在加拿大是否有资格得到各种信用卡，短期、长期贷款；是否有资格成为房奴、车奴、学奴等“债奴”。此外，最重要的是，个人信用报告是有关个人长期隐私的一项官方记录。值得注意的是，这项“隐私”是对银行、保险公司、雇主、房东等任何在你知道或者不知道的情况下签署了授权协议的个人和团体开放的。

在加拿大定时查看自己的信用度报告和记分的益处有很多，例如：

- 核对报告上的信息是否准确；
- 详细了解自己的财务管理能力，知道自己的信用度记分；
- 知道是否有个人或者团体曾经查看并得到过自己的个人信用报告；
- 与子女分享怎样建立起良好的信用记录的方式方法。

在加拿大有两大组织可以提供免费的个人信用记录报告，它们是 Equifax Canada 和 TransUnion。Financial Consumer Agency of Canada 在 2012 出版的 Understanding Your Credit

Report and Credit Score 是一本免费的、非常全面的介绍个人信用度报告和记分系统的出版物。此外，Consumer Handbook 的网站也提供了很多、很有价值的相关信息。

Franchising 专卖权、经销权

加拿大的小业主大多都是非常专业的商人，他们的经营环境和存在方式也是相对稳定的。其中很多小业主的经营方式是以专卖权、经销权（Franchising）的形式存在的。

专卖权、经销权是在专业的市场营销策略周期中，以专卖店形式存在的营销策略，是为了满足某一种商品或某一种服务所需要的销售、服务渠道而诞生的。简言之，专卖店的原始形态是作为生产业主、服务业主的销售渠道而产生的。Charles L. Vaughn 的 Franchising 是一本非常经典的有关连锁专卖行业的书。他将经营和管理专卖店所需要掌握的知识，系统地分为以下四大方面：相关的法律法规、相关的培训、各项需求的比较和选择、运营资本。

加拿大境内现有的连锁专卖店数不胜数。有服装类，如 GAP，Old Navy；饮食类，如 KFC，Subway，Dairy Queen，Pizza Pizza；零售类，如 Gas Station，Dollar Store，Convenience Store；音像类，如 HMV，Blockbuster；综合类，如 Sears，Wal-Mart；金融服务类，如 H&R Block，CIBC；汽车行业，如 Honda，Toyota，GM；家政服务类，如各种 Kindergarten；其他服务类，如 Magicuts，等等。如果你对有关 Franchising 的商业机会感兴趣，还可以查阅美国商业部出版的 Franchise Opportunities Handbook 一书，这本出版物也是我知道的目前现有的、最全的

有关连锁专卖商业机会的官方大全。

此外，世界上大多数发达国家也是通过鼓励建立中小连锁专卖店的形式来增加就业和税收的。在这些国家中，美国、德国和日本做得相当出色。

秩序井然

“慢！真能黏儿！盖个楼，需要好几年？批个什么，需要好几个星期？”刚去加拿大的时候，这就是我对老外办事效率的评价。十年后，终于明白了，原来这不叫“慢”（我不是想说，还有更慢的）。我想说的是：这叫“系统化”、“流程”、“责任到人”、“秩序”、“责任心”、“敬业精神”。原因很简单，在加拿大的十二年里，在工作方面，我跟老外打过无数次交道；在生活方面，我跟老外打过无数次交道；在学习方面，我跟老外打过无数次交道；在这里，老外也包括我亲爱的老婆。结果是：我几乎从未发现过他们办事出过差错。当然了，诚心诚意找我麻烦的情况除外。这就叫素质！这就叫秩序！尤其是在我看完 W. Edwards Deming 的 Out of the Crisis 这本书后，我深深地体会到了“Do it right at the first time”（第一次就把事情做对）这句话的含义和价值，尤其是对一个国家的价值。能够培养一个人具有这种素质不难，能够培养大部分人都具有这种素质则不容易。在这些方面，来自发达国家的国民在世界上所享有的声望是非常高的。

我再自我感叹一下：高，实在是高！

有关加拿大的小知识点：

- “二战”中，为加拿大而战的华裔士兵有600人[①]。
- 1880年至1885年，约有15 000名中国劳工参与名为加拿大太平洋铁路的建设。
- “多伦多”是北美原住民语言中的一个词，在16世纪中叶是用来称呼安大略省的Simcoe湖（Lac de Toronto，法语），后来成为多伦多市的城市名。[②]
- 加拿大的警察有三类，联邦皇家警察（Royal Canadian Mounted Police ，RCMP）、省级警察和市级警察。
- 加拿大也有私有制改革[③]，开始于20世纪80年代，效果还可以。
- 加拿大人发明了胰岛素、雪上摩托等。

总之，还是本章开头的那段话：任何一个人在加拿大的生活都可以是丰富多彩的；任何一个人在加拿大的生活都很难做到独善其身；任何一个人要想在加拿大长住久安，不管是工作还是学习，所需要了解和接受的不是一个国家，而是全世界。

没事儿的时候，去加拿大看一看还是要滴～

① http://chinatown.library.Uvic.ca/node/1413，访问日期：2013年11月20日。

② See Douglas R., Meaning of Canadian City Names, Secretary: Geographic Board of Canada, 1922. .

③ See Parker D., International Handbook on Privatization, Cheltenham: Edward Elgar Publishing Ltd., 2003.

第二章

怎样快速地适应和了解新的生活环境

陌生感

陌生感是每一个人在“第一次”进入不熟悉的国家、城市、社区、餐馆、酒店、商场、机场等区域，第一次加入不同的家庭、单位、派对、会议等境遇，第一次接触到新的朋友、同事、上司、老外等机遇时，因为“无知”而产生的一种在心理和行为方面的“挑战”。任何人都有这方面的挑战，父母给的，谁也改变不了。

陌生感给人带来的挑战可大、可小，负面影响可长、可短，是随着人的年龄、社会阅历、受教育程度的变化而变化的。任何人都可以在短时间内改变这种现状，从“无知”到“有知”，适应自己周边的一切不同，成为有东方特色的“变色龙”。如果没有能够适时地融入自身所生活和学习的氛围，那么将不可避免地长时间处在一个被自己和他人“鱼肉”的恶性循环中。作为一名留学生，如果要在这个方面做到“胸有成竹”，需要的就是四个字——提前准备。

前车之鉴：以加拿大安大略省为例

12 年的留加生活让我懂得了时间的重要性、信息的重要性、提前做准备的价值。我的留学生活是从 2000 年底开始的，直到 2006 年中才结束（我因成绩不好，换过专业，“留过级”）。

如果让我重新开始在加拿大的留学生活，我依旧会参考下面的步骤去准备我的学习生活。

按时间顺序，我入境加拿大后办完的和可以办完的事项包括下列内容

第一年的第一个月

- 申请和购买医疗保险卡；
- 申请银行账户和信用卡；
- 购买本地区通用的月票和时刻表；
- 申请社会保险号；
- 了解加拿大和我所居住城市的节假日；
- 了解就近的超市和日用品商场的位置及营业时间；
- 了解就近的医院、诊所（walk-in-clinic）和药店的位置及营业时间；
- 了解本地的应急电话号码，如火警、交警、匪警、出租车、外卖等；
- 购买、设置通讯设备、电话、网络；
- 购买一份本地区地图，可以一览无余地了解本地区所有

的居民区和商业区的大体位置；

- 了解学校的医务室、健身房、宿舍、食堂、注册缴费办公室、保安科及我所在院系的位置和联系电话、电邮等信息。

第一年的第二个月至年底

- 学会使用公共电话簿；
- 了解本地区政府和商业场所的营业时间；
- 游览本地区的市政大厅，收集和阅读介绍本地区的宣传册和画报；
- 报名考G1驾照（如果我英语技能还可以）；
- 了解本地区各大银行营业厅的位置；
- 了解本地区大中型企事业单位的位置及网站；
- 了解本地区的电话网络公司的营业厅及联系方式；
- 了解本地区所有的医院、诊所和药店的位置；
- 了解本地区的非盈利性组织和可以接受义工的团体；
- 了解本地区所有的租车行的位置及联系方式；
- 了解本地区所有的公共设施的位置及联系方式，如机场、长途车站、公园等；
- 网上了解本地区的法院、律师事务所和法律援助部门的信息；
- 了解本地区娱乐、休闲场所的位置和工作时间；
- 养成了解本地、本市、本省、本国的新闻的习惯；
- 游览有当地特色的博物馆、文化馆、旅游景点等，开始文化“融合”。

如果你所在的地区有“敏感”设施，除非确定是对老百姓开放的，否则千万不要把它当做是旅游景点，离得越远越好。在网上什么样的玩具都有，没必要非去看实物不可。

学习一种语言是没有窍门的，但是途径很多。

第二年

- 考G2驾照；
- 养成看加拿大政府企事业招工简介的习惯，了解西方面试的要求和程序；
- 学会写个人简历，开始积累简历内容；
- 尽可能多地参加学校或社区组织的义工活动；
- 有选择地申请参加有意义的义工；
- 尽全力参加院系组织的实习机会；
- 至少连续阅读三个月的“当地”报纸，以节假日期间的报纸为主，因为地区文化、风俗、人文气息大部分都体现在本地报纸上；
- 游览当地的加拿大税务局（Canada Tax and Revenue Centre），收集和阅读所有你感兴趣的宣传材料、手册、表格等；
- 体验大学举行的招聘会，体验社会上举行的招聘会。

第三年

- 决定大学毕业后的去向；

- 尽全力参加学校组织的实习机会；
- 如果有兴趣、有精力的话，可以选择“国际留学生交换生项目”，达到上大学期间留学再留学的境界（国际交换生项目在本书第三章会有更详细的介绍）；
- 参加专业执照培训项目，如，急救、会计、软件、保险、服务等；
- 考G驾照；
- 学会使用加拿大报税软件，从这一年起自己退税；
- 去本地的税务局索取所有的免费表格，了解关于加拿大个人收入的税务系统；
- 尽可能多地体验学校、本地政府、企业的招聘会或免费讲座；
- 如果可能的话，在大学里选修“Child Development”这门课程，学会婴幼儿的生理、心理成长和发展的过程，为以后培养天才们做准备；
- 养成看加拿大法语电视台节目的习惯，对加拿大法语文化和英语文化进行对比和了解。

第四年

- 尽全力参加学校组织的实习机会；
- 个人简历存档，随时准备发送；
- 参加大学举行的招聘会，参加社会上举行的招聘会；
- 如果……那么我相信你已经具备了与大多数加拿大本地大学生竞争同样工作机会的能力。

◆ 第五年

谁想和我一样在大学本科学习中有第五年的请举手？请注意：

- 特殊专业、特殊情况除外，如，医学院的学生、比尔盖茨等类型的“苗子”；
- 我是四不像，我的特殊情况就是脑子不够用，智商达不到250。

我的世界观

真正的自由不是行动上的，而是心理上的；最好的环境不是在海外，而是在脑海里。留学的过程就是走出国门、走向世界、了解世界、建立自己的世界观的过程。我小时候对世界观这个词有点反感，因为感觉这个词对我的人生没有任何意义，非常空洞。可是多年的国外生活让我体验到了建立属于自己的世界观的价值。其中最直接的价值就是让我能够有效地降低“陌生感”给自己带来的各个方面的负面影响；从“无知”顺利过渡到“有知”，至少在很多时候可以让我对自己所面临的挑战达到一知半解的程度。

我对人类世界的了解是：有两只无处不在的手在无时无刻地维护着全世界的正常运转。一只手是时隐时现的，它就是法律、法规、文化、政治、金融、教育、军事、交通、宗教、医疗、语言等体系；另一只手是有形的，它就是人，各种人，人才，各种人才。这两只手又是相互制约、相互矛盾的。

世界（新）秩序的存在是因为有第一只手的存在；世界有不确定因素是因为有第二只手的存在。

全世界任何一个国家、省份、城市、地区所享有的一个永恒的“共性”就是它们都是由这两只手的交叉组合而存在的。即任何人在迁移到任何国家、省份、城市或地区后，都可以迅速地根据这两只手的“功能”而找对自己的位置、开始自己的生活、实行自己的计划。这也是全世界任何地方、任何人都要遵循的一个“如果要改变现状，就要怎样做”的自然法则：病了看病、饿了吃饭、不懂就问、不会就学、学有所用、劳有所得、违法必究等等。所以推出：老外也是人、外国也是国、留学也是学。咱们炎黄子孙大可不必因为暂时的“陌生感”而过度束缚自己。

男女都一样，只要找对“共性”，“铁杵就能磨成针”。

加拿大和中国在宏观、微观方面的共性

人口：男人、女人；

法律：刑法、民法；

警察：火警、匪警；

银行：中央银行、地方银行；

医院：急诊、普通、专家；

教育：幼儿园、小学、中学、大学；

大学：专科、本科、研究生、博士、博士后；

交通：飞机、轮船、火车、长途车、公车、自行车；

语言：我们也有 ABC，只不过念法不同；

面子：大家都爱面子；

关系：大家都讲关系；

金钱：有哪个不喜欢？站出来我看看；

人生：生老病死，光溜溜地来，光溜溜地去；

婚姻：白头偕老都是结合的初衷；

交通：红灯停、绿灯行；

节日：国庆节；

肤色：有白有黑，只是程度不同；

运动：室内、室外；

旅游：国内、国外；

经济：时好时坏；

股市：有涨有跌；

生活：贫富有别；

人品：有鱼有龙；

历史：有血有泪；

文明：我们都认为自己很文明；

孝顺：都尽力而为；

债务：都有国债、房债、车债；

工作：合同工、临时工；

等等。

如果要把上面涉及的零散的话题全都结合起来，做到井井有条，就需要“管理”，也就是另一个层次的“共性”，即我自创的**矩阵式**

逻辑思维模式。下面是一个**简化**了的矩阵（Matrix），是每个国家构成的通性，是我在生活方面用来了解各种事物的思维方式之一。

第一只手

每个国家有：一把手、财政部、人力资源部、公安部、卫生部、外交部、商务部；

每个省份有：省　长、财政厅、人力资源厅、公安厅、卫生厅、外事厅、商务厅；

每个城市有：市　长、财政局、人　事　局、公安局、卫生局、外事办、商务局；

每个学校有：校　长、财务科、人　事　科、保安科、医务室、外事科、招生办；

每个单位有：老　板、财务科、人　事　科、保安科、医务室、外事科、销售科；

每个社区有：区　长、财务科、人　事　科、派出所、诊　所、居委会等；

每个家庭有：长　辈、晚　辈。

第二只手

每个国家有：人、　人、　人、　人、　人、　人、　人；

每个省份有：人、　人、　人、　人、　人、　人、　人；

每个城市有：人、　人、　人、　人、　人、　人、　人；

每个学校有：人、　人、　人、　人、　人、　人、　人；

每个单位有：人、　人、　人、　人、　人、　人、　人；

每个社区有：人、　人、　人、　人、　人、　人、　人；

每个家庭有：人、　人。

我认为管理的最高境界和终极目标就是让“正确”的“人”在“正确”的“时间”里掌握“正确”的“权力”和“职责”，这是管理存在的价值。

第二只手是人，人同时也是“变量”，即系统化管理的第一部分：1和0的结合

每个国家有：1，　0，　1，　0，　1，　0，　1；

每个省份有：0，　1，　0，　1，　0，　1，　0；

每个城市有：1，　0，　1，　0，　1，　0，　1；

每个学校有：0，　1，　0，　1，　0，　1，　0；

每个单位有：1，　0，　1，　0，　1，　0，　1；

每个社区有：0，　1，　0，　1，　0，　1，　0；

每个家庭有：1，　0。

“变量”在系统化管理的第二部分：0和1的结合

每个国家有：0，　1，　0，　1，　0，　1，　0；

每个省份有：1，　0，　1，　0，　1，　0，　1；

每个城市有：0，　1，　0，　1，　0，　1，　0；

每个学校有：1，　0，　1，　0，　1，　0，　1；

每个单位有：0，　1，　0，　1，　0，　1，　0；

每个社区有：1，　0，　1，　0，　1，　0，　1；

每个家庭有：0，　1。

如果把第二只手的两个部分结合起来，就是1可以转化成0，0可以转化成1的完整循环，**也就是“正确”的“权力”和“职责”在“正确”的“时间”里可以让“正确”的“人”来担当的系统**。如果这个系统可以有效地再和第一只手结合起来，那么它就是一个充满**“竞争”**和**“希望”**的**“良性”**生态管理系统。这也是我对一个伟大的国家的理解。

题外话

世界是全世界人民的世界，任何人都很难独善其身。不想当地主的农民不是合格的农民，不想当将军的士兵不是好士兵，不懂和平的人就不懂战争①。

从我的世界观到我的人生观

在对号入座、各就其位后，任何人、家庭、单位、城市、省份、国家，乃至全世界所有的个体都有自己的“资源”，合理有效地运用自己的资源来实现自己的目标就是后勤学、物流学（Logistics）的终极目标。

Logistics后勤学、物流学的概念

根据维基百科的部分解释，Logistics 有以下三种含义：

（1）军事科学方面：Its original use was to describe the science of movement, supplying & maintenance of military forces in the field.（这个词最早是在军事科学中用来描述科学化的运输、补给和保持战场上军队的作战力量的。）

（2）商业方面：Having the right item in the right quantity at the right time at the right place for the right price in the right condition to the right customer.（把正确的产品在正确的时机内完好无缺地输送到正确的市场中，以正确的数量和价格销

① http://oll.libertyfund.org/?option=com_staticxt & staticfile=show.php %3 Ftitle=1425 & Ttemid = 27，访问日期：2013 年 1 月 2 日。

售给正确的客户。)

（3）广义上：The planning and coordination of the details of any operation.(在任何行动中的各个环节的计划与协调工作。)

人生就是Logistics

一个人的原始资源就是时间，辅助资源就是脑力、体力和财力。如何科学、合理、有效地管理和运用自己有限的资源，是决定任何人在任何时间、任何地点能否顺利达到自己所制订的目标的关键。

从我的人生观到我的价值观

我对短、中、长期“目标”的理解，我短、中、长期存在的意义，我短、中、长期为什么而活，我短、中、长期为什么而拼搏，我短、中、长期要证明什么，我这一生要达到的终极目标是什么。以上就是我自己的价值观。

我相信计划没有变化快，也经历过；但我更相信事在人为，因为我证明过！

我认为以自我为中心（self-centered）的利己主义是树立我自己的价值观的必经之路，但是以自我为中心并不等于纯粹的利己主义（自私）(self-interest)。Self-interest 可以解释为：self，自己；interest，兴趣、利益、感兴趣。Self-interest：利己主义、自私。

我的世界观指引着我的人生观；我的人生观指引着我的价值

观；我的价值观决定了我是谁。

在留学期间我的世界观、人生观、价值观带给我的收获

- 有效地降低了“陌生感”对我的学习、生活造成的不良“挑战”。
- 懂得了什么是“爱”。
- 保持着一颗不老的好奇心。好奇是指100%、全心全意地局限在“自己”的目标,“自己”感兴趣的知识技能方面。在这期间,我不断地反省自己、了解自己。反省的结论是:很多时候造成我在学业方面“屡败屡战”、半途而废的原因不是因为我没有机会，而是因为我消耗在别人身上的时间比“投资”在自己身上的时间要多得多。
- 学会了世界上应用最广泛的“基础语言”：英语。懂得怎样用英语学习，提高自己的文化程度和潜力。英语是世界“基础语言”的原因是：①世界上最先进的医学知识是用英语传播的；②世界上通用的商业法则是用英语执行的；③世界上通用的航空规则是在英语环境中进行的；④尽管至2006年底，日本和德国在科研方面的投入世界排名为第二和第三[①]，但是世界上大部分科研力量的中坚分子集中在英语国家或至少懂得英语。

---

① European Commission European Research Area (2008). A More Research-Intensive and Integrated European Research Area.

- 自己有能力对某一领域的知识进行系统化、突破性的了解。自己的知识量积累到了可以生产新知识的程度。在某一领域有不懂的事物时，自己有能力找到正确的解决办法。
- 自己从固定的、死板的思维方式中解放了出来，懂得了变通。例如，把消极的思维方式转为积极的思维方式；把危机看作是危险和机遇；把困难看作是挑战；把“金钱”看作是“粪土”。

最后这句话是玩笑，我的觉悟没有那么高！

- 自己通过各种途径的学习，自我实践和验证，使自己坚信世界上没有事情是不可能的、没有事情是做不到的，需要的只是时间和努力。
- 学会了感谢自己。感谢自己是指在自己达到一个阶段的目标的时候，懂得怎样“善待”自己、爱护自己。自己的血肉之躯是父母给的，要负责任地去使用。

这和自恋狂是完完全全的两码事儿。

- 深知任何一个人的世界观、人生观、价值观都是有局限的。
- 明白了什么是“忍”、“耐”。

扣题，消除陌生感的第一步：Communication 沟通、交流

建立了自己的世界观、人生观、价值观，对人类的共性有了

基本了解后，我明白作为留学生，我本身就是“一只手”，也是第二只手的一部分。大家都是人，大家的基本需求都一样，但是在任何新环境中及时地找准自己的位置，顺利地实现自己的目标，把自己的理想变成现实的过程是需要一个媒介的，这个媒介就是**实际行动**。行动的第一步就是沟通、交流，不论是与“物”还是“人”。这一步也是有效地消除陌生感的关键一步。

例如，我与“任何”老外沟通时的出发点都是从自身和对方两个方面开始的，是建立在**互惠互利、相互尊重**的基础之上的。我心理出发点的大方向是：**中国不只是中国的中国，不只是中国人民的中国，不只是中国政府的中国，中国是全世界的中国。**这种观念源于当年加拿大政府在允许我入境的时候，他们就已经用实际行动表明了完全相同的观念。因此，我相信，让别人了解自己是能够让自己了解别人的开始，“先有鸡还是先有蛋”并不是最重要的。只要能够保持沟通、沟通能够良性循环，就可以快速地适应和了解任何事物、有效地消除陌生感带来的负面效应，让自己尽早地进入状态。

有意思的读物

- Rebecca Elliott 的 Painless Grammar 是我见过的最好的一本学习英语语法的书；
- David Burke 总结的 The Slangman Guide to Street Speak 是有关常用俚语、俗语的一本小人儿书。

第三章

学业、工作、生活

我的母亲是工厂质检科科员，已退休；父亲是从事酒店管理工作的，已退休；哥哥是厨师，在职。我出国留学的想法和计划大都是父亲灌输给我的。他工作的酒店是中国沿海城市第一批被政府批准的外事酒店，因此有很多机会接触外籍人士和西方新鲜事物。他个人也出国多次，而且对西方发达国家较发展中国家所具有的优势有着比同龄人更早、更深刻的理解。安排我出国的原因是我父亲当时有一个美好的梦想：“如果我儿子是浪子回头型的，他留学的经历肯定会给他带来一个光明的未来，也会为他的父母辛辛苦苦建立的这个家庭增添一份荣耀。”我当时对为什么要出国留学并没有一个成熟的概念和明确的目标，我接受父母这样安排的主要原因或许是迎合他们的决定和抱着一份做给别人看而不是真正为自己努力的心态。再加上我高考落榜，就读的是青岛的一所与国外某发达国家合办的高等商科学校。就这样，在不知不觉中，父母经过一年半的准备帮我拿到了留学加拿大的临时学生旅游签证。

当年，我去加拿大有两个心愿：过语言关、拿大学学位，而对要不要移民的想法倒还真是没太考虑。

2000 年 8 月 23 日星期三，是我到达加拿大的第一天，时年 22 周岁，这也是我人生当中第一次出国、第一次坐飞机。在到达多伦多 Pearson 机场后，由于我的语言能力非常有限，在过海关的时候还需要等待海关专职翻译的帮助才能够通关，再加上是旅游旺季，我又是外籍入境人员，所以通关用的时间较长，从排队等候到通关结束拿到行李大约花了近三个小时。当时，我记得最清楚的一个单词就是临行前一天请留学中介吃饭的时候教给我的，他说："小亓，在到达海关后，我给你安排的北美式场景对话只有一个字儿'translator'，以后的事情就会有人帮你搞定了，不用担心。"我那时候的 TOEFL 成绩只有总分的一半多一点，五年后我大学毕业才理解通关如果只讲一个单词的话，真正贴切的单词是"interpreter"（口译人员）。

Conestoga College 是我在加拿大就读语言的专科学校，校园坐落在 Ontario Kitchener。在我按时提交寄宿家庭[①]和接机服务申请后，学校专门雇佣了一名在职学生从 Kitchener 开车到多伦多的 Pearson 机场接机，单程约 1 个小时，往返 200 公里。当晚 12 点左右我才到达学校给我安排的寄宿家庭。我的寄宿家庭是 Simpson 一家，他们全家是来自牙买加（Jamaica）的老移民。Cynthia 是女主人，丈夫是开长途运营卡车的，常年在外。他们夫妇有两个儿子，大儿子上大学、小儿子上小学。由于牙买加是英联邦国家，而且官方语言是英语，所以家里的语言环境非

① 为了能够快速地适应当地的生活和提高语言能力，我与学校签订了寄宿家庭协议，其中包括三餐。

常好。

记得第一天，Cynthia 为了等我和安排我的起居只休息了几个小时。第二天一大早，她还为我准备了早餐：2 个鸡蛋（scrambled eggs）、1 杯凉牛奶、2 片烤面包、1 盒果酱、2 根 15 厘米长的热狗。我当时好像是没有吃饱，但是 Cynthia 并没有问我需不需要再来一盘，因为每个人的早饭都是事先安排好的。22 年的中国饮食习惯，让我在吃这顿早餐的时候除了感受到外国人为我服务的欣喜和“荣耀”外，还第一次体会到了文化冲突（culture shock）。

为什么？第一，我自身中国式的饮食习惯不是按照每天自己消耗的卡路里和必需的营养来安排的，我当时的饭量的的确确还可以再来一碗稀饭、一根油条或是再加点包子之类的东西。第二，多年养成的中国北方人的早餐习惯不可能在到达后的第二天就达到入乡随俗的地步。我当时还自己安慰自己：父母讲了，供我出国的目的之一是想让我吃吃苦、锻炼锻炼，先饿几顿，减减肥也挺好。结果几个月后才发现自己的体重并没有减轻，反而重了几磅。

早饭后，Cynthia 先拿来了一张纸条，非常和善地用简单的英文告诉我纸上写的是她的全名、家庭详细住址（包括邮编和联系电话），同时还给了我家里的钥匙。然后又带我熟悉了房子的构造，一共三层：地下一层是娱乐室；地上有两层，一层有客厅、厨房、书房、洗手间、洗衣间，二层有一间主卧、两间辅卧和两个卫生间。一个卫生间在主卧里，另一个卫生间在走廊里。当她为我示范怎样使用淋浴器的时候，还特意看着我的双眸用母亲叮嘱儿子的口吻吩咐道："Frank, do not waste water, no long time shower, 5 minutes!"（Frank 是我的英文名。）整句话的意思是：洗澡不要浪费水，最多5分钟！当时，我似懂非懂地点着头，答应说："Ok, Ok!"随后，Cynthia 还讲了一句话，我没听明白，但我感觉好像是夸我的英语讲得好，而且是很好。我住的是他大儿子的房间，朝南向，光线非常好，房间虽然不大，但是有自己的衣帽间、书桌、椅子和一张非常舒适的单人床。

上午，我出国前的朋友坐了一个多小时的公车来接我，带我到当地的银行去办理银行卡和申请信用卡，还顺便帮我熟悉了一下当地的交通环境，教给我怎样乘坐公共汽车。

办理银行卡的手续很简单，只需要先出示护照和学院录取通知书，然后再填写几张表格便可以了。手续办完后，银行立即给了我一张临时银行卡，正式的银行卡会在10个工作日以内寄到我的住处。由于在加拿大的亚洲留学生的家境都普遍比较好，所以银行在审批国际学生信用卡申请方面的效率也都专门设计得比较高，我只等了不到三个星期便拿到了人生中第一张信用卡——学生专用信用卡。在加拿大，信用卡是生活必需品，只要每月按时全额结算，除了可以不断地积累和提高个人信用度，还可以在预订酒店、机票、租车、网上购物等日常生活方面提供方便，省时、省力、省钱。

在加拿大，大部分城市的市内小区的交通设施齐全，但是由于地广人稀，所以在小城市乘坐公共汽车的时候并不是每站都有人上下车。如果要下车的话，需要按一下公车扶手上红色的、标有"STOP"字样的按钮，或者是拉动公车两侧黄色的缆线，然后司机右侧的停车警示灯就会亮起，与此同时还会伴有一声清脆的“当”的声音，这样司机才知道有乘客需要下车。如果乘客没有按按钮，又没有其他乘客需要上下车，那么坐过站的可能性很大。假如乘客在到达目的地的途中需要换乘公车，那么在上第一辆车的时候需要说“I need a transfer”（我需要一张转车车票）这样司机就会给你一张带有时间限制的 transfer（转车车票）。

中午时间，朋友请我吃了一份 Tuna Sandwich 套餐，是用金枪鱼罐头、洋葱、沙拉酱做的三明治，味道非常好，感觉非常新鲜；饮料是一种蓝色的能量型饮料，喝起来有一种清爽的感觉。这也是我第一次吃到地道的西式快餐，喝到地道的发达国家的新型饮料，心情很爽。

当天下午朋友带我去了市内最大的一家 Fairview Park Mall（综合型商场）。这也是我在安大略省第一次接触到的最普遍、最大的以连锁方式经营的综合型商场。里面的常驻综合型连锁店铺包括 Sears 日用百货，Wal-Mart 日用百货，邮局（post office），GAP 服装，HMV 音乐、影视，药店（Shoppers Drug Mart），银行（banks），星巴克咖啡（Starbucks），索尼电器（Sony），1 元店（Dollar Shop），等等。在这里值得一提的是，Fairview Park Mall 是加拿大历史最悠久的 Hudson's Bay Company 旗下的产业。

在以后的几个月中，我又陆续了解到了其他日常生活中需要接触的各种饮食服务和交通设施，例如，当地公车总站（local bus terminal），药店（medicine shop），电器专卖店（Future Shop），COSTCO（类似于国内的麦德龙），啤酒专卖店（Beer

Store），便利店（convenient store），Pizza Hut、Pizza Pizza、Boston Pizza 三家比萨饼连锁店，Kings Buffet 中式自助餐连锁店，华人超市，越南粉（Vietnam noodle），诊所（walk in clinic），移民局（Immigration Canada），安大略省服务办（Service Ontario），Royal Bank Canada、Toronto Dominic Bank、Bank of Nova Scotia、Bank of Montreal、HSBC 五家加拿大主要的银行，连锁食品超市（如 Food Basics，Independent），农贸市场（farmers market），LCBO（以葡萄酒为主的酒类饮料专卖店），KFC、McDonald、Subway 三家连锁快餐店等等。

傍晚时间，朋友带我来到了 Conestoga College，校园坐落在安大略 401 号高速公路的 275 号出口处，交通非常便利，市内公车可以直接开到校园里的教学楼门口。我们下车后，朋友先是带我到日后上课的主教学楼里参观了一圈。我的第一感觉是干净、整洁、敞亮、井井有条。教学楼里面的整洁程度从图书馆（library）、食堂（cafeteria）、计算机房（computer room）、洗手间（washroom），直至每条走廊、过道都和国内五星级酒店的整洁程度一模一样。教学楼里面的吊顶、墙壁和地面是白色或乳白色的，教室的门是天蓝色的金属门，不锈钢的门把手让人看一眼就会产生伸手去推的冲动，教室里面的桌椅板凳同样也是别具匠心的。这种颜色、材质、灯光的搭配对人的**心理**和**生理**的影响是明显的，我肯定大多数人在这种环境中都会有一种精神抖擞、思维清晰的感觉。对于我这一个中国学生来说，等同于听见了“好好学习，天天向上”这几个字儿。

参观完楼内，我们又到楼外走了一圈，主教学楼的外墙是使用类似于绛红色的砖砌成的，看起来质量很好、很耐用；教学楼的大门是木制的，开启和关闭时的力学设计恰到好处。在这里值得一提的是校园里的**“紧急求救”**按钮，这个按钮是装在教学楼的两个大门入口上的，它的外观设计并不起眼，但是每个学生都知道它的作用，如果有需要，按一下红色按钮，很快学校的保安就会赶到。这样一来校内的治安就在一定程度上得到了保证。后来发现，几乎每个我去过的学校都在校内不同的“方便”位置安装了多个类似的求救装置，学校的保安也配有高档次的校内交通工具以确保学生们的安全。

题外话

在加拿大，火警、交警、盗警、急救都由统一的指挥调配中心（Dispatch Centre）调配，任何人如果有任何“紧急”需要都可以直接拨打911，然后就会有接线生帮助指派消防车、警车或者救护车。如果不是紧急情况，每个地区在电话簿上都还会注有不同的非应急求救电话号码供居民使用。

当晚是朋友的朋友开车把我送回家的。在开学前的几天里，我主要是养精蓄锐、调节时差（jet lag），除此之外就是慢慢地开始与“家人”交流，适应寄宿生活，减少“陌生感”。

学校每年开学前都会为迎接新生组织几天甚至一个星期的活动周（Orientation Week）。各项活动组织得都非常充分。例如，游览校园、注册、缴费、办理学生证等活动都有专人导引，而且每个新生包括国际学生都会得到一个精心准备的、鼓鼓囊囊的文件夹和一份小纪念品。文件夹里的礼物中给我印象最深的要数一份学校为了方便外地学生日常生活而特意设计的多用地图，地图上除了基本的道路信息还标有市内每一班可以到达学校的公车路线和很多市内的便民公共设施，包括酒店、餐馆、医院、市政、商场、博物馆等多方面的信息。

在国际新生与老师、老生的见面会上，我结识了来自至少三个大洲、二十几个国家或地区的新移民、留学生、国际短期英语语言学习团的朋友们，他们的年龄从十几岁到几十岁不等。这种能够同时与来自世界各地的、有着不同文化背景的人们交往和相互学习的机会使我至今对当天的场景还记忆犹新。想一想，自己今后每天都可以和来自日本、韩国、土耳其、越南、缅甸等不同国家以及我国台湾、香港、潮汕、广州、北京、上海等不同地区讲着不同语言、方言的朋友见面交往，我心底就有一种说不出的兴奋、激动和喜悦。

更有意思的是，作为一名正式的老外，不由得让我想起小时候老师的教诲：在任何地方看到外国人都要有礼貌、不许围观，没想到自己长大后会成为一名常年生活在国外的老外，随时也有被老外围观的可能，太有意思了！在日后的生活中，我也确实经历过“围观”，印象最深刻的就是得到当地小朋友们的青睐，他们一双双好奇的“五颜六色”的双眸让我再一次看到了过去的自己。

学校语言课程的设置是经过多年的摸索建立起来的，好像是分为六个级别，每个级别四个月，包括听（Listening）、说（Speaking）、读（Reading）、写（Writing）和词汇（Vocabulary）这五方面，五门功课。到了高级别后还可以选修一门有学分的课程。在平常开课的时候，学生们除了使用学校精心挑选的课本以外，每一门功课都是由不同的老师教授的，而且有男有女，口音也各不相同。这样的教学设计方式，既能够让国际学生在第一时间内得到全面的锻炼，又能使学生充分地体会到在加拿大这样一个种族多元化的国家里生存所面临的来自语言方面的挑战不是单一的五项英语语言技能，而是多元化的五项英语语言技能。因此，学生在学习过程中更有机会做到有的放矢，明白过语言关仅仅是开始在加拿大学习、工作、生活的开端。

在学校里，学生们的短期目标都是相同的，长期目标因人而异。对国际学生来讲，过语言关只是进入正规课程的一块敲门砖。对新移民来讲，掌握一个国家的语言是开始在新国度里新生活的最基本的条件之一。他们所面临的挑战远远大于普通国际学生，这些挑战是来自社会的各个层面的。对一个新移民来讲，如果在语言文化方面没有一定的基础，那么能够真正融入这个社会的可能性就会大大降低。在国外有句俗话："如果你的交际圈很广，大世界对你来说是很小的；如果你的交际圈很窄，小世界对你来说是很大的。"对于假期语言学习团的同学们来讲，压力是相对小的，因为他们的初衷是利用寒暑假的时间到一个英语国家体验一下当地的风土人情，顺便学习一下语言，并不是必须要过语言关。

在新学期开始的前几个月里，我几乎每天都在开课前到教室，从未翘过课；在课堂上也总是认认真真地听讲。为了能够尽快过语言关，拿到高分，我还很积极地发言，参加课堂辩论，但是由于种种原因，我的语言技能提高得很有限。在这段时间里，我最大的收获是在日常学习交流中结识了很多来自于中国和其他国家的朋友。有意思的是，很多时候大家能够成为朋友竟然是因为大家在课堂上彼此经常听不懂对方在说些什么、解释些什么，有点儿苦中作乐的意味。我想这是因为人们在面对共同的困难时，“友谊和友善”是国际上一种通用的语言吧！

现在分析起来，对于一个出国前非常厌学的我来讲，当时前几个月有上进心、学习认真的原因有两个：其一，我住的离学校比较远，每天要坐一个多小时的公交车到学校，中途还需要转车一次，如果错过公交车就会迟到；其二，来到加拿大的新鲜劲儿还意犹未尽，脑子里把学习语言当作一种新鲜事儿在干，这种新鲜感除了能够让我按时完成作业以外，还把我的内心世界平衡到了经常性地告诫自己的层次——来加拿大是父母给自己人生的一个新的开始，这个机会来之不易，一定要好好把握。

好景不长，梦想就是“梦”想。在学业方面，三分钟热度的定律在我身上又一次体现得淋漓尽致。第一个学期期中的某一天，我在一个同乡和他朋友们合租的公寓（apartment）“温习功课”时，有个肥仔跟同乡进行了下面这样一段对话：

肥仔曰：你朋友是不是刚来加拿大的？

同乡曰：昂（青岛方言）。

肥仔曰：嗯，我看也像，刚来的都这样儿，过两天就好了~（他当时用手指着我，我正在大家面前看书学习）

大家：哈哈……

我也跟着一顿狂笑。

没想到在第一个学期结束后，肥仔的调侃竟然应验了。我不但没能继续努力学习，反而提前解除了与寄宿家庭的合约搬了出来，另外找了几个合得来的同学合租了一间离学校比较近的公寓，随后的学习成绩也就飞流直泻了。

也许是因为一次次在校外尝试着用英语与老外交流的时候，老外一次次莫名其妙，让我两秒钟脸红得像猴子屁股似的；也许是因为自己对过语言关的难度在心理方面没有一个正确的、充分的准备；也许是因为从小就从未养成踏踏实实的、持之以恒的学习习惯；也许是因为自己太过急功近利导致物极必反；也许是为了省钱；也许是需要保留更多的个人隐私；也许是因为一个中国年轻人在完全脱离自己原有的生存环境后，既没能够在一个极度陌生的生活环境中快速地适应起来，又想迅速地找回原有生活方面的平衡感的本能反应；也许是因为在国内被父母盯的时间太长，迫切地向往一个完全独立的生活环境；也许是因为我对家乡的饮食文化感情太深，实在吃不惯老外的饭；也许是因为一个人耐不住寂寞，需要经常在深夜找个懂中文的人聊聊；也许……我在不知不觉中第二次被文化冲突（culture shock）击中了。对外国新鲜感过后的陌生感，使我这个向往无拘无束生活方式的老外渐渐失去了努力的方向。

在搬出寄宿家庭前和第一学期结束前，还有以下几件事值得一提。第一件：第一个学期中间，学校为了丰富国际学生的日常生活安排了比较丰富的课外活动（extra curriculum activists），除了在校内组织一些游戏之外，还有专人组织旅游活动等。我报名参加了尼亚加拉大瀑布（Niagara Falls）一日游，照了很多相片，玩得很开心。第二件：寄宿家庭的妈妈带我去了一次教堂，让我体验一下当地的宗教文化，而且在需要信徒们“表示表示”的时候，她知道我听不懂，还特意在装有善款的帽子传递到我手中之前，跟我摆了摆手，示意我只需要做传递工作，不需要“表示表示”，但我看到寄宿妈妈当时已经“表示”过了。第三件：寄宿家庭里的大儿子开车带我去了当地的滑铁卢（Waterloo）大学转了一圈。第四件：在感恩节假日的那几天我见到了男主人，他回到家里的第一件事就是给小儿子剃头，然后就是除草。在那个周末，我还第一次吃到了火鸡，第一次感受到在加拿大家庭成员之间的亲情，第一次感受到加拿大人有多么重视感恩节这个节日。第五件：在我临走的那一天，寄宿妈妈比较忧郁，她给了我一个拥抱，这也是我第一次与老外拥抱。

在搬出后的第二个学期，我的学习成绩就不用再提了，也没能提起来。每天在学校里就有点儿像混日子，到校后就是东看看、西看看，看一个“男”同学感兴趣的东西，莫名其妙地就是不能把注意力集中到学习上来。

冬天来了，这是我在加拿大度过的第一个冬天，也是我在加拿大度过的十二个冬天中第二个特别冷的冬天。对于一个舍弃家园、长途跋涉、漂洋过海来到加拿大的老外，一个衣来伸手、饭来张口的中国小青年儿来说，我现在“终于独立啦！？”除了每天到校当和尚撞钟，还要轮流做饭、刷碗、买菜、打扫卫生，自己洗衣服等等。现在想起来，当时的生活简直就是两个字“胡闹”。

在这个冬天，平时我为了省钱都是一个星期和同学出去买一次菜，而且是坐公交车去肉类和鸡蛋比较便宜的 Kitchener Downtown 市中心的室内农贸市场（farmers market）去买。

中途还要转一次车，每次买菜路上前前后后都要三个小时左右，原因是公交公司因供求关系将周末的公车次数由平时的每 30 分钟一班改为每 60 分钟一班。记得每次买菜遇到下雪的时候，我和同学在公交车站等车的场景就显得很苍凉。无情的雪花在不停地向头上倾泻，每过几分钟我们就要抖一下头，拍掉肩膀上的积雪，生怕公交车司机误以为我们是两个堆在公交车站上的雪人儿，不停车就走了。

在这个冬天里还有一件事让我过意不去，就是每次花钱的时候总有一个下意识的反应，那就是 1 加元等于多少人民币。买任何东西在付钱的时候都有一种被宰的感觉，心里总是想："如果在加拿大也可以允许买东西对半砍价就好了。"

就这样"无忧无虑"的第二个学期混到了一半儿，在这个时候我通过同校的一个同学认识了一位常年往返中加的留学中介，她说她知道一所正规的公立大学正在准备开始一个大量招收国际学生语言学习 + 大学学习的项目，而且可以帮我申请。如果入学后我的语言学习成绩过关就能够有机会选择自己的专业，开始正规的大学学习。经过短暂的接触和仔细的网上调查后，我了解到她所介绍的大学是劳伦森（Laurentian）大学，坐落在安大略省的萨德伯里市（City of Greater Sudbury）。这所大学当时几乎没有国际留学生。

能够在加拿大的正规大学里进修是我来加拿大的梦想之一，能够在一个纯英语的语言环境中学习更是当时我迫切需要的一个可以再次在学业上重新开始的机会。这道人生选择题的答案已经非常明确了。经过几个月的准备，这个中介帮我申请到了劳伦森

大学的语言学习 + 大学学习的有条件入学申请书。

要离开这个城市了，第一个冬天也过得差不多了。在加拿大半年多的时间里我荒废了不少时间、不少父母的 money，英语技能却没能进步多少，在学校也属于半途而废。好在自己在学业方面的大方向有所改变，这使我又找到了一个让自己可以重新振作的理由，那就是现在有大学上喽！

我转学的准备工作比较简单，除了转让当时租住的公寓，取消电话、银行账户、上网账户外，就是打包准备行李，其他也就没什么需要准备的了。然而，我在转学的这道程序上还是出了差错。由于自己的无知，无意中第一次违反了加拿大移民法中有关国际学生转学前必须提前向移民局申请更换学生签证的要求。产生这个错误的根本原因是我自从过海关时拿到正式的学生签证后，除了确认了一下自己的姓名和签证的有效日期外，从来就没有把整张正反两面的学生签证的内容全都读懂。我的学生签证上其实是有限制性条款（conditions）的，其中一条就是规定我在到达加拿大后必须在学生签证上所注明的学校就读，如果有转学计划，必须在拿到新学校的录取通知书后，重新在加拿大境内向移民局申请更换学生签证，将原有的在学生签证上的学校名称改为新学校的名称。虽然事后我得知在加拿大申请转学签证的成功率是非常高的，但是如果没有能够在到达新学校前将这道手续办完，加拿大移民局是有权依法对我进行严厉处罚的。

幸运，幸运，真幸运！在到达大学后，经过校方的了解和与当地移民局的及时沟通、解释，我愚蠢的过失被仁慈的加拿大移民局宽恕啦，真是谢天谢地！我当时还在想，要不然有可能连传说中来加拿大刷盘子的机会都没有就要拍屁股返乡了。

2001年4月初，我到达萨德伯里市（City of Greater Sudbury, Ontario）劳伦森大学（Laurentian University）。

萨德伯里市是我在加拿大的老家。在那里我一待就是10年，这10年是我在加拿大的经历中最有长进的10年，也是到目前为止我人生当中最有价值的10年。这10年的人生历程大致如下：

学业：完成了父母长年期盼的，供我来加拿大的两个心愿：过语言关、拿大学学位；

工作：经过近六年的拼搏和努力，拿到了一份来自母校的正式工作；

生活：遇到了吃苦耐劳、貌美如仙、善良贤惠的我的终身伴侣，喜得两子，大儿子生于2006年，二儿子生于2008年，三儿子是在2010年搬去Kitchener后出生的；

其他：养成了嗜书如命的陋习（"陋习"不是玩笑话，是事实）。

离开Kitchener的时候，我坐的是灰狗长途汽车（Greyhound）去萨德伯里市的，在车站等车的情景同每年春节前夕中央电视4台播放火车站、汽车站农民工兄弟们返乡的情景有一比。有个老外看到我大包小包的便问我是要去哪儿？我说萨德伯里市，那人立马回应道，大城市（Big City）！几年后，我才真正明白"大城市"的内涵和意义。萨德伯里市的确是个大城市，这个城市所处的特殊的地理位置以及所具有的特殊的政治、经济环境使得它在加拿大具有举足轻重的地位。

在长途车上我睡了一小觉，醒来的时候发现高速公路两旁突然皑皑白雪，我顿时吃了一小惊。我心里还在纳闷，不是冬天过完了吗？说来这种吃惊也是有根据的，四月份的 Kitchener 已经是满街春色，但是萨德伯里市地处安大略省北部，所以纬度较高，冬天较长。

回忆到这里，我想我不得不对加拿大老家萨德伯里市的四季先进行一个简短的描述。老家的冬天较长，接近五个半月。在我的印象中，冬天的老家就是一个世外桃源。十个年头使我有机会欣赏冬天里温暖的一面。印象最深的莫过于晚上十一二点后，一个人离开学校时下大雪的场景。由于校园里夜深人静却灯光充足，所以在没有风的情况下我不仅有机会看到直径约两厘米的大雪片[①]密密麻麻地、轻飘飘地、不紧不慢地从空中降落，而且可以非常清晰地听到它们落地时沙沙的声音。每每经历这种景色，我感觉自己的心灵就会被净化一次，我长时间的疲惫和烦恼会暂时退避三舍，甚至有时会使我相信圣诞老人的存在。大自然的确是公平的！老家充满生机的春、夏、秋同样是非常有魅力的，周末的郊游或是短途旅行可以让我和家人尽情地享受有“千湖”之称的老家，得天独厚的自然风光。

只是夏季有时有熊出没。这句话不是玩笑，我相信自己在写这句话的时候表情“很”严肃～

经过五个小时的车程，我到达了萨德伯里市，在感叹当地地理气候环境的同时，我意识到，人远行时需要查看天气预报和相关信息的重要性。

---

① 不是单片，是好多片在下落的时候聚集成堆，直径有 1 到 2 厘米。

学业篇

学习和研究的目的是让自己有机会超越自己。

(The Goal of Study is to Take You Beyond Where You are.)

在哪儿学的：劳伦森大学

(Laurentian University)

我们几个新同学经过考试，开始分级学习夏季语言课。班主任是 Sandra，来自芬兰，她是一位拥有研究生学位，心地善良的语言老师。我们所学的语言课同前一所学校的语言课所涉及的内容是一致的，包括听、说、读、写和词汇。我们班的好处是小班授课，每个学生都有很多可以和老师交流的时间和机会，除此之外，老师的授课安排也是非常灵活、非常具有吸引力的。在天气条件允许的时候，老师经常带我们到室外上课，除了正规的教学内容外，还经常教我们一些校外的日常生活方面的常识。在开学后几个月的学习中，我的学习兴趣恢复了，我的语言技能也在不断地提高，我想这个成绩一半是 Sandra 老师的。在整个学期的学习过程中，我的语言能力有了全方位的提高，而且在到达劳伦森大学的第二个学期我就从语言班毕业了，可以成为正式的大学生了。

在萨德伯里市劳伦森大学学习语言时，我的语言技能进步快的原因还有很多，其中之一是中文在当地根本行不通，没有任何一个地方、一个商家懂得用中文交流。生存环境“迫使”我不得不天天学习和使用英语，所以不行也得行。

题外话

这个过语言关的过程让我明白了相声中的一句顺口溜是不完整的，第一部分：让你行，你就行，不行也行；让你不行，你就不行，行也不行，不服不行！我补上第二部分：时代不同了，只要我行，不行也行；如果我不行，行也不行，不服你试试？

大学第一年

在加拿大的第二个冬天是一个让我既兴奋又烦恼的冬天。兴奋的是可以正式开始上大学，学专业课了；头痛的是我对加拿大大学的教育管理方式，诸如，新生注册、课程及课时设置、选课换课流程和办法等一无所知。说白了就是自己拿到了上大学的机会，但是的确没有做好准备工作，没有实力去好好地把握住这个机会。当时有很多琐碎的事情不得不花费大量的时间和精力去小步的、通过个人的实践去探索着走，结果是事倍功半，浪费了大量的精力、时间和父母的血汗钱。其实这些流程很简单，完全可以在进入大学前做好充足的准备，比如，现行的大学教育系统中的课程设置和要求，按专业分从本科到博士，从第一学年到毕业，从必修课到选修课的简介、要求和范围在大学网站上都有着非常详细的描述。如果学生有任何拿不准的问题还可以通过发电邮、打电话或者亲自到系办公室去询问，甚至是直接联系代课教授进行咨询。虽然当时我在这些方面做得不好，不懂得怎样获取有效信息，但是我的母校在这些方面的服务是非常周到、全面的。

大学的专业都是学分制的，我们平均每学年可以选 30 到 36 个学分的课程，单学期的课程是 3 个学分，双学期的课程是 6 个学分。每学年 9 月到 12 月是第一学期，1 月到 4 月是第二学期，5 月到 8 月是假期，但是也可以继续选课学习。学生们有的利用假期 4 个月的时间外出打工，有的利用假期选修下一学年的课程或者补修当年没有考试过关的课程。

对于利用假期打工的学生（这里讲的是加拿大本地的学生），在经济景气的时候，他们能够有机会赚出整学年的花销，包括学费及 8 个月的衣、食、住、行费用，有的甚至还可以积攒少许。我身边就有很多本地的同学年年如此。国际学生只有两个选择：一是在校内打钟点工，但机会很少，竞争很激烈；二是按照移民法的规定，在进入大学二年级后，申请校外学生工作签证，在校外或是其他城市打工，程序繁琐、复杂，前前后后从准备到出结果需要至少 2 至 3 个月的时间，而且挑战很多。在社会上打工有时甚至还有很多意外发生。

> 加拿大的移民法不是一成不变的，相关详情请查阅www.cic.gc.ca.

对于利用假期留校继续修课的学生，他们有机会将四个学年的课程缩短到三个学年，在时间方面提前一年毕业。研究生和博士生也有类似的情况，但是不多见。

对于利用假期补修当年没有过关的课程的学生，他们有机会弥补当年在学业上的不足。在加拿大的大学里没有补考，如果考试不过关只能再花时间去重修（re-take）这门课，而且同一门课程只有一次重修的机会。如果重修的课程是主修课而且再次考试不过关，按照大学的要求，就得放弃本专业，改修其他专业。

大学课程结业的评分标准有 5 个级别，分别以 A，B，C，D，F 为代表。单科成绩满分都是百分制。

A. 80%~100%

B. 70%~79%

C. 60%~69%

D. 50%~59%

F. 0~49%

X. 作弊（academic dishonesty）

从 A 到 D 都可以拿到学分，F 的意思是不及格。单科课程考核的评分系统是建立在全面、公平的基础之上的。一般是由出勤率、课堂表现、作业成绩、随堂小考（quiz）成绩、期中成绩、期末成绩等部分组成的。

单科课程安排（course outline）或者课程提纲（syllabus）是在开课的第一个星期内由教授当堂发给学生的。它的作用是让学生能够有计划地进行日常学习的准备和安排。一份课程的提纲通常会包括以下内容：

- 教授名称、联系方式；
- 课程代号；
- 上课时间、教室地点；
- 课程、课业安排。例如，从第一个星期到学期结束，每堂课要讲的内容、要阅读的章节和页数，课前、课后要做的习题和作业等；

- 日常小考、期中考试、期末考试的日期和时间；
- 成绩评分的具体标准，比如，出勤占5%，作业占20%，期中考试占25%，等等。

大学学习正式开始了，我第一学期的情况非常糟糕，由于当时国内是非常流行学习IT的，再加上当时我对自己的英文水平还是没有十足的信心，所以在转学时，没经过太多考虑便选择了自认为语言要求不高，而且又有前途的计算机科学（Computer Science）专业。

在选课的那几天里，我是一只不折不扣的无头苍蝇。当时连注册、选课表都不知道怎么说、是什么东西，还好在学校新生服务人员的帮助下按照计算机系课程设置的要求将必修课填上了，随之而来的问题就是选修课怎么办，选什么好？自己跟自己讲："这还用想？肯定是找最容易的了！"只可惜当时没知识、没文化，根本就不知道哪门课对我来说是容易的。

鸟儿课（Bird Course），在英文里是指最容易积累学分和抬高平均分的课程。

进一步讲，选修课这方面是要结合很多个人因素来决定的，大学的服务人员是不适合在这方面为任何人提供任何建议的，他们所能做的就是帮忙解释并告诉我，我的选修课是有范围要求的，要与我所选的专业有关。我只需要在专业简介所规定的范围内"找"和"选"就可以了。这其中的内因是：每个人选择上大学和大学毕业后的短、中、长期的目标、计划都是不一样的，选修课要根据个人情况有计划、有策略地进行安排。选修课中所蕴藏的真实价值和它的重要性是我在大学毕业后才真正理解到的。在这章的结尾会有更详细的关于选专业、选课等问题的解释和一点点建议。最终，经过两天的楼上、楼下，这楼、那楼的一番折腾，凭着我的万能中式英语，终于将这份选课表搞定了，可以注册、交学费、买书、上课了。上大学的教科书的确是很贵的，哪一本都要 100 加币左右，又厚、又重。一般的教科书都是在 500 页到 2 000 页。

在加拿大，对于一个学生来说，大部分的专业教科书都是有长期收藏价值的。大部分的教科书都是很多有资质的学者、教授结合现时及未来一段时间社会发展及整个发达国家体系进化的需要，经过长时间的调查、研究合作编制出来的。这些专业教科书所提供的实用价值不仅局限于单纯的教学和学习。大学教科书背后的价值源泉是：发达国家里的高等学府中的高端人才之间通过有效地结合个人、团体、国家甚至全球最前沿的知识技术资源的智慧成果。作为学生和一名大学员工，我不仅可以根据个人兴趣对任何一本专业教科书进行更深入、更细致的学习，而且可以根据书里所提供的参考（reference）进行其他相关知识的研究。

第一个星期上课的感觉还算轻松，除了几门课没能按时找到教室进入课堂外，其余的都还说得过去，能跟得上，也能明白教授们当堂讲的课程内容和日后的课程安排。课后还人模人样儿地跟同学们聊天儿，说这节课听懂了百分之多少、那节课听懂了百分之多少。但是，好景不长，从第二个星期开始就有几乎完全听不懂的课了，其中选修课和必修课都有。听不懂的选修课是一门英语文学，原因是当时我对课程的了解不够深入，又急于进一步提高自己的英语水平，所以盲目地选择了这门课，它的难度等同于老外在国内大学选修汉语言文学，结果我不得不在第三个星期放弃（drop）这门课，换成另外一门课。听不懂的必修课有计算机 Java 语言。来加拿大之前我只听说过计算机语言，可从来没有接触过，但是现在要完全用英语学习 Java 语言，这种挑战是巨大的，由于是必修课又不能放弃换课，所以不得不硬着头皮、厚着脸皮课后到处找人帮忙。幸运的是有个同学告诉我大学有这门课的辅导员（tutor）[1],我才算找到了考试过关的突破点。我的辅导员很认真负责，我是接受他辅导的几名国际学生之一。他是按照我们每周上课的时间来制订各周的辅导计划的。每次辅导大约 5 个小时,从下午 5 点到晚上 10 点,在准备期中（mid-term）、期末（final）考试的时候，辅导的时间还要长。记得单单这一门课就让我每个星期至少有两天在凌晨 1 点以后睡觉。有一次，他为了辅导我们编写一个简单的程序，从下午 5 点开始辅导直到编程结束，当我感激地说晚安的时候，抬头看了看计算机房的表，已经是深夜 12 点了。整个学期算下来除了学校付给他的薪水以外，他还无偿地辅导了我十几个小时。就这样，我的期末考试成绩也只不过是 53 分，刚刚达到 D 的水平。

第一学年下来，我总共选了 10 门 3 个学分的课程。第一个学期的纪录是在开课三个星期后放弃过两门课又重新选了两门，

① 辅导员（tutor）是大学为了帮助学习有困难的学生,以钟点工的形式雇佣的相同专业的高年级学生。每个需要辅导的学生可以到学生服务办公室填写申请表，然后得到 10 到 20 个小时不等的免费的课后辅导。

最终这两门换过的课还有另外一门都壮烈了；第二个学期的五门课中又有三门功课的学分离我而去，当年计算机科学专业单科结业的最低要求还是D。在刚放假的时候我算了第一笔账，是关于父母在我身上的投资损益情况，大致如下：

表2 父母在我身上的投资损益

	10门3个学分的课，每门1 000加币×10门=1学年学费，共计10 000加币
应得学分	30个，10门课×3个学分 = 30个学分
实际得学分	12个，4门考试及格的课×3个学分=12个学分
损失学分	18个，6门考试不及格的课×3个学分=18个学分
共损失学费	每门1 000加币×6 = 6 000加币
共损失时间	1学年×6/10 = 0.6个学年

这个结果对一个平时每花一毛加币都要折算成人民币的我，真是产生了不小的心理压力。亲爱的爸爸妈妈：“我也是有良知的，有几天我真的不知道该怎样做才能让自己的心情平静下来。”

为什么？不单是因为我第一学年的成绩不好，浪费了父母的血汗钱，还因为当时我凭借自己的“卓识远见”又为自己算了第二笔账，吓得我浑身直冒冷汗：

大学毕业必须要拿到120个学分，我第一学年只拿了12个学分！

那么，大学毕业需要几年？答案是：10年（A decade）！！！Oh~ … Canada~…♫♫……

I have sincerely wished the college I was attending is Harvard, so I can be the next Bill Gates!（我当时真心地希望，我是在哈佛念大学，这样我就可以装得像比尔盖茨一样半道儿退学。）

怎么办？喝酒、抽烟、打退堂鼓、泡吧、打游戏、晚起早睡、听歌、看X片、锻炼身体？父母问怎么办？撒个谎吧？孩儿在外，学情可以少报？撒过谎没有，你说哪？人无完人对不对？要不干脆辍学去打黑工吧？这一连串的问题就像膏药一样天天贴在我的脑门上……算了，还是不要继续这一小段的话题了。我到底是怎样度过这一年考试后的几个月的，真的是很难描述，真的很难。

我甚至还想起了以前父亲学来的一句玩笑话：学好数理化，不如有个好爸爸！亲爱的爸爸，我亲爱的爸爸啊，您现在在中国显显灵吧，告诉我该怎么办，好不好？

我一直对您的“好”深信不疑。

开个玩笑，您别介意！

第一学年小结

客观地讲，造成我第一学年失败的原因有以下几方面：

（1）在进入大学学习语言课的时候，我完全没有意识到作为一个生活在异国他乡的、有着几乎完全不同文化背景的国际学生，非常有必要利用闲暇时间去全面了解和掌握学校在新生注册、课程和课时设置、选课、换课流程及办法等方面的一系列常识。

（2）我没有针对自己所选的专业进行任何形式的前期准备，例如，提前阅读必修课、选修课、教授们的资历等相关的介绍，或者是到系里了解一下办公地址、联系方式等等。“兵来将挡水来土掩”是我当时在一个信息高度发达的国家里的思维方式，不管什么事情到时候再说，车到山前必有路。但是，结果证明，我的这种思维方式是一种不具任何竞争潜质的、不入流的思维方式。

正确的做法是，将走一步看一步改成看一步走一步。

（3）对语言课的本质不了解。语言课的目的是能够让学生在听、说、读、写这四个方面经过短时间的强化训练后，达到日常语言交流无障碍的水平。但是，在大学里任何一门课程都是有专业趋向的，以“专业语言”为交流基础的课程，这也就是说，国际学生在通过普通的无专业趋向的语言培训后，至少还有一段在语言能力上的差距，要根据自身情况努力弥补才能够达到真正的学习专业课的水准。我自身的弱点之一就是当时大学的专业词汇量根本无法满足上课的要求。

（4）不了解大学的授业方式和本质，即所有的大学课程本身就是在有教授或导师的指引下，在专业知识方面的短期集中式的强化教育和训练。学生的阅读量、工作量大得惊人！我当时没有实力跟上授课节奏，切身感受到的真是时间不等人，最终成绩也可想而知。

（5）我刚上大学的心态是“好好学习，天天向上”，在第一学期严重受挫后立马倾向于“混大学”、“混文凭”的心态。这两种心态反复了无数次，一直持续到第一学年结束后的第二个月。如果用“屡败屡败”来形容一点儿都不过，根本都够不上屡败屡战。

亲爱的爸爸妈妈，想一想吧，一个脱离衣来伸手、饭来张口不到一年的我所具有的心理素质和生活阅历能在国外有好下场吗？

我是山东人，说话很山东～

（6）对全日制学生的定义不够了解。按照大学和移民局的规定，我必须是一名全日制学生，也就是说，根据大学的衡量标准再结合移民局的衡量标准，我每学期只选3门课就可以满足这个要求。如果当时清楚自己的能力，我完全可以很保守地去选课，没必要选满10门课。如果当时实行保守的学习策略，结果可能会好很多。

（7）阅读、写作的速度和技巧是我不能够在短时间内解决的困难。例如，有些科目，期中、期末考试时间三个小时，而试卷长达二十多页，需要阅读的部分至少也在十页以上，我读完卷子的时候，三个小时就已经过得差不多了，就差等待考试结束铃声了……

刺激吧～试过没有？这种感觉是不是超爽？

假期中旬，当我再一次鼓起勇气重温自己算过的两笔账的时候,突然感觉自己好像很有商业头脑,这可不是一般的自我发现！不如撞撞运气，把专业改成商科吧？就这样，我找了个机会跟商业系的老板沟通后把自己的专业改成了商业（Commerce）。更加幸运的是，我第一学年考及格的课都是可以被商业系接受的选修课。

时间如流水，转眼间学海无涯“苦”做舟的感觉没了，第一学年的辛酸苦辣很快被性感十足的夏天忽悠得不知所踪，真的像梦一样。

大学第二年

可怕的大学第二年开始了，狼又来了！在开学前准备选课注册的时候，大一给我造成的心理阴影以光速徘徊在我的脑海中，有几天甚至连做梦都梦见两只眼睛紧盯着考试试卷不知从何下"脚"!

真败了!真草鸡了!

这两句的出处是正版青岛方言，如果看不懂，找个青岛同学询问（consult）一下!

不管怎么说，吃一堑长一智。我在得到转系许可的时候就决定在第二年采用比较保守的选课方式，因此，我只选了两门全学年的课和三门半学年的课。如果分开来算的话就是第一学期三门课，第二学期四门课。

大学第二年的开头还是比较圆满的。注册、选课、买二手书都还比较顺利。在这里我还需要解释的是，商科的二年级是有特殊要求的，学生必须同时上五门全学年的必修课，而且这五门课程还有先决条件（prerequisites），也就是说我必须修满商科大一的必修课，才有资格真正开始商科二年级的学习。因为改了专业后，虽然按时间算是大学的第二年，但是我仍然是商科大一的学生，因此我第二年所学的是商科大一的必修课和一些选修课。

在开学后的几个星期里，我的学习成绩还算说得过去，在课堂上该发言时发言，该讨论时讨论，尤其是在语言方面我感觉自信了很多，这也可能是因为商科基础课的专业用语与日常用语比较接近。在课程方面，不论是经济学、管理学、会计学、人力资源学还是统计学，我都基本上可以跟上教授的教学计划。但是，随着学期的深入，专业知识的难度也越来越有挑战性，几门功课的随堂考试和作业开始加大难度，阅读量也忽然间感觉大了很多，每个星期学的东西要进行再三的复习才能跟上节奏，而且学期过半的时候每一本书需要阅读复习的范围至少在 200 页到 300 页。我感觉很不妙，有点儿重蹈覆辙的苗头，随即申请了专业辅导员，在前辈们的帮助下，我的成绩开始渐渐地好转。第一个学期过去的时候我的单科成绩都在 60% 以上。四个月的努力没有白费，虽然没有上满 10 门课，但是学分都保住了，信心也随之建立起来了！

大学第三年

由于我的保守，导致我还欠缺一门商科的必修课没能修，所以大学第三年的时候只能拿正式商科三年级的选修课，就是说，我大学第三年的学习的唯一目的是积攒学分，保证自己能够在五年内大学毕业，即四年的大学本科文凭就我目前的情况而言，至少需要五年才能拿。

大学第三年，我的英语能力不断进步，成绩在渐渐地向好的方向发展，大部分的学习生活开始步入正轨。同学与同学之间的交往也开始有了一个良性的发展。在这些日子里，我通过各种小组作业结识了不少加拿大同学，也得到不少同学的帮助。在遇到课业难题的时候也得到了不少大学教授的亲自点拨和帮助。与此同时，我对发达国家中的各种商业知识也有了较为基础的了解，尤其是在企业管理、市场营销、商业哲学方面有了从未有过的认知和进步。

在第三年结束的时候，在各方面的帮助和自己的努力下，我圆满地完成了这一年的计划。

▌大学第四年：集中式强化教育中的强化教育

劳伦森大学商科专业里最有挑战性的一年称为 core-year。我梦寐以求的 core-year，终于等到你啦！n 年前，听人说过能有机会挑战你是商科学生的一种荣幸，能最终战胜你是商科学生的一种荣耀；n 天前，听人说过你就是商科四年中的书山，你就是商科四年中的学海；n 多次，听人说过因为你的存在，只有 50% 的学生有机会拿到商科学位！

亲爱的 Core-year，我来了！你小心点儿，昂~（正版青岛方言）

◆ 商科core-year简介

劳伦森大学商科专业二年级又叫 core-year。Core-year 是由五门全学年的必修课组成的。它包括财务管理、成本会计、市场营销、组织行为学、运营管理。这五门课除了单独的日常作业、小考测验、期中考试、期末考试外，还有大量的小组作业和小组综合作业（weekend special，原意周末特价，在这里是指系里为了给各小组成员一个不眠的周末所特意布置的小组作业，这些作业是经过精心准备的，集磨炼小组成员的体力和脑力为一体的综合性作业；除此之外，这种作业还有时间限制，一般周五布置，周日截止，需以电邮和书面两种形式上交）。小组成员会在这一年里生活得像一家人一样，同甘苦、共命运。小组的分数就是小组成员的个人得分。在劳伦森大学，很多商科大学时代的同学在这个时期成为了非常要好的朋友。

组员背景简介：每个组的组员由系里直接进行科学化地安

排，性别方面有男、有女，成绩方面有强、有弱，人文方面有来自加拿大各地的学生也包括国际学生。总之，系里这样安排带给学生的感觉是：一个商业团队的经营是以四个方面为基础的：相互帮助、相互学习、取长补短、共同进退！

◆ 这一年，我的最终成绩

表3　我的最终成绩

2004 Winter Academic Term	Credit	Mark
Comm-2012EL Management Accounting and Control	6.0	63
Comm-2025EL Financial Management	6.0	50　　Replaced
Comm-2035EL Marketing Management	6.0	63
Comm-2045EL Organizational Behavior	6.0	60
Comm-2055EL Operations Management	6.0	67

◆ Core-year我的奋斗经过

Core-year 中途我接到系里发的“劝降信”！在大学毕业后，我明白了其实这也是我们大学商科学位淘汰制的一道心理战术！

在学期过半的时候，系里面会进行一次统一的，由教授们组织的，考量每个学生的综合素质的工作。工作目的是保留素质高、有前途的学生，劝退成绩不是很优秀的学生。劝退过程的第一步是“劝降信”，即系里会发给成绩落后的学生一封劝降信。由于我的综合素质令人堪忧，所以自然成了系里劝降的目标之一，很可惜我没有保留这封信，但是内容大致如下：

尊敬的小亓同学：

由于您目前的平均成绩好像与系里的“最低”（确实很低）要求还有点儿差距，我们经过再三地斟酌，还是觉得您实在不太适合学习商业，我们真诚地建议您改选其他专业，以免耽误您的前程。

此致

敬礼！

系里老板署名

年 月 日

总之，这封信写得非常含蓄。

据我所知，系里有不少学生收到了这封信，正是因为这封信，有些学生在 core-year 结束后改了专业。另外两个重要的原因是：任何一门必修课没有过总成绩 60% 的必须重修，这也意味着要拿到商科学位的同学有可能要多花一年的时间才可以毕业；任何一个学年结束后如有两门课程达不到总成绩的 60% 必须放弃商科专业，没有任何商量的余地。对于任何一科的成绩在总成绩的 50% 至 60% 的同学来讲，如果决定转到其他专业，他们是可以拿到学分的。因为有些专业拿学分的标准是总成绩的 50% 而不是 60%。

说心里话，我当时也有过改专业的念头，尤其是在拿到期末考试成绩后，我有一门功课没有达到总成绩的 60%，这就意味着我要重新学习这门课，也意味着我有可能要再多花一年的时间才能大学毕业。总之，这封信对于已经 25 岁的我来讲造成了不小的压力，我已经是大龄大学生了，当时的想法真的是时间就是生命。也许是我老婆的原因，我决定继续向我的商科文凭努力。我老婆是一个很执着的日本人，我从她身上学到了很多，老婆使我明白了什么是日本人的精神境界，我也能体会到她对我的支持，没有老婆的支持，绝不会有我的今天，也绝不会有我的大学文凭。当然在这个过程中，需要感谢的人还有很多，在这里就不一一列举了。总之，我很感激所有帮过我的家人和朋友，尤其是父母。

我收到劝降信后，最终作出了以下决定：

我喜欢，我乐意，我就是对商业感兴趣，自己的决定不会改变。就这样我又一次带着屡败屡战、永不放弃的精神走进我大学生涯的最后一年。

大学第五年：我很累，我第一次尝到筋疲力尽的滋味

如果想在这一年毕业，我必须修满 36 个学分的课程，必须走这一步。我选了，我走了，我成功了。

为什么累？在这一年里，我们的第一个宝宝出生了，前前后后我们小两口都处在筋疲力尽、心力憔悴的境地。各种忧虑、各种压力，铺天盖地地接踵而至，真的是人懂得越多，担心得越多。我们是自己打拼过来的，我们的父母没有在这个时候帮过我们很多，只是岳母在老婆生孩子的时候，过来帮了我们两个星期，但她自己的身体健康状况也不好。

在这一年里，我们的平均睡眠是每天 4 个小时左右，就这 4 个小时都还不是连着睡的，有孩子的父母肯定可以体会到这一点。最晕的时候，老婆给我准备的饭我都没吃，身体竟然达到了长时间没有饥饿感，到了一个可以忽略饥饿感的境界了，快成仙了。

我们不是为了生活而拼搏！我们是为了拼搏而生活！这就是支持我们俩，支持我在筋疲力尽的时候也要往前冲，也要挑战自己，也要在第五年中将自己的学业完成的动力。

当然，我非常清楚自己也是人，自己不是十全十美的，自己在大学生活中也犯过好多错，自己也是一匹雄性动物。五年的大学生活最终给我和家人带来的是成功和喜悦。这种感觉是难以用言语表达的，其中的酸甜苦辣也只有相同经历的人才可能体会得到。如果有人跟我说："国内20世纪60年代过来的人比像我们这样的'唐僧'[①]经历的困苦多"，我的第一反应会是："不见得吧。"

我说话有点儿狂，请千万不要介意。

海外留学小总结（一点点个人建议）

什么是成功的大学生，为什么同一专业的大学毕业生也会被分为三六九等

（1）大学的专业选择。选择专业是大学生所面临的最普遍的挑战之一。一个真正有头脑的、成功的大学生至少是在高中毕业前就已经计划好上大学时要学的专业了。就我现在的经验而言，在加拿大确定大学专业目标的途径有两点：一是做到"自知"，根据自身的兴趣、爱好、能力、长处、家境、人生目标、社会的大环境等一切相关的、能考虑到的因素来决定自己的专业趋向。二是根据自身情况查阅加拿大人力资源部所设立的国家职业体系（occupational structure）[②]。这是一个根据加拿大现有的职业种类所统计制订出的一个集职业、职责描述为一体的大纲。据我所知，几乎整个国家内无论大公司还是小公司、国有公司还是私营

① 我定义的"唐僧"是指在西方求学取经的中国人。

② http://www.hrsdc.gc.ca，访问日期：2013年11月2日。

企业，大部分在人事方面的管理都是依据这个大纲建立的。如果学生在高中毕业前懂得阅读和了解这个大纲，学生就有机会更有效地为自己制订一个明确的大学专业目标。对我来说，最好的工作是在大学毕业后干自己爱干的事儿，而且还有人付自己薪水。

（2）资格认证书。高素质的大学生非常清楚大学毕业只是踏入社会的基础，如果想找到一份自己喜欢的工作，又想在这份工作中有所表现，那么在大学里就需要“搞定”进入社会所需的一些资格认证书之类的东西，只有这样才会增加自己的竞争力。就我所知，很多大学生从大二开始，在学习、约会之余，就已经着手准备日后的各种资格认证书的考试了。

（3）大学选修课。每个大学生拿选修课的目的都不一样，但是都与自己的学习目标、学业目标、日后从业目标相挂钩。例如，对日后想要考研的朋友们，在拿选修课的时候，就需要开始注意积累自己的研究生申请条件，因为有些专业对研究生的录取要求是申请者必须具有某些特定方面的非本专业的知识。进一步讲，如果学医的学生有兴趣在医务管理方面发展的话，可以在本科毕业后申请商务管理硕士；在这之前的本科学习中，医科学生可以拿一些商科的选修课作为日后学业发展的基础。总之，上学既要有短期计划，也要有长期计划，整个过程都需要计划。

（4）冷门专业。这个话题由来已久，不是一两句话可以解释清楚的，但我自己这些年来在大学里的学习、工作、生活经验所体会到的是：在这个世界上是没有冷门专业的，任何一门大学专业都是非常有价值、有前途的。**因人而异、因时而异、因地制宜**是所谓的冷门专业与热门专业的区别之一。

◆ 其他事项

（1）上大学期间换专业不是问题，只要找对自己想学的专业就可以了。加拿大本科生换专业的比率至少超过30%。

（2）留学时，需要学生签证续签的话，应该保留一份以前续签时所有材料和表格的备份，最好是电子版的。

（3）大学毕业时，应该在离校前购买多份大学成绩单，以备日后所需。

（4）不懂装懂的陋习在加拿大让我吃亏不少，我有位朋友曾经告诉我：不懂不丢面子，不懂装懂就不一样了。我想这句话适用于很多人，包括告诉我这句话的朋友！

（5）交际面要广是出国留学经历中的隐形的、非常宝贵的、可以使国际学生受益终生的经验之一。因为留学生在这种单纯而又融洽，几乎没有任何竞争的环境中可以畅所欲言，不断地学习和接触世界上不同种族、文化、语言、身份的人和事物。这对每个人日后的工作都会起到积极的作用。这种潜移默化式的学习环境和机遇也只有在发达国家才能得到。

（6）冬季短假（winter break）和春季短假（spring break）不是假期，是机会，尤其是对国际学生而言，利用这几个星期在学业方面更上一层楼是很重要的。

（7）在加拿大，几乎每所大学在校内都有小酒馆（pub），很多大学生在空闲的时候都会在小酒馆里聚会。对于国际学生来讲，在大学内的小酒馆里聚也是日常交友、消遣的途径之一。

◆ 我在国外上学期间，在学业方面最后悔的一件事情

我最后悔的是，在自己有能力、有精力的情况下，没有学幼儿发育（child development）这门课。虽然我的专业是商业，但是这门课完全可以作为选修课来学，而且会对我今后国外的生活起到很大的帮助作用。我是一个土生土长的中国人，是一个常年生活在国外的中国人，是一个早已养成独立生活习惯的中国人，是一个不懂得什么是真正的父爱的中国人，是一个打算结婚生子的中国人。身为一个深信科学化、系统化管理的中国人，我没有任何照顾婴幼儿的经验，我没有任何婴幼儿发育和教育方面的专业知识。

如果在上大学期间我晓得问自己以下几个问题，就算不吃不喝也一定会学这门课。

- 我知道小孩刚出生时的视力情况吗？
- 我知道婴儿在大脑发育阶段的脾气变化和表现是什么样的吗？
- 我想让自己的孩子有一个通情达理的父亲吗？
- 我知道婴儿并不是喜怒无常，而且他们的表现都是有内在原因的吗？
- 我知道婴幼儿学习语言的能力、方式和掌握语言技能的最佳年龄段吗？
- 我知道婴幼儿的常见病和处理办法吗？
- 我的专业是商业，我生活在国外，英语不是我的母语，如果我的孩子生病了，在求救的时候，我有能力把相关的医学专业术语表达给能够帮助我们的人吗？

总之，人生所面临的挑战很多，但是很多不必要的挑战是可以避免的，只要用心去学、去准备。

工作篇

第一份工作：义工

工作几乎是每个内地来的中国留学生、新移民都想拥有的国外经历之一，不论是义工、临时工、合同工还是永久性的工作，都是我们想要努力争取的。我的第一份工作是大学广播电台的广播员，是志愿者，或者说是义工。这个机会是 2001 年 9 月在萨德伯里市学语言课的时候，Sandra 老师介绍给我的。记得当时是一堂课外课，她先是带着我们参观了学校的无线电广播电台，让我们看看广播电台是怎样运作的，然后找了个机会告诉我们电台正在招广播员，任何一个学生如果有兴趣的话，她都可以安排，于是我没多想就报名了。我当义工的职责是负责每个周末最早时间段的音乐节目，每次两小时，主要是介绍和播放有关中国传统乐器的音乐，例如，二胡、古筝和笛子，还包括当时的港台流行音乐。素材均源于出国前买的地摊儿货，还有从同学那里借来的 CD。这段经历从开始到结束大约有半年多的时间，结束的原因是电台需要搬迁，而且开工无期，所以就没能继续下去。

总的来说，这段做义工的效果还不错。对自己而言，除了练习英语还学会了怎样使用无线电广播电台的全部设备；对于有 16 万人口的萨德伯里市来说，当地早起的老百姓不仅可以在收听广播的时候多了一个了解中国音乐的机会，还知道了现在的劳伦森大学里有来自中国的留学生。

多年后，我明白老师给我们提供这个机会其实还有另外一层意思，那就是广而告之，让当地的老百姓知道城里来了外国留学生。在加拿大人口较少的城市里，人们对外来人口都是比较敏感的，对外来的外国人的敏感度就更不用说了。所以如果能够尽快让当地的人们知道老外来了，能够让本地人通过广播或任何形式了解老外，会让初来乍到的老外在日后生活方面方便很多，或者说避免很多不必要的误会，至少人们不会把国际学生当作盲流对待，而且在很多时候人们会给予国际学生很多方便和无私的帮助。萨德伯里市就是这样一个城市。

第二份工作：劳伦森大学国际部钟点工

劳伦森大学国际部成立于 2000 年左右，开始时主要的工作职责是辅助大学进行相关的外事工作和开拓国际生源市场，招收国际学生。后来随着大学外事工作和国际学生人数的不断增加，部门的职能和团队人数也提高到了相应的水平。可以说，我在加拿大工作方面的成长历程是与国际部的成长历程同步的。国际部的团队在我加入的时候有三名全职员工，两名短期合同工、三名钟点工。2000 年，在校的国际学生人数不足 10 名，当我 2007 年底离开的时候已经发展到七名全职员工、三名短期合同工、五名常驻钟点工、多名临时钟点工、多名志愿者，在校国际学生人数超过 300 名。

在大学里，“机遇”这两个字似乎跟我很有缘分，在学习语言的同时，我除了做义工，开始留意校内钟点工的工作。大学的国际部是我的第一个目标，原因是在我刚到劳伦森的时候，是国际部怀着孕的办公室经理亲自来长途车站接的站，并且也是她安排我的住宿和分级考试的，平时我有任何事情都是去国际部或者大学生服务办公室询问，就这样一回生两回熟，我们也算认识了。记得有一天我去国际部咨询点事儿，事后我顺便诚恳地问了一句“有没有钟点工（part-time job）的工作机会”，也许是因为认识；也许是因为我是大学在 2001 年正式扩招国际学生后的第一批到校的国际学生，又逢大学的国际部刚刚成立不久需要人手；也许是因为大学国际部希望让国际学生更好地了解和信任国际部；也许是因为爱问、爱闯的人才有机会。总之，我的要求当时就被答应了一半，国际部经理给了我一份大学的简介，让我翻译成中文，日后可以服务中国学生，如果翻译进展顺利的话，不但可以有钱拿，而且正式的钟点工职位就 ok 啦！我非常兴奋地接受了这个任务，经过一个多星期的努力，我终于把翻译任务搞定了，也有幸在 2001 年 11 月，也就是到达大学后第七个月成为了正式的国际部的钟点工，也是第一名在国际部工作的国际学生钟点工、第一名来自中国的国际学生钟点工。

很爽！我现在写这句话的感觉，依旧很爽！

大学的管理是非常严格、非常系统的。虽然是钟点工，但在被录用的当天，也需要经过部门老板的审批，之后才能签署合同。这中间需要填写的表格很多、信息范围也很广，包括工作部门、职务名称、顶头上司（supervisor）的全名和职位名称、办公室门牌号、电话、每周大约工作的时间、个人银行收款信息、个人收入纳税情况、住址、加拿大社保卡等多项信息都得填写。工作开始后，每两个星期需要提交一次工作时间表，内容是在这两个星期内哪几天工作了、工作了几个小时。在经理查阅并签字确认后便可以把表交给工资发放办公室（payroll）等着开钱啦。

就这样，我一干就是五年，一直到大学毕业。在开课期间，我平均每个星期可以工作10到20个小时，到了暑假还能够申请加拿大政府提供的类似于本科助学金的全职工作（full-time job）。这类暑假的全职工作每年都是有名额限制的，具体的运行方式是：大学负责提供工作机会，政府出资负担大部分学生的工资，剩余的部分由大学分担。学生的全职工作申请被批准后，时薪不变，就是每星期与正式员工一样朝九晚五上下班，工作时间限制在每周35个小时以内。

身为一名白领钟点工，我的办公室换了好几个，一般总是与2到3个同事共用一间办公室，在工作的时候我有自己的工作台（work-station）和按照人体力学设计的老板椅。工作台是指配有电脑、电话、打印机等一体化办公设备的办公桌，我平时是与其他钟点工同事在不同的时间段共享一个工作台的。在大学里，工作用的硬件和软件设备基本都是市面上最先进的一代产品，这也是在加拿大上大学和在大学里工作的巨大的优势之一。

加拿大的公立大学在为国民提供教育机会的同时，在教学办公设备的软件与硬件的更新方面从来就不惜重金，永远保持应用市面上一流的硬件和软件。例如，电脑一般都是两年之内更换一次；在软件方面，只要现行的办公软件有升级版，学校就会马上升级，然后组织相应的培训队伍对员工进行培训或解答学生们在使用方面的问题。这样做的目的之一是能够让本校的学生和员工们，在了解和使用现代化的、常用的科学技术等方面的能力和阅历保持在较高的、有竞争力的水平上。

在大学工作的这些年里，我的工作台不知道更新过多少次，学会使用的软件和硬件不知道有多少（尽管有一些是一知半解）；在离开大学两年后，我发现自己对社会上常用的软件和硬件仍然保持在驾轻就熟的层次。这使我突然明白了一个道理，原来大学是在花钱为自己的学生和员工们买时间和创造竞争优势。因为到了社会上，凡是以盈利为目标的企事业，除非必要，否则是不会花钱更新自己的软件和硬件的，这样比起来，从大学里出来的人同大部分其他地方出来的人的层次就是不一样。这也是为什么，在发达国家里，大学里人员的综合素质普遍较高，受到整个社会的普遍欢迎和尊重。高素质的大学毕业生，不仅省了招工单位在一些方面的培训工作和花销，而且还可以为企业增加新的知识和活力。这个道理让我对自己的母校劳伦森大学（Laurentian University）和加拿大的高等教育系统敬佩不已。

软件和硬件设备更新的资金是大学预算的一部分，主要来自于政府。在实施购买方面，如果是大规模的软件和硬件换代升级，大学与大学之间有一个组织会统一与供应商们进行价格谈判，然后分步实施付款、安装和售后服务。这样的运作模式不仅有利于提高大学的整体实力，而且也鼓励了高科技公司在研发现代化的软件和硬件方面的信心和投入，至少高等教育产业这个庞大的市场的大门是永远为高科技公司敞开着的。这种循环模式和投入是很多不发达国家无法比拟和赶超的；同时也是国内大学与发达国家大学之间的差距之一。

请允许我讲一句大实话：现在使用盗版是好处多，但是最终打击的是自己国家的科研队伍、中坚力量。

言归正传，五年钟点工的工作职责不是一成不变的，从挑战的角度上讲是由易到难，从职责的角度上讲是由少到多。在刚开始的时候，由于英语水平有限，在接受了简单的培训之后，我最早的工作就是帮助国际部招生办公室准备大量的可以随时寄出的全套申请表（application package），具体有以下四步：

（1）复印所有申请大学的表格；

（2）把复印好的各种表格按照本科和研究生的专业招生要求分类，按顺序放进统一的、印有大学简介的文件夹中；

（3）把准备好的文件夹用信封装好、分类；

（4）在收到邮寄地址后，将地址手抄到信封上，然后拿到学校统一的邮递站统一投递。

手抄地址的方式后来很快被纠正为使用打印地址标签(label)，因为这样显得正规而且便于邮递。

就这样我干了一段时间，对申请大学方面的要求和程序有了深入的了解。同事们对我的信任和信心也在逐渐增加，与此同时，我的英语能力也进步了很多。

在我看来，有些时候体力活儿是脑力活儿的基础，在经过一段“悄无声息”的考验[①]之后，我就被允许掌握全套的邮递申请

① “考验”是我多年后在拿到全职工作时才明白的道理，原来钟点工也可以有试用期。

材料的程序了。允许就是指办公室授权我掌握国际部专有的电子信箱的用户名和密码。有了这道授权以后，我每次的工作范围增加为查阅来自世界各地的申请者的电邮，根据具体情况回复电邮。如果有要求大学申请表的，在确定地址后，将申请表格寄出，同时告知申请者等待接收；对于有些电邮中申请者提出的问题自己没有合适答案的，将电邮转至高一级别同事的电子信箱，然后回复申请者，写明“电邮已收到，非常感谢您考虑来劳伦森大学学习，很快会有专人答复您的问题”。

整个程序没人监督，全是责任、全是信任、全凭自己的认真和努力。

整个邮递申请材料的过程虽然现在讲起来简单，但是对于那个时候刚从中国来的我来讲，是需要接受不少培训和同事们的帮助才行的，同时更要通过自己的勤奋才能够达到相匹配的工作标准。为了满足这项工作的要求，以下列举几项当时我必须在工作和学习之余迅速掌握的技能和知识：

- 记住大学本科、研究生的所有专业名称；
- 阅读理解所有专业的简介；
- 记住有哪些专业是对国际学生开放的；
- 学会使用学校内部的电子信箱系统；
- 学会正规的回复电邮的专业用语和格式；
- 学会使用所有的办公设备和简单的维修；
- 了解校内的邮递服务；
- 了解校内的打印、复印服务；

- 记住所有与工作相关的其他办公室的分机号和同事们的名字；
- 记住常用的国家的电话区号，等等。

刚开始的时候，失误很多，闹出的笑话也不计其数，如果没有一个稳定的心理素质是不可能胜任这项工作的。在那个时候，大约是2001年底我就告诫自己：这个机会来之不易，同国内的工作环境相比，有几个单位可以给正式员工提供这样好的条件，何况我只是一名钟点工，又有几个中国留学生能够得到老外的信任和重用，我从心底里感激大学给我这个机会。我真的很开心、很知足，同时也很卖力，从来没有偷过懒，从来都是每件事尽自己最大的努力认认真真地去完成，真正用自己的实际行动来回报同事们对我的信任和支持、回报大学所给我的一切。

眨眼间一年过去了，国际部的工作成绩也逐渐地显现出来，由于我们这个小团队的共同协作和努力，有更多的世界各地的学生来到了我的母校劳伦森大学，更多的来自中国的留学生加入到劳伦森这个大家庭里。由于各个方面的需求越来越多，国际部需要提供的服务开始变得越来越全面、周到，我钟点工的工作范围也变得越来越大。

大约从2002年底到2006年5月大学毕业，也就是钟点工生涯的四年间，我的工作任务在原有的基础上又增添了口译，校内、外导游，学生接待、接站、接机、送站、送机、搬家、导购①，组织旅游，当楼长，采购办公用品，租车订酒店，参与设计、

① 我可从来没收过回扣，老外经商几乎从不暗着宰客，都是明着来，好牌子就是贵，质量就是好，有钱你就买，没钱请走开。

改进招生材料，参与审查鉴定申请材料，做全球国际生源市场调查，参加加拿大全国性的招生年会，参加英语语言培训项目年会，管理协调钟点工们的工作，订购语言培训课教材，协助语言教师们的日常教学活动等。

工作职责越多，需要准备的工作就越多。如果要把这些准备工作一一罗列出来，恐怕要多砍几棵树才能把这本书印出来，为了大自然，为了多种些树，需要列举的准备工作就从简了，大体可以用以下的五个方面来概括：

- 沟通、沟通，再沟通；
- 请教、请教，再请教；
- 准备、准备，再准备；
- 小心、小心，再小心；
- 努力、努力，再努力。

在我做钟点工的生涯中，工作责任最大的除了邮寄申请材料，要数管理校外宿舍、当楼长和组织国际学生到外地旅游了。

◆ 楼长（我不是三楼楼长，是管三层楼~）

楼长的工作背景

随着国际学生的不断增加，工作越来越繁忙，尤其是中国留学生们不懂得在收到大学录取通知书的时候申请校内宿舍；或者是申请校内宿舍的时候，没有在大学要求的申请截止日期前申请；再或者是申请后没能按时拿到学生签证，结果不得不放弃校内宿舍的名额和预先交纳的押金，而最终导致每学期都有一批国际学生在到校时没有住的地方。因此，国际部在得到大学允许的情况下，在距校园最近的地方预订了一栋宿舍楼中的三层，专供出现类似情况的来自劳伦森大学的国际学生租住。同时，这栋宿舍楼也对其他专业或其他学校的学生开放。由于校外宿舍是大学出面联系的，所以大学为了更好地服务国际学生，增加了一个楼长的职务。我是当时任楼长的最佳人选（即使我不知道留声机的英文是怎么说的），因为我熟知校内、校外，还有市内的很多信息；并且本身就是国际学生，又一直在国际部服务国际学生，了解国际学生的需要，所以我非常乐意地接受了这份职务。

楼长的主要职责

（1）负责所有国际学生的起居安全。如果有火警，不管几点、不论春夏秋冬、不管室外的气候有多恶劣，必须配合保安确定每个学生都已离开宿舍，到达宿舍楼外，直至消防员告知火警结束。

（2）协助房东（landlord）与国际学生沟通，避免不必要的误会。例如，按时缴租金，注意公用设施的清洁和卫生，在必要时做翻译。

在这期间发生了许多事情，经历了许多个不眠之夜，其中最值得一提的是保持公用厨房及其他公用设施的清洁和卫生方面的事儿。这也是我在多年的学生服务工作中所遇到的，至今老外们最不能理解的一些问题，诸如：

- 为什么很多中国来的学生做完饭不打扫自己用过的炉灶，以方便下一位有需要的人？
- 为什么饭后不把垃圾扔到垃圾箱里，或是扔一半儿、掉一半儿？

- 为什么饭后不擦拭公用的桌子？
- 为什么不按时洗刷锅碗瓢盆，而留在洗涮池中，导致别人无法使用？
- 为什么使用微波炉后不清理？

当有一位拥有博士后学位的香港老移民听说这类事情后，产生了下面的这段对话。

香港老头：大陆仔！我听说这样的事情不仅出现在校外宿舍，校内宿舍也是一样的。这是真的吗，为什么？

我：你哪儿来那么多毛病？（笑一笑十年少，我没这么回答）

我：小老头儿，难道你不知道在这个世界上，有些人可以变得很有钱，但是变不成有钱人吗？（这也不是我当时说的，再笑一次吧～）

我真正讲的是：老大爷，在国内老百姓花了钱以后就形成顾客的思维方式是很普遍的，因此“伺候与被伺候”的概念在付了钱以后就成立了。从这个角度上来理解，因为中国学生知道交的房费中包括公用厨房和公用洗漱间的日常清理和打扫工作，所以不论男生、女生，等着享受服务的心理是存在的，于是没有打扫自己弄脏的地方。他们还年轻，做事考虑不够周全。这也可能是老外对中国人的文化不够了解，让他们慢慢适应就好了。“顾客就是上帝”这句话不还是他们发明的吗？不能全怪咱们中国学生。在我看来，唯一不太好的地方是没有想到还有其他的同学也需要做饭，需要张干净的桌子吃饭，需要用干净的微波炉，饭后在需要的时候有个干净的坐垫大小便罢了……

香港老头：Mule S…t！谬论！（这也不是他说的）

香港老头：沉默了几秒钟，点着头，之后把话题岔开了～

事后我琢磨着，老头儿把话题岔开的原因弄不好是产生了一种“秀才遇到兵”的感觉，或者是他和我在交流方面已经有文化冲突（culture shock）了。总之，我从来没有放弃告诫所有在住的学生包括很多中国学生，要尽力保持公用设施的干净与卫生。只可惜老生改好了，新生又来啦。对我而言无所谓，我是中国出来的，我明白是什么情况，大不了把前面做过的工作、讲过的话再来几遍；对老外房东、清洁工、保安而言，日积月累的“残酷”的工作环境使得他们每次见到新生都会有一种“钱来了，狼也来了”的感觉，尤其是老外清洁工，他们心里的抵触情绪在短短的一个月内就可以变得根深蒂固，来自工作方面的牢骚，在工作之余很快便被“回馈”给社会。清洁工走了一个又一个，没准儿，有的员工还可能认为自己的主管故意虐待劳工呢！他们中大部分人也肯定想过：为什么刚收拾好的地方又脏了，经理到底看到我工作没有？我的工作职责可是一天就打扫一遍……

渐渐地，类似的事情让我成熟了很多，我也开始注意到工作的复杂性，我所面对的不仅仅是中国的留学生、国际留学生，还包括全市的老百姓，各个阶层、各个角落的人群。同时，进一步体会到“逆向思维”、“相互理解”、“相互尊重”的重要性。要想有一个融洽的生活、工作、学习环境，基本条件之一是要了解老外，懂得站在老外的角度上看问题。慢慢地，我对老外的一些思维方式开始了解了，也接受了很多。在他们眼中的国际学生，代表的不仅是个人、不仅是来自哪个城市、不仅是来自哪个省份或地区，而是来自哪个国家，甚至是哪个大洲。以小见大、一叶知秋，中国留学生的行为是可以有长远的正负面影响的，有些影响是不容忽视的……老外学生也是会毕业、长大、踏入社会的。有的在不远的将来，甚至会影响一些企业是否雇佣来自某个特定国家的员工。人的记忆力和观点是可以延续好长时间的……再想一想，如果某些有出息的老外被派到中国当地区老总，他们从心底里会不会尊重中国员工，会尊重什么样的中国员工？

上面讲的有关中国留学生在清洁、整洁方面的情节，在加拿大全国是普遍存在的。个人卫生问题同时也是年轻的老外们与年轻的“老中们”交朋友的障碍之一。在中国，我相信每一个学过雅思、托福、GRE、GMAT的人都知道一个词组：个人卫生（personal hygiene），不过，是不是每一个人都了解个人卫生的具体含义我就不确定了。

让我向社会吼一次吧：希望打算终生致力于伺候子女衣食住行的父母们学习学习日本的一休：“休息～休息～”

我相信“自己动手，丰衣足食”的时代已经不是历史，而是现在进行时。

短途、长途旅游

玩，观光，太好了！这就是我刚到加拿大时，第一次参加旅游活动的心情。直到自己组织旅游活动时才明白事情的复杂性和责任的重大性。回忆起来，我对这项工作最满足的一点不是自己走过、看过多少地方，而是多年来在我组织过的十几二十次短途、长途旅游活动中，我带出去多少人，就安安全全带回来多少人，从来没有任何人受过伤。短途活动往返几十公里，长途旅行往返几千公里，参加的人数虽没过一千但几百人是绝对有的。当然这份满足感也是建立在团队的执行力方面，没有几个好朋友、好帮手是不可能做到的。

◆ 五年钟点工的得与失

没有不散的宴席，20 个春夏秋冬（四季 × 五年），风风雨雨五年了。终于可以大学毕业了，终于拿到我梦寐以求的商科学士学位啦，终于可以让自己松口气啦！自我评价一下：多天真的想法啊！虽然不是事事顺利、天天开心，但是生活、工作、学习在人口少的城市的好处是，分分秒秒都有人注视着你，时时刻刻都有人帮助你。不论是大学里的员工，还是社会上的老百姓，只要你在努力为大家服务和工作，你就能感觉到集体的温暖。现在萨德伯里市对我来说已经不是一个陌生的城市，而是我在加拿大的老家！

在这五年的工作中，托大学的福、托留学生们的福、托中国留学生们的福，我收获颇丰。在语言方面，由于几乎天天与老外同事打交道，接触的都是日常生活、工作方面的用语，所以各方面语言能力进步得很快。在大学毕业的时候，我的语言能力已经可以适应全职工作 70% 以上的要求啦。为什么是 70%？在大学工作的过程是一个不断探索、发现的过程，我知道得越多，就发现自己不知道的东西越多，并且职位的高低决定信息量的多少。

在人际交往方面，有幸的是我接触到的同事、教授文化修养都非常高，从他们身上我切身体会到了文明的含义，所有年长的同事们对像我一样的年轻人的关怀就像对待自己的孩子一样。真的～

介于义工和钟点工之间的工作：学生会工作（2001年9月至2002年9月）

劳伦森大学的学生会组织是非常活跃的，学生会的主体分为英语学生会和法语学生会两部分，下辖许多个学生组织。每年大学为了丰富学生的校园生活，还不断给予学生会多种多样的支持和帮助。在这个大前提下，为了能够更好地让国际学生融入大学的校园生活，国际学生会和中国留学生学者联谊会在国际部的倡议和支持下，由我带头在 2001 年底正式注册成立了。作为两个学生会的发起人，我需要做的第一件事就是迅速建立起两个领导团队，每个团队包括主席、副主席、财务和干事。两个团队的主要任务就是参与大学学生会的活动和丰富国际学生的课余生活，帮助有需要的国际学生。

对于没有任何学生会工作经验的我，这是一个不小的挑战。两个团队的领导成员均由大家推举产生，我很幸运，被推举为两个团队领导成员之一，其中国际学生会的领导团队由我和来自其他国家的两个本科生和一个研究生组成了。由于我当时的特殊身份——唯一的、国际部的、正式的钟点工，所以被推举为两个学生会的“主席”。两个学生会的日常工作没有那么顺利，作为主席，在没有前车之鉴的情况下，我花了很多时间、想了很多办法来查找、学习如何进行学生会的运作和日常活动。还好，在我卸任的时候，也就是一年以后，我对自己的评价能够达到虽没功劳，但有苦劳。我们两个团队，在学习工作之余，花了很多时间和精力，确实都尽力了。虽说没能满足所有国际学生的需求，但我相信大部分同学对我们的工作是认可的，大部分的学生对我们组织的活动是满意的。

卸任的原因很多，其中一条是我当时为了大家的利益，正在拿着父母的积蓄打水漂，或者说太贪玩儿了，学习成绩出了问题，都跟不上2008年世界股市的走势，连点儿反弹的迹象都没有就直线向南奔了，所以……因此，在学生会工作方面没能走得更远。

卸任的最后一项工作是组织下一届领导团队的竞选，是100%通过投票方式来完成的，现场点票出结果。竞选当天，几乎所有的国际学生都到场了，好多人。我当时的心情很激动，尽管没有人注意到我的表情。我默默地告诉自己："这就是我的工作成果，这就是我的团队的工作成绩。我的时间、努力没白费。"当天大家选举出的国际学生会和中国留学生学者联谊会的第二届领导团队在之后的12个月的工作中都非常出色、非常成功。

◆ 学生会工作总结

- 学会了肯定自己，认识到了自己的长处。
- 学生会的工作有时会变得非常复杂，甚至会对自己的一生产生影响。**中国留学生学者联谊会**，这个学生会的名字是全世界通用的，在加拿大很多大学都有中国留学生学者联谊会，有些大学之间的中国留学生学者联谊会还是相互联系的。据我所知，中国驻外大使馆有时也会联络大学里的中国留学生学者联谊会一起举行一些公共活动。

近七年，我注意到，随着中国的不断发展和进步，国际上有些媒体公开报道中国留学生为中国政府在国外做一些"地下"工作，有没有证据我不知道，也没兴趣知道。但是，对我来说最重要的是：每一对父母养大任何一个子女都不容易，参加学生会的初衷都是为了中国留学生学者们在国外能够有一个更好的生活、学习环境，所以对任职中国留学生学者联谊会的朋友来说，如果能够在日常的工作和学习中更加注意自己的言行，优先“照顾”好自己，避免不必要的误会和麻烦，在这个基础上我相信大家的工作会进行得更顺利，乃至圆满。

谣言是不分一个人到底是在为自己的大学服务、为自己服务、为中国人服务、为华裔服务、为中国留学生学者服务，还是在做“特殊服务”工作；谣言的来源可以是任何一个因各种原因没有得到满足的人、集体，甚至国家。

◆ 脑筋急转弯：害人之心不可有，防人之心不可无

海外的、回国的、现任的、卸任的中国留学生学者联谊会的成员们：

在你得罪老外的时候，你会怎样面对下面的、自己找不到源头的谣言？

你身边的某某人可能是从事特殊工作的，专门搜集从中国逃亡海外的有关下列人员的信息：“乾坤大挪移大法成员”、“东西南北突成员”、“和珅家的学生”等。

在你得罪中国“同胞”的时候，你会怎样面对下面的、自己找不到源头的谣言？

你身边的某某人可能是从事特殊工作的，专门搜集从中国逃亡海外的有关下列人员的信息：“乾坤大挪移大法成员”、“东西南北突成员”、“和珅家的学生”等。

加分题（Bonus questions）

- 如果你就是某某人，你会怎样面对这些谣言？
- 如果你就是“乾坤大挪移大法成员”、“东西南北突成员”、“和珅家的学生”，在听到上面这个找不到源头的谣言后，你会怎么办？
- 谣言有没有可能来自其他国家的移民或者外国人，为什么？
- 知道“三十七计”里有一计叫做“借矛害盾”吗？
- 在开始“行动”的时候，你是矛，还是盾，自己清楚吗？
- 自己的家人、父母希望自己是矛还是盾，自己明白吗？

站在巨人的肩膀上，教了回中文

一个很偶然的机会，我认识了大学的一位高级主管，她对中国文化很感兴趣，也非常喜欢学习中文。她知道我是中国留学生，也正处在勤工俭学阶段，于是很委婉地问我：“小哥儿，你有没有时间教我中文？”我当然答应啦，能赚好多好多钱，为什么不干？虽然语文学得一般般，不管怎么样，我也是中国土著（aboriginal Chinese）。

教学计划是每周两次，每次一个小时，早七点开始。根据她对中国文化的喜好，我选用中国古诗作为教材，而且没有从枯燥的拼音开始教。古诗选择的是五言、七言绝句，简短便于读写、记忆，而且含有中国文人的智慧。我先把每一句的每一个字都分为拼音和书写两部分。拼音排在每个字上面，书写是按笔画从第一笔到最后一笔全部分开的，这样既可以学习发音，又可以学习书写；之后是单字、单词、整句的英文解释。

那年也是我大学最后一年，课程很紧，工作也很多，因此平均每天睡眠在四个小时左右，每天五点前后起床。由于接受了教中文的工作，加上学业和其他的工作，我每天开始学习和工作之前必须提前准备比较多的事情，所以要早到学校做准备，晚上离开大学的时间也比较晚，一般在晚上的 10 点到 12 点。

这样看似平常的生活、工作，却让我在不经意间彻底明白了对自己人生极其有意义的一个道理：**什么是敬业**！

在那段日子里，当我每天早上五点或六点到校的时候，我注意到大学里已经有不少办公室的灯是亮着的，这些办公室有行政职员的办公室、有教授的办公室；每天晚上我离开校园的时候，同样看见许多办公室的灯仍然是亮着的。大学里正常的工作时间是从早晨 8:30 至 9:30 开始，下午 4:00 至 5:00 结束。也就是说，传说中有人每个星期工作 80 个小时是完全有可能的。由于俺是商科学生，在发现了这个现象后，难免要往薪水方面想：如果把这些大学职员的薪水除以实际的工作时间的话，那么他们每小时的收入应该比我这个钟点工高不了多少。这到底是为了什么？

由此我相信，在很多知名的、有较强竞争力的企业里，有些高管群体应该也是如此工作的，而且很有可能是在不断往上攀登的时候就已开始这样了。在我看来，他们对待自己的方式是残酷的、非人性的；他们的动力来源于压力，反之亦然（or vice versa）。他们[①]自己的目标和在工作方面的成就感与快乐是建立在多大的付出和努力之上的，我想只有他们的“同类”才可以真正体会得到。

---

① 在发达国家用工作狂（workaholic）来形容一个职员的工作态度是不合适的，这个词在注重科学化工作和生活方式的发达国家里，含有的贬义多过褒义。

回头想一想：在如此敬业的领导者群体的内心世界里，他们会怎样理解那些罢工、要求涨工资的职员？如此敬业的领导者群体在以身作则的时候，会不会从心底里怜悯在工作时故意表露疲态的职员？如此敬业的领导者群体会怎样看待做事斤斤计较、自私自利的职员？为什么在职场上有很多“聪明人”会输给“笨蛋”？

我终于大彻大悟了，阿弥陀佛：原来钢铁是这样炼成的，原来领导者地位的原始积累是从剥削自己开始的，原来发达国家的中坚分子竟是这样的“残酷”。

在无意中体会到这层意义的时候，我心底里对敬业者的尊敬油然而生，而且这种尊重会100%的、永远的持续到我人生的最后一刻。这就是我生存的现实世界：每天早晨5点前出门和7点后出门的人，每天晚上6点前和10点后回家的人会看到两个不同的世界，他们也是生活在不同世界里的人。

◀▶ 脑筋急转弯：送给具有敬业精神的“打工仔”

如果你是一个工作狂，在你跳槽后，听到有人讲故事，说你换工作的原因是“不堪重负、不能胜任、累坏了”（burned out），说你实际需要的不是另外一份工作，而是一名“心理医生”（shrink），你会有什么感觉，怎么办？

己所不欲，勿施于人。

◀▶ 留校、正式职员、项目协调员

在大学毕业的前一年，我在国际部的工作就已经开始向一份全职工作的方向迈进了，由于国际部的不断扩大，主要的业务范围和职能也渐渐变得清晰，当时国际部的语言培训项目正需要一个勤快、吃苦耐劳、有多方面经验，而且可以担当的项目协调员。在我的主动要求下，自己的钟点工职责被拓展到与英语培训项目相关的管理工作。经过大约一年的磨合期，我终于在大学毕业的时候被团队接受为一名正式的全职员工。

对于这份全职工作的渴望，我虽然没有跟同事们明着说，但是早就有意无意地向大家表露过自己留校的意愿，也更是用实际行动证明了自己的能力，所以大学很多部门的同事包括国际部的主管和工作团队也都知道我的壮志。对于得到一份正式工作的时机，大学毕业的时候可以说是恰到好处。老天保佑，教育背景是最后一道全职工作的考量标准，我的专业——商科学士也恰好跟本职工作遥相呼应。

◆ 大学毕业时国际部的人事构成

全职人员七名，包括部门主管一名，国际学生服务办公室经理一名，国际学生招生办公室经理一名，国际学生交换生项目经理一名，国际学生寄宿、住宿服务办公室经理一名，国际部招生中介、网站办公室经理一名，国际学生语言培训项目协调员一名（这个职位就是我的～）。短期合同工三名，其中语言项目讲师领班一名，普通语言讲师两名。国际部常驻钟点工五名，包括国际学生服务、招生人员两名，国际学生交换生助理一名，语言项目计算机房值班员两名。临时钟点工多名。学生服务志愿者多名。

▌正式工作

◆ 在加拿大的第一份正式工作

我在加拿大第一份正式工作的职位名称是英语培训项目和国际中介关系协调员（Administrative Coordinator for English for Academic Preparation（EAP）& Consultant Relations）。

我的工作内容包括两部分：项目内部和外部的工作。

项目内部的日常工作包括以下内容：

- 配合、协助教师的日常教学活动，以便教师完成教学目标、提高教学质量；
- 主持例会、年会，明确教学计划、分工与协作，做好会议记录；
- 采购教学、办公用品；
- 服务国际学生；
- 管理项目财务；
- 参与教师、钟点工的人事聘用。

项目外部的日常工作包括以下内容：

- 满足大学的各项教学要求；
- 保持与相关部门的良好工作关系；
- 校内、校外公共关系的维护；
- 定期汇报总结项目的日常进展；
- 在全国范围内拓展项目与同行业的关系；
- 参加相应的专业培训、会议。

全职工作正式开始后，工作进展并不如我想象得顺利。我工作方面的心理状态没有从与世无争调整到与世有争的层面。这也是我在大学毕业后，正式踏入社会时遇到的又一次文化冲突。

做钟点工时，我与世无争。工作虽多，但是工作范围窄，责任相对要小一些。我主要是在辅助别人工作，减轻其他同事的工作量和工作压力，所以同事们从来没有给我添堵，一直都处在互助的状态。这种钟点工时代的、身为被管理者的“益处”，造成了我对职场的理解过于片面，甚至可以说是非常幼稚。直到大学毕业时我还认为工作就是工作，干完了就是干完了，干不完继续努力，比别人多干点儿也无所谓，一切都是简单明了的。再说了，钟点工的工作在学生时代是不太可能涉及升职或者降职的，最好的事情莫过于时薪上调，最坏是犯了原则性的错误被开除，所以一直都算是与世无争、风平浪静。我只求认认真真地工作，每两个星期拿一次薪水，就万事 ok 了。

在正式工作刚开始的阶段，我能够意识到的同过去工作不一样的地方包括以下几个方面：

- 劳伦森大学正式接受我为家庭的一员；
- 人生中第一份正式工作；
- 第一次签署了为期一年的正式合同；
- 第一次有了正式的工作职责描述；
- 第一次有了专门的财务账户，有了签单权限；
- 第一次接触到大学的核心财务管理系统；
- 第一次有了大学的专用商务信用卡（很有用，想刷多少刷多少 ~）；
- 第一次有权力雇佣、开除钟点工；
- 第一次有了自己独立的办公室；
- 第一次享受到全职员工的福利，例如，每两年可以有一副免费的眼镜等；

- 第一次让自己的家庭成员在医疗服务方面享有“安全感”；
- 第一次上班不用背书包了。

我没有意识到的同过去的工作不一样的地方：

- 管理工作和被管理工作的不同是可以用“天壤之别”来形容的；
- 人事工作的复杂性；
- 对管理和“权”、“利”的理解。

作为项目协调员，英语培训项目的工作不是我一个人的工作，怎样在人事方面与大家配合默契，达到既能满足大学要求的教学质量，让国际学生们在语言课毕业后能够顺利地学习专业课，又能满足身为员工的老师们在工作中得到自己所期待的利益，让整个团队相处融洽、合作愉快，成了我工作的重中之重。自己听自己的话没问题，要想说服大家，让大家的想法都一致就没那么简单了。

当时真是争取到了一个机会，可惜自己没有做充分的准备来消化这个机会。作为一个被管理者进入到管理者的领域后，虽然过去有着很出色的工作表现，工作成绩得到了同事们的认可，自己熟悉各方面的工作和业务，又有过同教师们合作的愉快经验；但是在工作角色改变之后，有关“利益”方面的决定就变成了日常工作中同事们相互角逐的目标、变成了需要调和的内部和外部的“矛盾”。我所处的工作环境已经不再是与世无争的了，而是突然间的直接切入了与世有争的世界里。要想成为一个称职的管理者，树立起自己的威信，对外我要为自己的团队争取应得的权益，对内既要做到鼓励团队精神又要做到劳者有其份，避免不必要的矛盾。这种现实对我来说确实挑战很多、矛盾很多。

两年的工作中，我不断地摸索和学习怎样在自己的母校，怎样在一个文明高度发达、法制健全的国度里做好管理工作。为了达到这个目标，我开始阅读大量的书籍，学习各种校内、校外的规矩。渐渐地，我对管理、权力、权利有了更深层次的理解，工作自然慢慢地顺畅了许多。当然在这个过程中也发生了很多事情，有很多愉快的事情，也有很多让我头痛的、让我难以理解的事情，但是极少有让大家都不愉快的事情。在所有的不顺利的事情中，不存在任何种族问题，不是因为我是外国人或者是来自发展中国家的人所以同事们瞧不起我、找我麻烦、不听我的；而是作为一名从事管理工作的职员，我在很多方面还需要更多的努力和积累，明白任何事情都需要一个过程，天底下没有免费的午餐。过后想起来，有些在工作方面引起的争论和辩论反而让我心里平静了很多，毕竟老外同事拿我当真正的“老外”，而不是单纯地看在我是老外的面子上，给面子，不管什么事儿都支持我。工作就是工作，工作是大家的、成绩是大家的、责任也是大家的。

天上掉馅饼

在我第一份正式工作开始不久，有一位管理中介关系的同事辞职了。在这个时候由于我们大学有不少中介都是来自中国的，所以我自告奋勇，承担起了这部分业务，每天两个办公室来回跑，每个办公室工作半天。

劳伦森大学在世界上很多国家都与当地的留学中介服务公司建立了正式的关系。这些公司有来自发达国家的、发展中国家的，还有来自不发达国家的。我接管的日常工作主要包括三个部分。第一部分是征召和审查有意与大学建立正式关系的留学中介，在条件符合要求的情况下，签署正式的文件，建立正式的关系，并给予一定的培训；第二部分是答复所有已经建立正式关系的留学中介在大学申请材料方面的问题，如果有自己答复不了的，同以前一样，将电邮、电话或来信转给其他同事做进一步的处理；第三部分是对已经建立正式关系的留学中介进行评估、年审。在留学中介提供给申请者的服务质量能够保持让大学满意的前提下，我们会继续与他们保持正式的关系，支持他们的工作，否则就“拜拜啦”。大学与招生中介建立正式关系的目的是让申请者能够及时得到比较全面的、正式的有关大学方面的信息，以方便申请者能够顺利地准备申请大学的材料。

这份工作让我有机会全面地了解世界上很多国家和地区的留学中介的营销方式、运营策略、收费标准等业内的一些具体情况，也让我对留学中介这个行业有了一个比较全面的认识。

撇开国家的发达程度，单纯站在消费者的角度上讲，我所见过的高质量的留学中介服务公司的服务宗旨是：只“忠诚”于自己的客户，只“为”客户服务，只“在乎”客户的利益和需求。高质量的中介公司是不会作为任何大学在世界任何国家、任何地方的招生工具的，他们与大学之间没有实质性的利益往来，不存在任何制约关系，不论是私立大学还是公立大学，无一例外。高质量的中介服务公司同大学建立正式关系的唯一目的是更好、更快地为自己的客户提供及时的帮助和服务；他们对大学的唯一要求是保证自己的客户从申请至报道，再到学业完成的整个过程都能够得到相应的、高质量的服务。高质量的留学中介服务公司同时也会做一些跟踪调查，其中有些调查是长年累月的。调查方面的反馈信息的积累也是不间断的，只有这样，高端的留学中介服务公司才能够完善他们自身对海外留学市场的深度了解，保持自身在市场中的价值和地位。

高档次的留学中介服务公司提供的是留学情报，而不是单纯的留学信息。我对留学情报的定义是：中介公司的专职服务人员在了解客户的背景和接受客户的相关委托后，经过专业的调查为客户提供全方位的、最新的留学信息。这些留学信息不仅包括单一的签证、医疗保险、大学申请要求、学费、机票、寄宿家庭、校内宿舍、接机服务、接车服务等，而且包括 2 到 3 项可供客户选择的留学方案，每个方案都会提供相应的、全套的服务信息。

高档次的留学中介服务公司，不仅掌握大量的海外高等学府的各个专业的相关信息，而且将很多外文的留学资料整理，并翻译成本国语言出版。有留学意愿的客户可以在面谈的第一时间就得到相当丰富的海外留学知识。服务的周到性是很多国家的留学中介服务公司无法比拟的。具有讽刺意味的是，在发达国家里的、高档次的留学中介服务公司的收费竟然比某些不发达国家的中介还要经济。

举个例子来说，有一名中国客户，想去加拿大留学，专业已定。现在加拿大有很多综合型的大学都设有相同的专业。高端的留学中介服务公司不仅可以提供加拿大所有设有相同专业的高等学府的基本资料，而且有能力根据客户的具体需要做进一步的筛选。筛选的条件包括客户希望申请的专业的业内知名度，专业的历史资料，专业的教学质量，专业毕业后的就业率，大学所在地的文化、生活、消费、治安、交通、环境等。筛选后，客户会得到两至三所最适合的大学，然后再对比，做最后的决定。除此之外，在语言方面，高端的留学中介服务公司提供的所有的材料都是中文的，有外语语言障碍的客户可以在短时间内明白中介公司所提供的很多信息。

话说回来，高质量的留学中介服务方式源于高质量的客户。现在是一个信息发达的时代，有留学意向的人大多都是有的放矢，所考虑的事项越来越全面、越来越实际。在专业的选择、国家的选择以及学习的最终目的方面都是经过深思熟虑和一定社会调查的。在与高档留学中介接触的过程中，很多时候都是客户在主导留学中介的工作，而不是留学中介主导客户的留学意愿，向客户推荐或者推销某个学校和专业。在发达国家里的高档留学中介服务公司不跟客户讲我们公司跟某某大学有“关系”、有“熟”人；他们讲的是自信，是给客户的自信，讲的是我们公司非常了解某某大学或者有能力满足客户在咨询方面的任何合理的需求。

感叹一下：牛，实在是牛～高档留学中介服务公司从来不拍国外大学的马屁，人家手里拿的是鞭子！

在发达国家间留学有两种方式：

第一种是在进入大学后选择国际交换生项目。国际交换生项目是交换生项目中的一种，除此之外，还有国内交换生项目。两种交换生项目又都分为长期和短期交换生项目。

第二种是通过留学中介直接去海外留学，拿学位，或者是自己申请办理。

国际交换生项目（International Student Exchange Program）[①]是不需要留学中介公司服务的，因为这个项目本身就是一个媒介。交换生在程序方面的、所有的工作，例如，住宿、签证、交通、学费等都是由学校专门的职员来收集资料，统一进行申请准备的。学生需要做的就是攒足生活费和学费，然后以一种长期旅行的心理状态，在国外完成自己学业方面的计划。一般的国际交换生项目都是大学本科或专科交换生项目，为期一年左右。在国外，大部分的交换生选择在大二或大三时到国外的大学修学分，有的甚至还可以利用自己的外语能力拿双语学位，因为双语学位的竞争力是显而易见的。

国际交换生项目的建立，使发达国家间高等教育系统的意义和价值达到了更高的一个层次。丰富、独特的大学生活、留学经历是很多发达国家里的适龄学生所追求的。很多喜欢旅行又有一定知识背景的国际学生在直接申请留学海外的时候，对所申请的大学是否有国际交换生项目也是比较注重的。

如果留学过程中还有机会再次丰富自己的留学经历，何乐而不为呢？

◆ 在加拿大的第二份正式工作：隔行如隔山

换工作是很多打工仔人生经历中不可或缺的一部分。我当时

---

① 国际交换生项目是一个在全球拥有至少300所大学和学院加盟的高等学府间的交换学生的组织，参见 http://www.isep.org/.

在加拿大换工作主要考虑了以下问题：

- 作为一名外籍打工者，我换工作是不是合法？换工作时，必须满足的法律方面的具体的要求和程序都有哪些？前前后后需要多少时间、多少钱？
- 我的家庭现状是怎样的？换工作前会受到什么影响？换工作后对自己各方面生活的影响又有哪些？
- 我跟我相依为命的老婆谈论过自己的想法没有？
- 我是不是一个一份工作干到老的人，我在工作中真正追求的是什么？
- 我一生中打算换几份工作？
- 我理想中的工作是什么？
- 在现在的这份工作中，还有没有任何对自己今后的生活和人生有价值的、值的自己再去花时间和精力去钻研的东西了？
- 现在的工作，我是不是已经做得很好了，做得对得起养育自己的单位、对得起自己的顶头上司、对得起支持自己的同事们了？
- 如果现在离开这份工作，会不会留下任何遗憾？可以走得问心无愧吗？
- 如果有没做完的工作，应该怎样处理？会不会留下一堆烂摊子？
- 为什么要现在换工作？
- 有没有值得信任的，可以为申请新工作当“保荐人/推荐人”的朋友？

- 如果申请新工作不顺利，会有多少人知道我要换工作？
- 如果顶头上司、同事都知道了我正在准备换工作，但是申请新工作又失败了，当前的工作应该怎样进行下去？
- 隔行如隔山，进入不同的单位做同样的工作，还是不同的单位做不同的工作？
- 对新工作单位的业务、职员、工作环境、企业文化的了解有多少？
- 换工作后的前途是怎样的？

新工作的职位：项目管理员（Project Administrator）

我在加拿大的第二份正式工作是在一个非营利性的研究所里做项目管理员，主要的职责是财务管理。在两年半的工作时间内，我对自己工作最满意的是根据研究所的需要，设计出了一套非常实用的内部财务管理办法；在人际交往方面有幸与学术界的前辈打交道，为他们服务；在工作之余对什么是调查研究也有了一点了解。

研究所里每年都有好多个研究项目在同时进行。每一个研究项目都是独立的，而且要在计划好的时间内完成所有的工作。从研究项目经费的申请到项目开始进行，再到项目结束的经费管理过程和财务报告都是要求非常严格的。身为项目管理员，我不仅要协助研究员在财务方面制订可行的预算报告，而且还要定时向研究所的所长汇报所里的财务现状，以确保所里所有研究项目正常运行。

新工作刚开始的时候，也是挑战最多的时候，虽然以前做过财务方面的工作，但是自己对具体管理研究款项的方式和操作细节还知之甚少。在经过短暂的培训之后，我对能否干好这份工作的疑虑不但没有降低，反而增加了。培训后，我的第一印象是现在有好多个研究项目正在进行中，好多个研究项目正在申请中，好多份以往的财务报表需要查阅，好多份季度财务报表需要提交，几百个财务报表的账目需要一一核对和计算。记得当时面前的一切好像同我开始这份工作之前的预期相差不老少，怎么办？我可是所里唯一的在财务方面负责的人，干财务又是个仔细活儿，算错账可不是闹着玩儿的，很多提供研究项目资金的单位可都在等着接收我们所里的分期研究报告和财务报表啊~交报告的截止日期也很快就要到了，怎么办，怎么办？我脑子里上大学时考试不过关的感觉又来了！为什么老天爷总是有事儿没事儿地逗我玩儿？

在思绪稳定下来后，已经习惯了变通的我找到了几个可以让自己欣慰的心里支撑点：

- 老板不知道我当时举"手足"无措，很好！而且老板也还没给我增加其他工作；
- 最起码我知道都有哪些提供研究项目资金的单位在期待着哪些个研究项目的财务报表，因此，可以有的放矢地去展开工作；
- 现在科技发达了，有电脑、有软件，不需要再用计算器敲数了，谢天谢地；
- 离截止日期还有两个星期左右的时间。

拼吧！工作很简单，没什么大不了的。不就是多花点儿时间，看的时候仔细点儿、算的时候认真点儿吗？再说了，算数我小学就学了。就这样开始了，我一直坚持了两个多星期，每天至少工作十几个小时，遇到不清楚的事情我就直接询问所里相关的人员，没有浪费太多的时间。最后终于按时完成了大部分的任务，只有少量的工作没有按时完成，总地来说，新工作开始后的第一关还算过得顺利。

在以后的日子里，制订、执行工作计划和注重日常经验积累成了我从未懈怠的工作内容之一。作为研究所的一名项目管理员，琐碎的事情特别多，“预料之外”的工作也不少，如果能在短时间内将尽可能多的“预料之内”的工作安排好，那么预料之外的工作对我日常工作的影响就会降到最低限度。在财务工作这一部分，我根据各方面的具体要求按每天、每周、每月、每季、每年的时间段来制订和执行自己的工作任务，确保该完成的工作按时完成。在这期间凡是容易出差错或者出过差错的地方，我总是做好笔录，然后分类归档，避免错误重复出现，尤其是一年或是一个季度才做一次的工作。笔录归档是可以大大地弥补人性中健忘的弱点的。

在其他工作方面，我同样非常注重计划的制订和执行。比如，资料室的管理、期刊的订阅、各种会员的续期、研究项目所需的研究用品、所里的办公用品、各类档案的管理等。

日常工作经验积累的目的是提高工作效率，把长期需要重复做的工作系统化、程序化、机械化。为了能够更好、更多地体现自己在所里的价值，我在不断积累经验的基础上还设计出了一套实用的集财务管理、研究项目经费预算和办公用品管理为一体的财务、实物管理办法，也因此提高了自己和研究员的工作效率。

在日常工作交流、学习方面，我非常幸运地接触到了学术领域里的一些工作：调查研究（research）。虽然到现在为止自己也不太明白什么是调查研究、调查研究都有哪些类别，什么是学术报告、学术报告都有哪些类别，什么是论文、论文都分哪些类别等；但是我接触到的两个可以订阅学术文章的网站和两个常用的数据分析用软件以及它们的功能却给我留下了深刻的印象，令我终生难忘。两个网站是 www.elsevier.com 和 www.onlinelibrary.wiley.com。两个软件是 SPSS（Statistical Product and Service Solutions）和 Nvivo，在我看来天底下没有比这两类调研用软件（quantitative and qualitative data analysis software）更神奇、更美妙的东西了。

题外话

对于在校的、有兴趣日后从事研究工作的研究生，如果能够利用业余时间精通这两种软件的所有功能，那么你们成为助理研究员的几率就会大大增加。SAS 软件也非常有意思！祝你们在学业方面更上一层楼～

第二份正式工作的总结

我对在研究所里的工作细节没有做太多的描述，原因有两个。一是我在加入研究所之前，签署了一份“任职中”和“离职后”不能在社会上“八卦”的协议。虽然协议是在加拿大签的，我现在人在中国，但是“答应和承诺”的事情是一定要办到的。二是因为我知道学术界是没有国界的，学术界的前辈们在世界各地的影响力就像如来佛祖的手一样，那可不是闹着玩儿的，任何时间、任何地点让我行也行，让我不行也行。

开个玩笑，大家乐一乐就行了，总之答应过的事儿就要努力办到。

在两年半的工作当中，让我感到最有价值的是能够有机会同许多大学教授、博士、博士后们一起工作，让我能够为他们服务、效力。虽然自己不是搞研究的，但是能够有幸对调查研究做到一知半解，对我来说真的算是三生有幸了。

怎样做好管理工作，一点点自我总结：管理、团队文化、权力

对于管理工作而言，团队内部的人事关系是非常复杂的，也是极其重要的。最完美的工作计划也是需要人来制订，团队去实施和完成的。团队内部关系的协调与合作是成功的关键。一切“利益”都是建立在相互尊重、相互支持和一个共同的目标之上的。在很多时候，不论种族、文化水平、年龄、文明程度等是什么，蓝领可以变成白领，白领也可以变成蓝领；不论是蓝领还是白领、蓝领可以管理白领、蓝领可以管理蓝领、白领可以管理蓝领、白领可以管理白领。总之，敬业的打工仔的本性都是一成不变的，包括我自己在内，每个敬业的打工仔的初级目标都是“劳有所得”，即完成自己的任务，得到自己相应的酬劳，在业绩出色、机会允许的情况下“要求”升职加薪。

在西方做管理工作的不叫当官儿，做管理工作的概念与中国当官儿的概念有很大的区别。在这些区别中，最大的是员工们见了“老板”从来都不叫“老板”，全都直接叫名字。西方做高级

管理工作的，的确在很多方面有“特权”、“特殊待遇”，其实这些都是福利或奖金的一种表现，而且很多都是公开的秘密，英文是 perk。这些“特权”或“特殊待遇”在法律、法规健全的发达国家里都早已系统化、制度化了，有的甚至是经过律师在人事合同签订之前通过谈判而争取到的。在我看来，不论是在国有的还是私营的企业里，这些“特权”或“特殊待遇”不仅是用来聘用、招揽高端人才的途径，也确确实实是敬业的、在管理层打拼的打工仔应该得到的。在资本主义国家里，只有真正掌握股权的人才是老板，其他的永远都是“打工仔”、“合同工”，包括“一国之君”。

作为一名打工仔，不得不提的是日本打工仔之间的鞠躬礼。这种礼节让我对管理工作有了更实际的认识。在我看来，日本打工仔在工作环境中相互鞠躬的“真正目的”不是自认身份卑微，而是“当面通知”得到自己礼遇对待的人下列意思：

- 上级对下级鞠躬：拜托大家，努力工作，请别给我添麻烦！
- 下级对上级鞠躬：拜托老板，我会努力工作的，请不要找我麻烦！
- 同事之间鞠躬：本是同根生，相煎何太急！
- 夫妻之间鞠躬：相敬如宾，先礼后兵！（开个玩笑）

敬业的日本打工族这样做的最终目标是把自己永远保持在一种“先礼后兵”的状态中。我同样相信这种互敬的团队文化也非常适用于西方的职场。当然，林子大了，也会有例外，随机应变的能力也应该是“打工仔”必须具备的。在特定的环境中，老虎不会发威，就是一只病猫。

题外话

鞠躬礼这种礼节可能源于中国某个朝代，但是，现在是日本国民把这个宝贵的、非常有价值的传统保留了下来，沿用至今。如果没有日本这面活镜子，我国古代的一些优良传统可能就无处可觅了，很多有文化的中国年轻人也不会因眼见为实而产生兴趣去回顾中国历史，进行优良传统的“复古”了。

工欲善其事，必先利其器：好的开始是成功的开始

- 要在签合同的时候与自己的顶头上司沟通，尽量明确自己所有的责任和权限；
- 工作开始前查阅所有前任的人事档案、工作报告以及工作考核等相关信息；
- 工作开始前查阅所有下属职员的人事档案，如个人简历、工作考核及相关的工作信息，对职员各方面的背景进行详细的了解；
- 同下属职员或下级职员进行一对一的个人谈话，具体了解职员们的日常工作情况和挑战；了解职员们是否明确自己的职责；了解职员们对自己职责的长远看法、打算及相关建议。避免谈论涉及其他职员的任何信息，谈话期间做好笔录；
- 通过电邮感谢全部职员及顶头上司在自己工作开始前给

予的配合；

- 召开全体下属职员会议，重申自己的角色和责任，明确团队工作目标。

工作开始后，应进行下列工作：

- 制订短、中、长期工作计划、目标；
- 制订有自我特色的短、中、长期人事考核标准；
- 对自己没有权限解决的问题，一定请示“谁”有权限解决；
- 系统化团队内部的日常工作；
- 培养互敬的团队文化；
- 进一步明确责任到人，尽量避免含糊不清的工作职责。

挑战道德底线的“脑筋急转弯”，看一看你是不是当“打工仔”的那块料儿？

（1）如果有一天，你经过老板办公室的时候，听见你的老板跟某人的谈话，谈话的内容是你老板正在试图找人替代你的职位，恰巧在你路过老板办公室的时候又被老板发现了，在这种情况下你会怎么办，你以后会怎样工作？

（2）如果有一天，你有了完全独立的一间办公室，和你关系很好的老板跟你讲：“从你的办公室‘拿’一样‘电器’给我，我要拿回家‘永久性地’使用。”你当时的决定会是什么，你会怎样回答、怎样做？

（3）如果有一天你的老板让你续签一份合同，合同的条款大部分与以前的一样，只是价格高了很多，签署合同的后果会造成你所管理的部门损失一小笔资金，原因是什么你不清楚。如果你当时睁一只眼、闭一只眼签了，这个合同就有可能被更高级别的主管批复，因为更高级别的主管非常信任你的工作能力。如果你知道这个合同有可能会伤害到你的名誉，或者是这个高级主管的工作业绩，但同时你老板对你又很好，你会怎么办？

（4）如果有一天你和家人在压马路的时候，面对面地撞见两个都已经有主儿的同事在约会，你会怎么办，怎样打招呼，日后工作时怎样维持关系？

（5）如果有一天，在一个非单位组织的私家派对上，所有的同僚都在轮着吸食“大麻”，当这只象征“友谊”的大麻传递到你手中的时候，你会怎样做？前提：①在你看来这是一种融入社会的“潜规则”；②派对是小范围的，参加派对的人都是与你认识的同一级别的同僚，你当时非常肯定任何发生在派对里的事儿，100% 不会外漏；③目前的这份工作是你或你家庭的唯一的收入来源；④你老板也在场，但是你肯定你老板知道同僚们的习惯，只是从未表示过反对意见。

在一个法制、法规非常健全、完善的国家里，以上的问题和答案可以 100% 地影响一个打工仔的一生，尤其是 Alien 打工仔。

非法打工

加拿大移民局对外来人口（alien）在工作方面的管理是非常严格的，根据现行的法律，任何外来人口都必须在取得工作签证后才可以工作，否则视为违法。处罚的办法有很多，视情况而定。尽管如此，在加拿大打黑工的现象还是存在的，打黑工的人可以大致分为两种：第一种是在有合法居留身份，但是没有工作签证的情况下打工；第二种是在既没有任何合法居留身份，又没有工作签证的情况下打工。打黑工的工作种类一般都局限在体力劳动或是服务行业。在加拿大或者法律、法规健全的发达国家里，长期打黑工的人 99.99% 的都是为生活所迫或被别人利诱，不得不寄人篱下、卑躬屈膝，在社会的最底层谋生存。同时“打黑工”的现象在不发达或发展中国家也是存在的，但是具有讽刺意味的是，来自发达国家的人在不发达国家或是发展中国家里谋生存竟然大多可以找到比当地白领收入还白领的工作。佩服！我是真服了！

通常状况下，在加拿大合法打工较非法打工具有以下优势：

- 受合同法、劳工法的保障，至少可以拿到按照最低收入标准规定的工钱，按时拿薪水，没有拖欠，没有来自外界的“苛捐杂税”；
- 受人权法的保障，99% 的情况下不用担心种族歧视，或者其他方面的歧视，例如，残疾、长相、年龄、性别等；
- 有医疗保险及其他相应的保险和福利；
- 上岗前接受相应的培训，特别是有危险的工作；
- 法律是站在合法打工者这一边的；
- 警察是保护合法打工者的；
- 所有同事在单位里都有可追踪式的人事档案；
- 同事的社会背景和层次是经过筛选的，鱼是鱼、龙是龙；
- 同事之间很少会出现恶性竞争的情况；
- 被暴力对待后，不必权衡利弊，可以马上报警，用法律保护自己；
- 被性侵后，不必权衡利弊，可以马上报警，用法律保护自己；

- 自身不仅心情愉快、压力小，而且人身安全，不必担心被人查；
- 家人心情愉快、压力小，不必担心自己被人查。

失业

失业不是问题！就业，失业，再就业是任何一个社会的良性表现。只有这样，人们才能更加了解自己，才能不断地进步，从而完善自己；只有这样，优胜劣汰的自然规律才能体现出它的价值；只有这样，才能体现出社会的“公平”，尽管说起来有点“冷血”，但是现实社会的确是“适者生存”。

真正的问题或者说是挑战，是失业后能不能再就业，能不能再一次步入社会，干自己想干的事业，重新开始。因此，尤其是在国外工作的人，一定要一颗红心两手准备，明白竞争的激烈性，明白“一技之长”已经不合时宜，在有时间、有机会的时候除了提高现有的技能以外，一定要再掌握一门技能，做到“进退有余”。

在国外，很多人都是活到老、学到老。“富有的人没有文化，有文化的人不富有”的现象是不多见的。至少在12年的加拿大生活中，我见过的这种现象很少。在我看来，这也是一种病态的社会现象，只有在不发达国家和发展中国家才有可能出现。道理很简单，知识就是力量，知识就是财富，知识可以转变为财富。事在人为，只要人们能够掌握一定的“实用”技能、“实用”知识，就能在社会上谋生存，占有一席之地。功夫不负有心人是永恒不变的真理。

生活篇

我们不是为了生活而拼搏，我们是为了拼搏而生活。

一个人在社会中的角色有很多、变化也很快，怎样能够在不断变化的角色中让自己一直处在一个有利的地位，是一个非常大的挑战；怎样在“异国他乡”让自己一直处在一个有利的地位上就是一个更大的挑战。在加拿大的12年中，我的角色包括儿子、男人、来自第三世界国家的外国人、中国人、中国留学生、国际学生、亚洲人、国际学生会主席、中国学生学者联谊会主席、成年人、钟点工、义工、合同工、同学、纳税人、外国工人、外来人口、不信教者（atheist）、学生顾问、山东老乡、招生中介负责人、语言培训项目负责人、竞争对手、失业者、同事、朋友、失败者、外国朋友、研究所项目管理员、男朋友、丈夫、父亲……

等一下，打住！我是万能的吗，我有能力样样都做得很出色吗，我是奥斯卡金像奖得主吗？好像不是吧！对，肯定不是！

鱼和熊掌不能兼得，对不对？那么，哪些角色对“我”才是最重要、最有价值、最有意义的？这个问题是我在国外经常坚持“自省”的问题。

请读者跟我一起来个跳跃式思维

人生中最重要、最有价值、最有意义、最值得珍惜的角色，往往是最容易被忽略的，往往以可以暂时放一放、拖一拖，或者干脆舍弃的想法和做法，成为“交换”更多的学习时间或者更多的工作时间的牺牲品，这个角色就是“家庭生活”中的角色。这也是一个典型的，常年在海外学习、工作的中国男人在日常生活方面，所经常经历的最矛盾的心理斗争。我在单身的时候做过无数次这样的交换，因为“忙”，与自己的亲朋好友联系得越来越少，甚至跟自己的父母也只是偶尔打一次电话报报平安；我在婚后也做过很多次这样的交换，为了学习和工作而没能顾及妻子的感受和孩子们的教育。

我并不是一头冷血动物，我也性本善！其实，每一次在脑子里进行肮脏“交换”的时候，我总是为自己默默地记录着，一笔一笔地、清清楚楚地刻在大脑里。因为我相信只要坚持出来“混”，早晚有一天是可以还上的。不求朝朝暮暮，但求日后弥补。

对于我这个中国式的蠢材来说，也许我的做法是对的、也许是错的、也许这就是有得必有失；也许这就是自不量力；也许这就是一心不能二用；也许这就是自私自利；也许这就是一意孤行；也许这就是孤注一掷；也许这就是“家庭关系学”里有关病态的、不科学的生活方式的解释；也许这就是为什么在现代文明发达的国家里，应聘时面试官会问你如果本职工作需要你经常出差，或超长时间工作，你能不能接受的原因之一；也许这就是为什么大部分老外在假期时坚决不工作，到点后坚决按时下班的原因之一。

现在回想起来，如果“月光”可以倒流，我会以更加细致、合理、平衡的方式来安排自己在生活、学习和工作方面的角色。家庭生活里的角色永远会排在第一位。

我想古人曰：“男儿膝下有黄金”的**真实含义**是告诉好男儿们，只有当自己低下头跪下的时候才会发现双膝底下有黄金吧！

适当地调整和放弃一部分学习和工作的时间，将它给予自己的妻儿，才可谓真正的好男儿。

■跳跃式思维结束，进行第二部分

在加拿大，当我还是单身留学生的时候，在生活方面没有遇到什么特别的困难。如果说有的话，那也是因为自己在出国前的准备没有做好，对中国以外的世界知之甚少，自己本身没有一个良好的生活习惯或者是因为语言不通而没法了解当地的文化和规矩造成的。在加拿大生活的前几年中，因为上述这些原因让我走的弯路，我几乎一条不差的照单全收了。值得庆幸的是，这些弯路给我造成的最严重的后果仅是多花冤枉钱、多走冤枉路以及多了几天不开心的日子而已。

下面的例子是我向罗马前进的时候经历过的、感悟到的：条条“弯路”通罗马！

◆ Emergency room急诊室，Over The Counter drug（OTC）非处方药，Prescription drug处方药

生病（illness）是任何一个常年在海外生活的人所尽力避免的经历之一，但是天有不测风云，头痛脑热的确是难免的。在加拿大安大略省，生病看医生和国内相差较多，任何人在生病或感觉不舒服需要看医生时，一般有四种选择：医院的急诊室，社区的诊所（walk-in-clinic），家庭医生的诊所，给电话医疗服务（telehealth）打电话咨询（电话服务只限安大略省）。如果是学生，还可以去校内的医务室，一般大学内会有高水平的专职护士和钟点医生任职。

医院的急诊室是全天 24 小时工作的，任何病患都可以直接

去急诊室就医。病患在进入急诊室后，首先见到的是护士，护士会为病患查体温，进行初步病情诊断，然后把病人分流。如果确定病患需要急救也就是真正意义上的急诊，例如，心脏病、严重外伤、脑血栓、中毒等病症，那么护士会毫不犹豫地将病人送到手术室，与此同时采集更多的病人信息，记录病情并通知值班医生立刻到病患所在急诊室救人。这个过程是非常短的，需要急救的病患会及时得到急救。如果护士确定病患不需要急救，也就是病情不是处在“生死攸关”的情况下，那么病患会被分流到非急诊区，由其他值班护士记录病患信息，然后等候有空闲时间的值班医生诊治。在急诊室中非急诊的等候过程一般是比较长的，最快也要 1 到 2 个小时，有时可超过 3 到 5 个小时。在安大略省除非必要，或有下列情况，否则一般的病患是不会去急诊室就医的：

- 病患对自己的病情不了解、拿不准；
- 病患住处附近没有诊所；
- 诊所不在病患购买的医疗保险公司的承保范围内；
- 病患没有自己的家庭医生。

诊所的就医程序与医院的急诊室相似，好处是等候的时间短，缺点是诊所内不具备全套的医疗器械和充足的医护人员，可以救治的病患种类有限。如果病人病情突然恶化，出乎自己的意料，那么有可能耽误病患救治的时间。

电话医疗服务是完全免费的，是加拿大安大略省卫生部为了省内有头痛脑热等小病的病患及时得到医疗意见而设立的一种医疗服务。接电话的都是有经验的医护人员，她们会根据病患所描述的病情进行相关的询问，然后给出建议。使用这种服务的病患一定要有相应的语言基础，要么免谈。安大略省的电话医疗服务的号码是：1-866-797-0000。

家庭医生只为加拿大本国国民和移民服务，如果你在加拿大属于外来人员，那么就完全没必要考虑这方面的服务。

校内的医务室和诊所的性质类似，但是一般情况下医生不会全天上班，只是每个月固定的几个日子全天出诊。所以，新生知道学校的医生都在哪几天上班是有好处的。在没有医生服务的情况下,大学会有一名全职护士为学生看病。加拿大的护士（nurse practitioner）的医学知识是非常丰富的，有很多不逊于医生的。

处方药是指必须由医生签字授权开具的药物单据。病患只有凭借这个单据才可以到药店的专属柜台购买处方药。在安大略省，医院的医生或任何地方的医生开具的处方适应于任何药店，病患可以非常方便地购买所需的药品，没有必要在医院排队，兽医（vet）的处方除外。

不论是对医生还是病患，这种开药系统就是责任到人。任何医生医治过什么人、病患服用过什么药、哪里产的药、病患有没有以看病为借口滥用药物、医生有没有滥开处方药等信息都会在病患拿到处方药的那一刻被“永久性”地归档，存入电脑系统中，这种系统化管理的作用是显而易见的。

非处方药是指任何人都可以在任何药店，如 Shoppers，Drug Mart 的货架上买到的药物。2000 年我出国前，国内药店的某些药物如果用一些发达国家的药品管理法来衡量的话是属于处方类药物的。现在的情况我不清楚，估计应该与国际同步了。

◆ Family doctor 家庭医生，Obstetrician 产科医生，Midwife 助产士、接生婆以及Pediatrician儿科医生

加拿大的医疗服务的确是高质量的，但是在加拿大并不是每位国民都有自己的家庭医生，不是每个孕妇都有自己的产科医生，也不是每个儿童都有自己的儿科医生。发达的加拿大虽然不是一个医生稀缺的国家，但却是一个医护资源分布极不均衡的国家[①]。大部分的医生都集中在大城市，对于偏远的小城市、小城镇，医护人员是比较稀缺的。

外籍学生、员工在加拿大的生育问题和婴幼儿的医护问题，一直都是一个非常具有争议的社会问题，这种争议是有根有据的。在加拿大有关这方面的医疗服务是高质量的，也是全民免费的，再加上加拿大“从前”的法律规定，凡是在本国出生的人就被认定为加拿大人，自动获得加拿大国籍，享受加拿大的医保等福利，所以不管外籍父母是否承担母亲怀孕期间的全部医疗费用，是否愿意让自己的孩子取得加拿大国籍，出生的孩子在法律上总是自动享有全部的医保服务和政府福利，其中包括大家经常谈论的“奶粉金”等。对于加拿大本国人来讲，他们的子女享有这方面的权益是建立在父母和祖辈长年对本国的贡献之上的。这些贡献是多方面的，包括为国家和地区上交的各种所得税等。因此，加拿大本国人包括医院的医护人员从心底里对外国人这样变相地掠夺他们为国家所上交的税负或者说“几乎无偿地”享用他们国家的“资源”是有一定的抵触情绪的。在我看来，这种抵触情绪也是一种“爱国”的表现，是外籍人士必须了解和理解的。其实，

① http://www.cranhr.ca/. 访问日期：2012 年 12 月 23 日。

很多发达国家向不发达国家和发展中国家敞开门，大量吸收投资移民的道理与之相似。

这个社会问题是隐性的小概率事件，只有常年在外、亲身经历过的人才会真正体会到。我老婆感受过、我的孩子们感受过、我当然也感受过。总之，孩子是爱情的结晶，老婆生育的最佳年龄就那么几年，怎样在海外生儿育女，掌握好身在异乡为异客的分寸，是像我这样的“盲流”所必须提前动脑子想一想的。

我老婆在医院生育第一个孩子的时候，产科医生刚开始还在，后来出去了，当我问及医生到哪儿去了的时候，值班护士说他回家吃饭去了。当我老婆要生育的时候他还没回来，只有一名实习医生在。由于我老婆早就疼痛难忍，所以要求打麻药，产科医生回来后，他什么也没问，便直接要求麻醉师注射麻药，以便他好完成工作。幸运的是，麻醉师是一名非常认真、敬业的医师，在开始麻醉之前，他仔细地查看了我老婆的验血报告，结果发现我老婆的血小板很低，所以立马取消了注射脊椎麻醉药这道程序。如果没有这位医师，当时从脊椎直接注入麻药，那么我和老婆从那天开始就很有可能阴阳两相隔了，我们的孩子也就无法顺利出生。为什么那名印度裔产科医生这样的不负责任，我到今天也想不明白，难道他不知道生孩子是两条人命关天的事情吗，难道他不知道两条人命掌握在他手里吗？他的名字是K. Vijayakanthan。

后来我们有幸为第一个孩子找到了一位儿科医生，他也是一位印度裔医生，但是他对待工作非常认真、对人非常和蔼。我们的第二个孩子也是在他的诊所里打疫苗、做常规检查的，他就是

Dr.Vijay Kumar。我们夫妻俩从心底里很感激他，也永远不会忘记他的敬业精神。

我们的第一个孩子是由产科医生接生，第二个孩子则是由助产士、接生婆接生的。主要原因在于：在加拿大有经验的接生婆是可以提供非常好的服务的，我们刚开始也将信将疑，但是事实证明她们的医术同样值得信赖。在加拿大有很多产妇都是通过接生婆来接生的，原因之一是接生婆大多是女性，而加拿大的产科医生大多是男性。我想在生育方面也只有母亲们能明白生产的“痛”到底是什么滋味吧，所以一部分母亲选用了助产士接生。

不过话说回来，我曾经打工的研究所做过加拿大医疗服务方面的调查研究，事实让我相信加拿大的大部分医生，包括产科医生，大多是非常敬业的，我的个例应该属于树大有枯枝型。

◆ 档案、存档

我喜欢亲力亲为，尤其是有关自己家庭隐私方面的事宜。在12年的加拿大留学、工作、移民生活中，我填过的表格不计其数，其中很大一部分是为了满足当地政府或加拿大移民局对外籍学生、员工的要求而重复填写的，在这些重复填写的表格中，又有很多信息是重复的。因此，如果将自己填写过的每一份表格都做一份电子备份的话，会让自己日后免去很多意想不到的麻烦并可以节省很多时间，有时甚至还可以节省不少money。

诸如，学生签证续签，工作签证申请、续签，汽车驾照申请、延期，健康卡申请、延期，社会保险卡申请、延期，孩子的出生证申请，租房申请，银行开户申请，信用卡申请，购物会员卡申请，汽车牌照申请、延期等，我通常都会用相应的软件保存已经填写好的表格或者用扫描仪扫描、数码相机拍摄保存下来。这样在日后需要重复操作的时候就会方便很多。我相信，这也是为什么很多现代家庭都拥有一台**“不联网”**的台式电脑作为管理和保存家庭事务的资料库，再加上一台有辅助功能的、现代化的集打印、复印、扫描功能为一体的打印机。

◆ 向老年人学习

我刚到萨德伯里市的时候，由于当地亚裔人口很少，所以几乎买不到中国人常吃的食品。因为开销有限，我平时每星期只采购一次食品，而且大都是在超市打促销广告期间。有一次无意中我看到一位六七十岁的老太太买了很多我平常从来不吃的食品，由于好奇，再加上打折后低廉的价位，我也照样子买了点儿。结果这些食品的味道惊人地合我的口味。在这之后我开始主动地向当地老年人学习，学习他们宝贵的购物经验，而且收获不菲。在这里，我说一声：谢谢啦，我很感激你们！

重申一遍：小时候老师们讲过，见了老外不要围观，盯着人家看，所以在买东西的时候不要盯着老年人看，看他们的菜篮子就可以了。

这件事还让我感悟到，发达国家的老年人与发展中国家的年轻人之间的价值观是有相同之处的；同时，向老年人学习也是一种稳妥的、能够让自己融入西方社会的有效途径之一。很多时候，姜的确是老的辣，不服不行！

除此之外，尊老爱幼是全世界共同遵循的美德，在加拿大也是如此。在自身英语能力不达标的时候，千万不要用英语开当地“老年人”的玩笑，如果造成误会，等待你的就是中国的一句俗语——给你点儿颜色看看！（中式英语则为 Give you some color see see，呵呵！）

◆ 找房、租房、退房、搬家

在人口系统化管理的加拿大，很多城市租房子的程序是很正规、很复杂的。找房子搬家的最好时机是夏季，因为这期间加拿大人口流动最频繁。租房子的步骤和国内是一样的，一般是看房、查房、订房、交定金。个人在找房子搬家的时候，必须要做足以下的准备工作才能一切顺利：

- 提前 2 到 3 个月开始找房子；
- 如果在现住址住满一个合同期即 1 年后要搬家，必须提前 2 个月通知现任的房东，否则要给足 2 个月的租金；如果没有住满一个合同期，而且是因为房客自身的原因要搬家，那么房东有权利按照租赁合同要求房客交足年内余下的房租，或者双方协商解决房子的租赁问题。例如，房客签了合同后，只住了 6 个月就要搬家，那么房东有权要求房客交够剩余 6 个月的房租再搬家，或者双方协商解决怎样避免房东在经济方面产生损失；
- 提前 30 天预订要租住的房子，交定金、房屋损坏赔偿保证金，有时还要交纳钥匙押金；
- 如果有需要的话，提前 30 天通知电力公司停止供电的日期或者转移账户地址。主要是因为有些房子的房租已经包括电费了，不必单独再开户；
- 至少提前 30 天通知取消或转移固定电话、网络、电视服务；
- 提前更改所有的收信地址，例如，银行卡、保险单、驾照、健康卡、账单等；

- 提前订车、租车或预订搬家公司；
- 提前提供给新房东的信息包括有效身份证件、银行存款证明或收入证明、担保人证明、提供前任甚至前几任房东的联系地址和联系方式；
- 签署房屋租赁合同时务必仔细阅读所有的条款，尤其是水电、取暖、车位、信箱、仓库、维修、房租涨价的幅度及其他房客或房东之间的责任和义务等；
- 入住前检查房屋内外各个方面的情况，以免在搬出时被要求赔偿自己没有损坏的东西；
- 如果需要重新开通固话、电视或者网络服务，亲自到当地的营业厅办理开通账户是“唯一”的能够保证得到高质量而且可靠的服务的途径，尤其是针对初来乍到、有语言障碍的人，办理任何事情越正规越保险，日后也越省心。

如果没有完成以上准备工作，可能会造成以下损失：

- 租不到满意的房子（我经历过）；
- 严重损坏自己在这个国家的信用度、信用积分，有时后果会出乎意料的糟糕，的确如此；
- 交纳多余的房租、水电费、固话费、网络费、电视费等（亲爱的爸爸妈妈：我很 sorry，我浪费了很多你们的血汗钱，不过真的不是故意的）；
- 收不到或不能按时接收个人信件、个人隐私可能得不到保障（这个坑儿，我也挑战过）。

◆ 搬家后的邻里关系

人口迁移和动物迁移是有很多相似之处的。当一家人从一座城市搬到另一座城市、从一个居民区搬到另外一个居民区、从一个生存环境搬到另外一个生存环境的时候，就好像是一种动物强行迁移到其他同类的领地里一样，有时可能会陷入很多难以预料的、复杂的纠纷中。一般情况下，在一个多种族混居的社区内，按照人类本身残留的兽性来分析，领地内的居民，尤其是自我保护意识强的男性居民，首先在大脑里产生的是正当防卫式的敌意和好奇感，之后在一切安全的情况下才会释放出友善。这个过程可长可短，也跟居民区内居民的社会地位（social class）有密切的关系。不管怎么说，一般情况下双方为了消除这种因为相互“无知”而产生的“陌生感”都需要至少几个月的时间。

对于新来乍到没有语言障碍的外国人来讲，最好的适应方式是友善地、主动地打招呼，甚至自我介绍。如果自己有孩子，而且居民区内同龄孩子也很多，那么通过孩子们之间的友谊也可以迅速地建立起互信、友善的邻里关系。总之，如何在短时间内调整好心态、建立好的邻里关系，对常年生活在海外的中国人来讲是一种必不可少的社交技能（social skill）和考验。

◆ 政治话题是非常敏感的话题，也属于个人隐私

在12年的加拿大生活中，与我谈论政治方面话题的人少于12个，平均下来一年不到一个或一次。加拿大不是一个一党专政的国家，加拿大民众大都有自己支持的政治党派、地方代表及地方领导。这些被民众推举出来的领导都是政治立场非常坚定、明确的，其中很多都是用一生去捍卫自己的政治信念的。在我看

来，尤其是在中小城市中被推举出来的领导，他们在为国家做贡献的同时，也会真真正正地、毫不犹豫地为自己的支持者们打拼，争取更多、更好的权益；同理，信念坚定的、“无处不在”的选民们也会真真正正地为了自己的立场、自己所支持的领导而付出不懈的努力，有时“甚至”更多。如果一个外国人在不熟悉当地和自身周围政治环境的情况下，开始谈论跟政治有关的话题，那么“无谓的矛盾”很有可能会在不知不觉中影响这个老外在当地的生活，当然这种影响也可以是双向的。

◆ 宗教信仰

我对我们国家所推崇的宗教信仰自由的政策是非常赞同的。对我自己而言，如果我信奉某种宗教，那么信奉的前提肯定是我了解所信奉的宗教，而不是单纯地“迷信”所信奉的宗教，人云亦云，随大溜儿。

在加拿大萨德伯里市上大学的几年间，我的确接受过很多次当地华人宗教团体的无私帮助，而且他们中间大部分人都是信奉耶稣基督的（说实在的，我到现在也没搞明白到底什么是什么）。记得好多次，当地华人教会的朋友们在得知有刚从国内来的中国留学生的消息后，主动联系过我，在生活方面主动帮助我和其他同学，甚至组织过好多次无偿活动，好让新来的我或者其他国际学生和移民能够尽快适应当地的文化、生活，他们对我的帮助是非常无私的，确实就像家人一样。直到今天，我都心存感激，只可惜没有机会好好报答他们。

但是现在，我想我找到了一点可以回报给他们的东西，可以让他们把自己的教堂管理得更好。以下是有关教堂财务管理的两本书：

- Charles Norman Millican出版的教堂财务管理（Church Financing by Financial Institutions in the United States，1946-1952）
- Albert F. McGarrah 出版的教堂财务管理（Modern Church Finance，Its Principles and Practice）

◆ 幼儿园

孩子是家庭最宝贵的财富之一！在加拿大的任何一座城市，尤其是在中国人不多的城市里，如果父母本身都还有语言交流障碍，并且又不得不送孩子去当地的幼儿园，再加上幼儿园里没有认识的老师，那么最好的时机是至少等孩子有能力听懂父母的语言的时候再送。虽然让孩子在具有当地语言的生活环境中成长是势在必行的，但是如果在孩子什么都听不懂的情况下就送到幼儿园，一旦出了问题，父母有可能永远都没有机会从自己的亲生骨肉口中了解孩子到底在学校里都学到了些什么、干了些什么、经历过什么。与此同时，加拿大很多幼儿园在接收孩子之前都会让父母签一份免责协议书，不签不收学生。有了这份父母签署的协议书，就证明父母全权将自己的孩子托付给幼儿园，父母几乎放弃了所有的追责权利。为了家庭最宝贵的财富，再忙、再累、再需要工作，也切忌过早送孩子去幼儿园。当然大多数幼儿园都是负责任的，老师也是经过严格培训的，所以常年生活在海外的小夫妻们，在没有选择的情况下，这种“托孤式”的互信、友谊也是需要培养的。

从中国来的小夫妻们在挑选幼儿园时问老外的一个最常见的问题是：你们知不知到什么是mongolian spot？这个词是指，很多亚洲孩子出生后，屁股上带有的青绿色的皮肤，这种颜色酷似被打后皮肤底层出现的淤青，有的幼儿园老师在为孩子换尿布的时候会误以为父母有虐待孩子的情况，这处或几处青绿色的皮肤会在孩子慢慢长大后自然消失。如果老师的答案是从未听说过这个词，那么这所学校可能从来没有接收过有亚洲血统的学生，或者对老师的培训欠妥，也可能证明这里的老师没人了解亚洲孩子的文化背景及生活习惯等。总之，给孩子挑选幼儿园时需要谨慎。

自问：如果一双父母都不在乎自己的孩子，凭什么让别人比这双父母更在乎他们的孩子？

◆ 电话销售，涉及个人隐私

在加拿大，尤其是在大城市，我经常会接到一些来自商业方面的意料之外的推销电话（cold calls），此类电话有可能来自银行、电话公司、保险公司等一些商业团体。在接通电话前，这些公司的职员已经通过某些途径知道了我的姓名及其他的一些个人信息，有时竟然开口就讲中文，很有意思。在通话中，他们的最终目的是通过电话向我推销新产品或服务，然后得到我口头上的授权，在我现有的客户账户基础上增加新的产品，以完成他们残酷的销售任务。在法律上，被录下的通话授权记录几乎和亲手签署的合同一样，具有同等的法律效力。如果我在通话中同意体验免费的产品或服务的试用期，但是在不满意的情况下因个人原因没有按时联系销售方取消电话中所同意接受的服务或产品，那么等待我的将是一份账单，如果不爽，在法律上判定我付钱的几率也是很高的，再加上损失个人信用积分等恶果。

我曾经是一个比较聪明的、喜欢“贪小便宜”的人，曾经使用一些自己并不需要的产品和服务，品尝到了在商业世界里“免费午餐”的真正滋味。多次在语言不通、文化不明、现代商业知识欠缺的情况下成为一名优秀的诱捕式销售（predatory marketing/selling）的猎物。

除此之外，在某些时候，我还接到过一些纯粹非法的推销电话，对方是想通过电话从我口中窃取更多的有关我或我家庭的信息，为了什么我不清楚，但是即使是在法律、法规健全的加拿大，在过去的 12 年中，我从未见过相关的，甚至是类似的通过法律来维护自己隐私权的新闻报道。最多也就是民众通过媒体公开向外界投诉、抱怨。也就是说，很有可能大多数消费者在权衡利弊后，和我一样作出了少花钱、少花时间，吃一堑长一智的决定。

后来，在大多数情况下，当我接到类似的电话时，我的第一反应是“小心”；当感到有疑问时，我会首先在回答对方提出的任何问题之前，确定对方的全名、单位、部门以及联系电话。这样做的益处是：如果过后确实被骗，造成损失，那么电话公司存档的有关我的通话记录会成为我维权的有力证据。如果还是感觉不妙，我会直接跟对方讲：谢谢您的来电，在有需要的时候我会给您电话，bye bye。当然，也有例外的时候，在一种情况下，我会继续无聊的通话，那就是在不花钱，小心讲话的前提下练习我的口语，有时候效果还不错，因为经过良好培训的“推销员”为了准确把握我这名“顾客”的需求还特意纠正过我的口语发音。

要知道：在学校同老师们练口语的学费是很贵滴~

我经常告诫自己的一句话是：人生就是一场考试，我的“隐私”就是我对自己人生这场考试的答案的一部分，包括我在内，谁也不会在考试的时候把自己的答案拿出来跟大家分享，尤其是对陌生人。总之，在任何国家、任何城市、任何地点，虽然个人隐私是可大可小的问题，网络隐私也包括在内，但是有效地保护好自己的隐私是非常重要的。小心驶得万年船，在发达国家里也买不到后悔药。

◆ 特殊问题

没有人什么都懂、什么都会、什么都明白。每个人在生活中都有自己解不开的谜团。在我的生活中发生过几件奇怪的事情。例如，当我搬到 Kitchener Waterloo 的时候，我发出去的电子邮件对方收不到，或者晚一天才收到。为了解决这个问题，我马上又注册了一个新的电子邮箱，用自己的两个账户相互发送电子邮件，结果证明，我的一个电子邮件账户发出的电邮确实有时能被收件人收到，有时不知道是什么原因却收不到，在“传递”过程中“丢”了，很是郁闷！

屏蔽网站在发达国家是很少出现的，但是屏蔽网站中的某一个网页可能就不一定了。如果我是中国雇员，受雇于中国公司，在出国出差时需要做的一件事情就是检测一下自己单位的网页的运行情况，看看是否每一页都正常显示，有时可能会有惊奇的发现。

这几件事情给我日常生活方面造成挺大的困扰，这种束手无策、心有余而力不足的感觉实在别扭。因此，我深深地感受到，在网络时代，如果我缺乏网络操作、网络安全、编写简单的网页、计算机维护等方面的知识，那么我可能已经被时代淘汰出局了。

◆ Personal identification 身份证件、Driver license 驾照

在加拿大生活，经常会被要求出示一份带有照片的有效身份证件，例如，驾照、护照、永久居民卡等，原因是对方为了履行工作职责而确定你的真实身份，从而保护双方权益。有时，你可能会被要求同时出示两种有效身份证件，例如，在银行开设账户。在大多数情况下，租车、住酒店、买车、买房、买烟、买酒、买保险等都有可能被要求出示有效身份证件。

因此，对于常年在加拿大留学、工作的人来讲，加拿大的驾照是生活中的必需品。

◆ 学会保护自己

美国律师资格协会（The American Bar Association）在2008年出版的《家庭实用法律手册》（Complete Personal Legal Guide - The Essential Reference for Every Household），或者同类的出版物，是任何一个有计划长期生活在海外发达国家的中国人所必备的书籍之一。书里提供的信息是非常系统的，包括律师简介，租房，买房、买车，个人信用积累管理，医疗保险，遗嘱、遗产等，都是当地每个家庭经常或者必须面对的社会问题。虽然这本书讲解的是美国社会的生活琐事，但是其核心价值与其他法律健全的发达国家的国民在生活方面所面临的问题是极其相似的，是非常有借鉴价值的。很多在我这个年纪里意识不到的、人生中所必须经历的一些难题和挑战，在这本书里都有详尽地讲解以及其他有利信息。

异国婚姻

性把我们带到一起，性别把我们分开。

(Sex Brought Us Together, Gender Took Us Apart.)

在哪儿学的：劳伦森大学

(Laurentian University)

当今社会，异国婚姻已经不是什么新鲜事儿，但是完美和谐的异国婚姻在很多时候都会成为新鲜事儿，被人们津津乐道，尤其是有着巨大文化差异的异国婚姻，为什么？

我所学到的是：结婚前是“性”让我们走到一起，结婚后是“性别”让我们产生分歧。婚姻是人生大事，不可儿戏。怎样珍惜、尊重对方的所有，怎样珍惜、尊重家庭的所有，怎样珍惜、尊重自己的所有，是常年在海外学习、生活和工作的人必须三思而后行的人生挑战中的重中之重。

从理论上讲，男女有别主要是指生理和心理

生理方面

- 男人的平均身高比女人高；
- 男人身上的体毛比女人多，尤其是四肢；
- 女人对声音更敏感；
- 男人一般比女人强壮 30%；
- 一般女孩的青春期（puberty）比男孩早两年；

- 男人的心脏和肺脏比女人大；
- 女人消耗体力的速度比男人快；
- 女人的生育能力平均在35岁后开始下降，在绝经期（menopause）后完全停止；
- 女人比男人更容易发胖；
- 一般男人身上的雄性激素多，女人身上的雌性激素多；
- 一般男人的大脑比女人多4%的脑细胞，但是在智力方面没有明显的区别；
- 一般男人的食指比无名指短，女人的食指比无名指长；
- 一般男人的视力在白天比女人好，女人的视力在晚上比男人好；
- 男性艾滋病患者比女性多，或者说……
- 男人比女人更容易得肺结核；
- 女人得心血管疾病的几率较男人低；
- 女人容易得关节炎、骨质疏松；
- 男人的精子在进入阴道后可存活几个小时，到达输卵管后可存活长达5天；女人卵子的寿命是24小时。

心理方面

- 女人在口语和记忆力方面的考试比男人优秀，男人在有关数学和空间方面的考试比女人优秀；
- 男人更容易冲动；
- 女人自杀的成功率低，但是试图自杀的可能性比男人大；
- 女人在性生活方面产生负面、消极的心理因素的可能性高于男人；

- 男人比女人更容易承担风险；
- 女人更易向人展示自己的情绪，更容易情绪化；
- 女人得精神抑郁症的可能性大；
- 男人一般有精神分裂的症状比女人早，而且较女人表现得更强烈；
- 女人患老年痴呆的几率比男人高；
- 女人在生活方面更容易产生焦虑感；
- 女人比男人更容易得到满足感，更容易感到幸福，更在乎家庭，更懂得生活。

男女在互联网时代的差别

女人更容易通过网络聊家常、购物、办理银行业务。

男人更容易从网络上下载音乐、电影，上网看视频，在网络上投入的时间多，更喜欢上网。

男女择业趋向的差别

表4 男女择业趋向的差别

男性主要选择的职业	女性主要选择的职业
学者 工程师 医生 警察 建筑工人 司机 软件程序员 “当官儿” 等	教师 会计师 护士 助理律师 家政服务业者 秘书 等

我的婚姻观

婚姻初期，我没有婚姻观，或者没有一个适合双方的婚姻观。是性把我和老婆带到一起，我脑子里想的只是婚姻是早晚的事儿，她很漂亮、很勤劳，我很喜欢她和她的父母以及她家里所有的人，我也很喜欢日本。我想我们俩今后在一起生的孩子也肯定很聪明、样貌出众。除此之外，我的婚姻生活几乎都是按照中国式的大男子主义，走一步，看一步，兵来将挡水来土掩的思想进行的。

对这段“无知”的经历，我想对老婆说：“老婆：对不起，让您受苦受累了，非常感谢您为我和我们的家庭所做的一切，我需要向您学习，请多指教。”

我很爱我的老婆、很爱我们的孩子，身为有妻儿老小的人，作为一名家庭成员，我现在才刚刚进入角色。以前，我并不懂什么是对家人的“爱”，像人们常说的那样在拥有的时候不懂得珍惜，失去的时候才懂得曾经拥有的价值。下面是我在写这本书的时候，在结婚多年后，试着为自己从“几个不同的角度”来分析中日异国婚姻给夫妻双方带来的挑战，也是我现在的中日异国婚姻观。

异国婚姻难（引用本书第二章“第一只手”来阐述）

每个国家有：一把手、财政部、人力资源部、公安部、卫生部、外交部、商务部；

每个省份有：省　长、财政厅、人力资源厅、公安厅、卫生厅、外事厅、商务厅；

每个城市有：市　长、财政局、人　事　局、公安局、卫生局、外事办、商务局；

每个学校有：校　长、财务科、人　事　科、保安科、医务室、外事科、招生办；

每个单位有：老　板、财务科、人　事　科、保安科、医务室、外事科、销售科；

每个社区有：区　长、财务科、人　事　科、派出所、诊　所、居委会等；

每个家庭有：长　辈、晚　辈。

用上面的这个矩阵做基础，按大事化小的道理推，一个家庭的事物也可以分为财务、教育、配偶、安全、健康、内务、外事、打工等。如果从经营管理的角度出发，拿一个家庭同以上列出的任何一个团体相比较，那么家庭成员中必须要有“全能”的家长们才有机会“经营”好一个家；家庭上面的任何一个团体、任何一种工作都有专门的人员各司其职、各就其位。因此，我对有关经营家庭、经营婚姻、经营异国婚姻的成功率分析后得出以下结论：经营“大家”的成功率要比经营“小家”的成功率高，而且高很多。

异国婚姻的家庭里可没有外交部、外事办或者妇联等可以辅助小两口过日子的专职部门。

题外话

现在我相信“富不过三代”这句古谚了，当然这其中的确是有原因的，这些原因是可以避免或得到有效控制和改进的。

◆ “成年人”之间需要更多的时间相互深入了解

老婆和我不是青梅竹马，老婆在嫁给我之前已经在没有我存在的环境中生活了二十多年，我在娶老婆之前也已经在没有她存在的环境中生活了二十多年。二十多年的不同的经历，不是简简单单经过几个月甚至1至2年就可以完全彼此了解和接受的。而婚姻对彼此的承诺是严肃的、长期的。我们两个人之间的“无知”只有在长时间的、频繁的、持续的沟通过程中才可以渐渐地转变成“互知”、“互信”和“相互依存”；我们两个人的能量只有在“互知”、“互信”和“相互依存”的基础上，才有机会真正“结合”形成共同力量（synergy），也只有这样的家庭才能团结、稳固、兴旺。反之，如果因为一方或双方不得不长时间的工作，或其他原因而没有能够在这方面共同努力，一个家庭里的事情就很有可能由简单变得复杂，一个家庭的内部关系也很有可能由AAA降级到AA，一个家庭的一切事务都有可能由事半功倍变成事倍功半。

在这个“磨合”过程中，双方都处在“痛苦”与“快乐”并存的阶段；双方都要做到相敬如宾，懂得“先礼后兵”；双方都要做到站在对方的角度上考虑问题，而不计较自己的得失。

在这个过程中，我重复做过的一件错事是在遇到分歧的时候突然转变态度，开始顺着老婆，在“不沟通”或“老婆认为双方沟通交流不到位”的情况下，进行退让，结果给老婆造成了更深的误会。主要产生了以下误会：

- 当我退一步的时候，老婆不开心，老婆说我退得没诚意，在敷衍了事，只是想赶紧让事情过去，根本没想过要解决问题；
- 当我进一步的时候，老婆不开心，老婆说我进得太自私，根本没有考虑到她的感受；
- 当我不进不退的时候，老婆不开心，老婆说我没上进心、不思进取、没出息！

总之，我没有对的时候！

现在想一想，我活着就是为了家人，除了家人，其他的一切都可以放一放、等一等，天塌不下来。

下面是西方老公爱老婆的一则幽默。这段对话是我在国外看电视学到的，本来打算坚持天天用，但还是“事与愿违”，我很后悔。

对话时间：Every morning before get up（每天早晨起床前）

老公：Honey~（亲爱的！）

老婆：What？（干什么？）

老公：I am so sorry！（我向你承认错误！）

老婆：For what？（为了什么？）

老公：Everything！（为了今天你将要责怪我的一切事情！）

我相信懂得幽默的夫妻，在婚姻方面的成功率要高一点。

◆ 男女“平等”

在发达国家，尤其是西方发达国家，随着文明的进步，受教育程度不断提高，法律、法规不断健全，我见过的大部分西方家庭都是男女平等、相敬如宾的，有很多甚至是“女权主义”占上风。因此，中国式的“大男子主义”很可能会成为中国男性异国婚姻的“杀手”，尤其是在结婚后，夫妻双方在了解到一定程度的时候，老婆在长期忍让到一定程度的时候，极有可能产生不可调和的矛盾。这种矛盾可以被悬殊的财力、社会地位，甚至悬殊的教育水平长期压制，但是如果意识不足、处理不当或不及时，钉子就是钉子，早晚会露头儿。

总之，我感觉中国的大男子主义在西方是行不通的，在现代文明中也是行不通的，中国的小男子主义应该也好不到哪儿去。做一个老婆心中合格的老公是很有挑战性的。

自我感叹一下：难～实在是难～

我不了解中国女性的异国婚姻，但是我相信大家有很多相似之处，至少都是“良莠不齐”。

◆ 我们曾经有二十多年是生活、成长在“四个不同的世界”里的人

老婆生活在女人的心理世界里，我生活在男人的心理世界里。我老婆是日本人，日本是一个发达国家，老婆是在发达国家里长大的人。我是中国人，中国是一个发展中国家，我是在发展中国家长大的人。女人的心理世界、男人的心理世界、发达世界、发展中世界就像一个迷宫一样在性别、性格、国别、文化、传统、娱乐、饮食、着装、接人、待物、生儿育女等方面无情地把老婆和我隔离在这个迷宫中的两个不同的角落。

怎样才能够在这个迷宫里找到一个可以相遇、相知的“结合点”，而后携手走出这个异国婚姻的迷宫，是我们夫妻俩完全不曾认识到的挑战。在我看来，战胜这个挑战是没有捷径的，只要双方目标一致、相濡以沫，挑战就是机会。

◆ “外界环境”的影响：中日关系

我老婆是日本人，我是中国人，我们两个人、两个家庭之间经常尽力避免谈论的事情之一是两个国家之间的关系和一些敏感的历史性问题。

我们每每看到、听到类似反日、反华的集会和言论时，都会感到一丝不安，都会为对方或者对方的家人是否被伤害而担忧。也许这种担忧在法律、法规健全的今天是完全没必要的。但是，作为一对深爱着对方的夫妻来说，这些外界的消极因素是会对我们的夫妻关系、我们各自的社交圈的关系、我们各自家庭的社交圈的关系产生一定的影响的。

我们深爱着对方，我们完全接受对方，但是在外界大环境的作用下，有时也会产生不必要的摩擦。我们面对外界需要做的工作，面对家庭内外社交圈所需要做的工作很多。因此，中日夫妻在这个方面需要为理解和支持对方而做的工作是成功的中日异国婚姻的重要组成部分。

夫妻的共同目标之一：为避免中日异国婚姻成为两国“政治斗争的牺牲品”而共同努力。我们爱好和平，我们的家庭爱好和平，我们的“将来”也是爱好和平的。

“不可避免”的吵架

生活不可能一帆风顺，海有潮涨潮落、月有阴晴圆缺。不论男女，我们本身都是动物，每个人每月、每年都会由于生理周期的变化而影响到自己的心情。不同的是，有人反映得强烈一些，表现得强烈一些；有人反映得弱一些，表现得委婉一些而已。如果在有自然反应的时候，夫妻一方或双方在工作或者在日常生活方面遇到极不顺心的事情，而此刻又筋疲力尽，那么产生摩擦是很难避免的，但是大事化小是可能的。

我认为夫妻双方除了要有自知之明以外，还要花点时间“侦查”、“记录”一下对方的自然反应规律，时间长短，最好是找个月份牌标明可能被对方“伏击”的日子。这些日子包括生理和心理两方面。男女的生理问题就不用提了。在心理方面，例如，如果我们是房奴、车奴等真正的“债奴”夫妻，那么我会注意偿还利息的日子，因为有时候家里可能会出现入不敷出的情况。在共同为家庭打拼的时候，夫妻双方都承担着不同程度的压力，所以在还利息的这些天里心情可能会比较烦躁。总之，家和万事兴，在家里谁吵赢了都是输。

◆“不必要”的争端

人在工作方面最怕的就是得职业病，算账的回家好管账，做饭的回家好挑食等。婚姻也是一样，习惯了吵架生活的夫妻千万不要在长时间不闹别扭、不吵架的时候就感觉不舒服，盼着有事儿发生或者没事儿找事儿。在这个时候，应该做的是举杯庆祝、把酒言欢，充分肯定坏习惯是可以改好的。有能力锦上添花的老婆、老公和父母才能白头到老，才是有责任感型的。

请别误会，我是在教育自己。

举个例子：家庭分工明确后就需要“互信”。家庭“工作”多如牛毛、永无止境。我在家庭工作中多次犯的一个极大的错误就是：多管闲事，打扰老婆的“工作”。我现在认识到：家庭“工作”也是“工作”，“家务”也是“业务”，尤其是对家庭全职太太而言。如果老公经常在回家后开口就说这儿需要改变，那儿需要改善，会给老婆造成一个“老公认为老婆不是一个合格、称职的老婆”的负面印象。即使家里确实有很多事情需要马上改善，最好的“对付这种现状”而不是“对付老婆”的办法是亲自动手帮忙整理。如果老婆是明白事理的人，她会明白你的确是想帮她一点忙。回过头来想一想，如果在单位里同事在没工作的时候就过来对自己的“工作”指手画脚，你愿意吗？

因此，现在我想对老婆说：“老婆，我错了，我明白自己所不欲，勿施于爱人的道理了。”这个错误我以后会尽全力不再犯了，我保证一定努力改！

意外中的意外：为了试探老公对老婆的关心，有时候老婆可能会“故意找茬”吵架，所以要伺机而动，该把“爱”表现出来的时候就要让“爱”发挥地淋漓尽致。老虎不发威的时候，千万不要当“她”是病猫。

两口子忌讳的、不成熟的表现之一是：在遇到不快时，把不满表露出来，把爱深深地埋在心底。“真爱”的做法是：把爱表露出来，把不满深深地埋在心底。

真爱是一种修行，真爱是一种文明！

◆“做不到”的保证千万别意气用事

信用度不是一两天建立起来的，名誉不是一两天就能积累起来的，做不到的事情、不能马上改好的陋习，千万不要意气用事。为了让老婆一时开心答应下来“永不再犯”，这种做法对外国老婆而言就是“欺骗”，尤其是着重考虑“老公信用度”的老外老婆，因为婚姻是认真的、严肃的，不是过家家。

嫁鸡随鸡、嫁狗随狗，这一条对异国婚姻好像不太管用吧～

最好的做法是保证“尽力改”、“尽全力改”，而不是保证“永远不会有下一次”。在这个方面有一句英语习语值得参考——never say never（永远不要说永远），因为人无完人。

◆ 子女教育

天底下没有十全十美的父母。父母的教育观念在生儿育女前一定要达成一致。母爱、父爱是与生俱来的、互补式的。我的生活经验让我相信有计划、有组织的分工教育是最有效、最全面，能够让子女在心理和生理两方面茁壮成长的途径。如果任何一方没有足够的时间和精力教育子女，那么根本就没必要把无辜的小生命带到这个世界上来受折磨。如果只是为了“传统”而“传宗”，就要牺牲自己后代作为子女享受父爱、母爱的权益，那么为人父母和禽兽又有什么区别？母爱、父爱给予孩子们的不只是爱，是人类兽性里面最基本的雌性和雄性特有的“谋生技能”。我们人类在医学、动物学、生物学、人类学等方面仍然是公认的哺乳动物（mammal）。

试问一句：不论贫富，天底下有多少个在畸形家庭环境中长大的孩子能够在竞争如此激烈的社会上顶天立地，又有多少家长有勇气在这个挑战面前讲“钱和权是万能的”？

读者们：如果这段话伤害到你们的感情，我在这里先道歉了，I am so sorry, truly！

◆ “财务”公开

在法律上，婚后家庭的一切都是共享的。在情理上，没有互信的夫妻是很难和睦相处的。任何一方在以家庭的名义承担任何债务的时候都需要与对方沟通，这是最起码的尊重，尤其是在国外。别忘了，个人破产会影响到老婆和孩子！就算一方在不想让对方担心或有心理压力的情况下，为了家庭的美好而承担债务时所说的“善意的谎言”、所做的“善意的掩盖”，都会让对方感觉到夫妻之间互信的基础是脆弱的。在这个世界上，有很多人对财富的理解、对信任的理解是很不一样的。我犯过这样的错误，现在明白“善意的谎言”也是可以伤害到自己所爱的人的。老婆不仅需要财务上的安全感，更需要夫妻之间相依为命式的安全感。真正长久的夫妻是糟糠夫妻、患难夫妻、知己夫妻、有福同享的夫妻，是哪怕让对方对不起自己也不会自己对不起对方的夫妻。

◆ 男人的四关：财、色、酒、气

这四关是地球上通用的衡量男性的标准之一。到目前为止，我没有能力过得了这四关，但是我相信它们不会成为我人生中永恒的挑战。

◆ 怎样“对付”老外老婆

开个玩笑，我是想写怎样“爱抚”……但是这段儿只能到此为止，再往下写恐怕政府就不让我出这本书了。

◆ 说点儿“实际”的：如果你老婆或者老公是日本人，你是否知道下面的知识

- 冲绳（Okinawa）是空手道（karate）的故乡；
- 京都（Kyoto）是艺妓（geisha）的故乡；
- 伊贺省（Iga）是忍者（ninja）的故乡；
- 日本东京市涩谷站（Shibuya）的忠犬八公（Hachiko）的故事是很有名的；
- 江户（Edo）是日本首都东京（Tokyo）的旧称；

- 秋叶原（Akihabara）是日本的购物天堂；
- 读过W. Edwards Deming写的Out of Crisis吗？在我看来，除了日本故有的综合素质外，这是一本了解日本为什么可以在一代人的时间内成为世界第二大经济体，拥有众多的世界上一流企业的最权威的著作之一。

总之：我爱我的日本老婆，我爱我的日本亲戚，我全心全意地接受我的日本亲戚，你呢?

我的中日异国婚姻观的总结：相敬如宾，白头偕老 + 中日友好！

祝福那些真心相爱的，有异国婚姻的情侣们：

婚姻美满、家庭和睦、人丁兴旺、万事如意！

多一份理解、多一份快乐！

总结篇

学业、工作和生活是我人生的三个重要组成部分。在我12年的海外经历中，学业、工作和生活是同时进行的，而不是独立分开的。怎样合理地安排所有的日常事务是我和老婆分分秒秒都在面对的现实和挑战。我们的艰辛、我们的相依、我们的快乐、我们的付出、我们的矛盾、我们的智慧、我们的坚强、我们生存的价值只有我们自己最清楚。我们不是为了生活而拼搏，我们是为了拼搏而生活。包括与我们最亲近的远在万里的双亲在内，极少有人能够真正体会到我们两个老外曾经在海外一起走过的日子。

对于所有已经和将要出国留学、工作和生活的人们来讲，怎样能够把这三大部分里所有的事情都结合起来做，安排得合情合理，有计划、有策略地去执行，是所有人面临的最大的挑战！每个人的海外经历都是不一样的，有的时间长，有的时间短；有的过得健健康康，有的过得疾病缠身；有的过得开心轻松、游刃有余，有的过得提心吊胆、夜不能寐；有的成功，有的平庸，有的失败；有的富有，有的赤贫；有的单纯在海外留学，有的单纯在海外工作；有的单纯为了生活移民海外，有的单纯为了活命而远走他乡。总之，每个人出国的目的可能都不同，但是每个人出国后所要面对的挑战却不尽相同。

年龄、时机、地点、目的、性格、财力、机遇、能力、家教、文化、关系、健康、学识、思维方式、宗教信仰等是将海外的中国人分为三六九等的关键因素，也是能否出人头地、衣锦还乡的决定性因素。人竞自择，适者生存！

国外的社会和国内的社会是相似的，都是有着三六九等的多层面，每个层面又有很多个窟窿的筛选器，而且这个筛选器还在不断地震动着。唯一不同的是，在法律法规健全的社会中，筛选任何个体的筛选层面比法律法规有待健全的社会更细致一些。任何一个人、家族、企业、城市、省份，甚至国家都是被筛选的个体。任何一个个体存在的目标都是相同的，就是要在有生之年，既找对震动规律进行共振，从而一步一个脚印地不断地向上升级；又要小心避免在震动中掉进窟窿，落入低级层面，甚至万劫不复。总之，无论在国外还是国内，每个个体都有机会，但是机会绝对不是均等的，也永远不会均等。

亲爱的爷爷、奶奶们，姥姥、姥爷们，爸爸、妈妈们；尊敬的老公、老婆们，可爱的七大姑八大姨们，希望你们明白：

- 留学绝不单纯是留学，出国留学可不是闹着玩的～在行动前，您和您的家人准备过吗，您和您的家人准备好了吗？
- 海外工作绝不单纯是海外工作，海外工作可不是闹着玩的～在行动前，您和您的家人准备过吗，您和您的家人准备好了吗？
- 移民更不单纯是移民，移民国外更不是闹着玩的～您了解自己吗，您知道您和您的家人为了自己想要得到的需要作出的牺牲到底有多大吗？

在我看来，海外生活是每时每刻都处在抉择“鱼”和“熊掌”的矛盾之中的。

祝大家一切顺利～

第四章

移民、入籍、退籍

当今的世界是一个自由的世界，当今的中国是一个自由的中国。大多数对中国以外的世界感兴趣的中国人都有权利和机会在国外经历留学、工作、移民、入籍、退籍这几个环节。这几个环节可以是一个良性循环，也可以是一个恶性循环。路是自己选的，人各有志。作为一名有幸能够站在自己父母肩上，在加拿大经历留学、工作、移民这三个环节的70后，我感觉自己的人生到目前为止是非常充实的。

本章，我将站在一个移民的角度，对自己常年在海外的学习、工作、生活进行深度剖析。在我看来，常年在海外工作和生活的人，从某种意义上讲就等同于一个“移民”。那么，一个中国“移民”在一个陌生的国度里所面临的来自各方面的挑战到底是怎样的？这是我一直在问自己的一个问题。

我的苍蝇叮蛋理论，以来自中国的技术移民为例

我是中国人，我想作为一名技术人员移民到加拿大生活。如

果加拿大是一只有“缝”的、全世界最适合苍蝇居住的蛋，那么我就是一只苍蝇，想叮这只有缝的蛋。在移民申请成功，拿到永久居民身份后，就等同于我这只苍蝇落到了这只有缝的蛋上，移民方面的专业术语是落户（Landing）。问题是，以我现在的“体积”，能不能“钻进”蛋内居住，享受“蛋清”的美味？就算能，在我有生之年，在没被蛋清埋没的前提下，我有没有机会享受到“蛋黄”的营养？我的家人呢？

“蛋壳”是指整个加拿大的国家体系。这个国家体系是保证加拿大主权独立、领土完整、社会结构合理紧密、万事“风调雨顺”的基础。这个体系由加拿大现行的各种法律法规、传统文化、政治、经济、商业、教育、医疗、国防、宗教系统等组成。同时，任何一种国家体系都是随着时代的进步而不断发展完善的。从某种意义上说，健全的国家体系具有非常强的“免疫力”，它在保护、保障本国各项利益的同时，也在不断地清除和防止各种外来的不稳定因素。其中，“新”、“老”移民是不是一种不稳定因素，会不会带来不稳定因素是值得“新”、“老”移民认真考虑的问题。值得考虑的问题还有很多，在这儿就不一一列举了。

蛋壳上的“逢”是指接受移民国家的现行的移民政策。

我现在的“体积”是指一个来自中国的普通技术人员的各方面的背景，诸如，我的语言能力、教育背景、文化背景、成长背景、价值观、宗教信仰、健康状况、工作情况、社会关系、财政状况、对家庭的价值观、家庭内部各个方面的情况、我原先的祖国与我要移民的“祖国”的各个方面的关系等。再具体一点，在加拿大我是个老外，我的语言能力再好也是有局限的，我对加拿大社会各个层面的了解远远不及本地人；我对资本主义国家的了解也是有限的，我只知道什么原始积累是“红红”的；我从小生长在中国，中国的文化、传统，中国人的价值观和习惯已经深深地植入我的血液，要适应改变可以，但是工作量很大；在经济方面，我并不富裕，工作收入刚好满足温饱；在孩子的教育方面，我没有经验，尤其是应对西方的教育方式；在尽孝方面，我没有足够的财力和时间经常“腾云驾雾”两地往返，就算父母愿意移居国外，放弃国内故有的生活环境，他们也需要花费大量的精力去适应几乎完全陌生的生活环境；在医疗沟通方面，小病还可以应对，大病恐怕力不从心。

“钻进”蛋内是指真正地“融入”加拿大的社会，对整个社会、整个国家有脱胎换骨式的了解，掌握作为一个国民所必须掌握的有关整个国家、整个社会的基本信息。作为加拿大这个国家的一份子，在享受国民权益的同时，也能够尽到一个国民该尽的义务，承担一个国民该承担的责任，当你的国家需要你用生命来捍卫她的时候，你会毫不犹豫地站出来为她尽忠。此外，投资移民、难民、非法移民在移民人口的比例中只占很少一部分，在这里就不一一说明了。

“蛋清”是指平民生活。

“蛋黄”是指传说中的“衣食无忧”的生活境界，也就是作为加拿大人，享受加拿大中产阶层或中产阶层以上的人群所享有的高质量的生活。

现在，对我这只落在蛋上的苍蝇来讲，好处是经过多年的努力，我终于可以站在这只有缝的蛋上了，即使我现在很难“钻进”这只蛋，但是我至少可以把自己的“卵”通过这条蛋壳上的缝隙产在蛋内。这样，我的孩子们可以在蛋内居住、成长，最起码可以轻松地吃到蛋清，是否能尝到蛋黄的营养就要看他们自己的造化了，尽管这是父母不负责任的想法。

“我”在上面这段话里是一只双性苍蝇，可以允许繁殖~

对于中国的新移民来讲，类似的生活情况当然会产生一些家庭问题、社会问题，甚至矛盾。例如，有了孩子以后，在他们的成长过程中，父母和孩子之间总会隔着一层“蛋壳”，这层蛋壳在孩子的成长过程中会变得越来越厚、越来越坚实，会对孩子的思想产生根深蒂固的影响。虽然视父母的综合背景不同，这层蛋壳对父母来讲可薄可厚，但是现实就是现实，举目无亲的第一代移民父母是很难冲破这层“蛋壳”的，至少到目前为止我这只苍蝇还没嗅到一对这样的父母。

具体情况，具体分析

对于中国的新移民，他们的孩子所接受的家庭教育源于原汁原味的、具有东方传统文化背景的中国式的父母。我们的文化、我们的传统在很多方面与西方文化不同。身为父母，为了孩子的“前途”，在发生自己都“意识不到”或者没有完全理解的“文化冲突”时，希望孩子的立场是哪一边？孩子会走得离父母越来越远，还是越来越近？两种可能都有，问题是看谁更聪明、更灵活了。

如果孩子需要父母的呵护，对于还没有融入蛋内的家长来说，有些事情是无能为力、望尘莫及的。即使当地政府有相应的辅助服务，很多父母的语言、文化障碍足以“阻止”他们找到并接受对口服务，何况“是药三分毒，父母找的药有没有副作用，新移民父母是很少有能力预测到的”。我们新移民几乎都是“凡人后知”，不是“仙人先知”。

有多少新移民懂得查找有关当地移民生活方面的社会调查结果，有多少有能力看懂和分析这些移民社会调查，又有多少新移民从心底里“相信”查看这些说教式的社会调查对自己和家庭的未来生活是很有价值、很有意义的？移民生活真的是可以“兵来将挡，水来土掩”的吗，真的是可以走一步看一步的吗，有多少中国移民能够做到看一步走一步？

到此为止，我描述的也是很多中国移民的生活状况，包括我自己在内。很多新移民的普遍想法是牺牲自己这一代，为了下一代；作为父母，我们情愿站在蛋壳上度过我们的余生，即使天天“吃屎”我们都愿意。但是，我相信很多移民一定也预料到：想让社会接受自己、自己的全家或家族，需要至少两代人，甚至三代人的时间。在某些情况下，“牺牲”的“概念”是父母选的，但是真正“牺牲”最多的是不是父母？答案是可以有天壤之别的。在加拿大的移民史中，当然有非常成功的第一代移民，但是这个现象并不普遍，对从中国来的移民而言也是一个道理。

移民需要再三思考的几个表面上跟自己无关但实际上息息相关的问题

当我在多伦多看到很多中国移民在从事十分低级的工作时，

不由得在想，为什么加拿大政府要吸收中国移民？为什么加拿大政府要在中国改革开放后，尤其是2000年后大量吸收中国移民？为什么加拿大政府要大量吸收这个“特定时代”和年龄段的移民？如果明明知道第一代中国移民的作为有限，那么加拿大政府在第二代移民身上又期待着什么，等待第三代移民的又会是什么？如果每一个大量接受移民的发达国家，如新西兰、澳大利亚制订宏观政策的时间从几年到几十年甚至上百年不等，那么这些政府的短中长期吸收中国移民的战略思想是什么，吸收其他国家移民的战略思想又是什么，这些战略思想有没有相似之处？

从个人移民到企业走出去

众所周知，在发达的资本主义国家里，企业法将企业定义为虚拟的“人”①，因此，企业走出去同单个的人走出去所面临的挑战是“小异大同”的。这也就足够让大家明白为什么我们总是听说中国的企业在发达国家里经常受到这样、那样的“折磨”，甚至无果而终。

想一想，人家多年历经风雨建立起来的完善的法律制度、健全的社会体系、稳定的经营环境等凭什么让外人来享受？或者“换位思考”，咱们的发展成果凭什么让别人来享受？任何“有钱人”在任何国家和地区生活或者消费都没有问题，都会受到欢迎，只要懂法、守法！但是，如果外国企业来的目的是实现资本

① Monks A.G. Robert & Minnow Nell, Corporate Governance, U.K.: John Wiley & Sons, Ltd., 2008.pp.8-9.

主义梦想，那么我看我们双方要好好考虑考虑、分析分析了，在“你们”来之前：

- 你们了解我们国家的法律，尤其是劳动法吗？
- 你们了解我们国家的文化吗？
- 你们了解我们国家的历史吗？
- 你们了解我们国家的文明吗？
- 你们了解我们国家的、企业的、国民的价值观吗？
- 你们了解我们国家的社会构成吗？
- 你们对我们国家的经济体系了解多少？
- 你们对我们国家的政治体系了解多少？
- 你们对我们国家的政治、经济总体情况了解多少？
- 你们对我们国家的金融系统了解多少？
- 你们对财富的理解和我们对财富的理解有多少相同之处？
- 你们对我们国家的市场了解多少？
- 你们对我们国家的会计师事务所了解多少？
- 你们对我们国家的律师事务所了解多少？
- 你们能得到我们国家有背景的政治团体的支持吗？
- 你们在我们国家有推荐人吗，有关系吗，有抵押品吗？
- 你们来，对我们国家或国民的贡献和索取是成正比还是反比呀？
- 如果你们对上述几个最简单的问题都不够了解，是不是等于你们不够尊重我们，或者你们没有能力尊重我们？
- 如果你们不够尊重我们，是不是就证明你们诚意不够？

- 如果你们诚意不够，我们干嘛要支持你们？我们可是从小就生长在发达国家，受过良好教育的国民。我们早就深知资本的积累是一部不折不扣的血泪史，全世界都一样。我们接受的是正统的、积极的资本主义教育、帝国主义教育。资本主义对我们来说已经是一种信仰，根深蒂固的信仰！你们能理解吗？
- 可爱的、亲爱的外地来的资本家们，你们认为我们发达的资本主义国家政府会从心底里欢迎你们来剥削他们的国民吗？就算你们得到我们政府的允许，你们认为你们的竞争对手会允许吗？就算你们得到竞争对手的默许，你们认为我们国民会张开双臂来拥抱你们吗？你们拿什么来证明你们的诚意，拿什么来赢得我们的信赖、支持与合作？更重要的是，拿什么来换取我们的劳动力和money？
- 你们信不信我们国家的“一把手”和你们国家的“一把手”一样也是需要国民“投票”的？
- 最后一个问题：有多少在发达国家经商的中国人看过下面这几本书？

Alfred P. Sloan, Jr., **My Years with General Motors.**

Friedhelm Schwarz, **Nestle – The Secrets of Food Trust and Globalization.**

Louis V. Gerstner,Jr., **Who Says Elephants Can't Dance.**

John Browne, **Beyond Business.**

Sam Walton, **Made in America.**

Robert A.G. Monks & Nell Minow, **Corporate Governance.**

Jenifer Piesse, Ken Peasnell, Charles Ward, **British Financial Markets and Institutions.**

Harrington Niehaus, **Risk Management & Insurance.**

J.P. Quinn, J.A. Bailey, D.E.Gaulin, **Law Firm Accounting and Financial Management.**

Bill Emmott, **Japanophobia – The Myth of the Invincible Japanese.**

《海归的历史和价值》这本书还没人写，我很想知道为什么。

想一想、看一看、瞧一瞧、算一算

- 移民发达国家是不是中国人、中国的中坚分子、中国富人阶层的归宿？
- 移民发达国家是不是中国梦的归宿？
- 移民生活是不是自己、自己的家人、自己的后代需要的？
- 移民加拿大后，你认为你会是一个“加拿大人”(Canadian)，还是一个“四海为家的人或是世界主义者”(Cosmopolitan)？
- 你认为效忠“祖国”和效忠“国家”是一个概念吗？
- 在你入籍之前，你做好效忠一个不是生你、养你的国家的心理准备了吗？

- 如果有人建议加拿大移民局给每一个准备宣誓入籍的人带上测谎器，检测他们决定宣誓入籍效忠加拿大的誓言是否可信，那么你认为有多少人能过关？

如果还是决定移民，请继续往下读（If I cannot beat you, I will join you. 如果我不能战胜你，那么我会和你站在一边，支持你）：

我认为，在加拿大选择适合自己和家人居住的地区时，应问问自己以下问题：

- 该地区有没有一所综合性的大学，这所健全的综合性大学是否包括医学院、商学院、法学院三大支柱学院？
- 中学多不多、有哪些、近不近？
- 小学多不多、有哪些、近不近、要不要校车服务？
- 幼儿园多不多、有哪些？幼儿教师的培训到位吗？入园费用是多少？
- 地区各级政府网页的质量高不高、信息全不全？
- 地区政府的税收来源有哪些？
- 地区的房产税高不高？
- 地区中心的繁华程度如何？
- 地区人口的人均收入怎样？
- 穷人区、富人区是如何分布的？
- 失业率高不高？
- 各类医生多不多？
- 各类诊所多不多，分布情况如何？

- 城市主干道的道路状况好不好?
- 环保做得好不好，有没有污染?
- 当地有没有机场?
- 当地有没有火车站?
- 地区人口有没有超过10万?
- 男女老幼人口的构成状况如何?
- 政治文化是什么?
- 宗教文化是什么?
- 书店多不多?
- 节假日有哪些?
- 各种餐馆多不多、全不全?
- 地区的犯罪率高不高?
- 当地有没有警察局?
- 警察局的拍卖活动是不是很频繁? 如果是，为什么?
- 当地有没有法院?
- 律师事务所多不多?
- 当地有没有大型监狱?
- 社区内有没有社区图书馆?
- 社区附近有没有诊所?
- 社区附近有没有大型的综合性医院，离自己的住处近不近?
- 社区附近有没有公车站、地铁站?
- 社区附近有没有邮局，远不远?
- 冬天下雪的时候，社区内道路上的积雪是不是总是被按时清洁干净?

- 社区附近有没有消防局？
- 社区公园多不多、近不近？
- 当地有没有 Wal-Mart、Costco、Chapters、Home Depot、Future Shop、Best Buy、Toy Zellers、各大银行的金融分支机构、大型企业、跨国公司、租车公司、电影院、星级酒店、博物馆、各种休闲场所等？
- 居民区的保洁质量如何？
- 居民区内有没有分类回收垃圾箱？如果没有的话，说明这个小区的档次很一般。此外，居民区内垃圾箱周围干净程度也能说明很多问题。
- 社区内的集体活动有哪些，是谁在组织？
- 是否查过有关该地区的社区背景简介（community profile），是否与实际情况描述的一致？

我认为，懂得马术，会驾驶飞机和轮船，能够读懂航空图、航海图是一种文明的表现，这些运动与“炫富”是两个概念。钱可以让人变得更有知识，知识可以让钱变得更有价值。这也是我对博学多才的理解。

退籍难，难于入籍

退籍是 99.99% 的移民所忽略的一个非常重要的问题。这个问题同时也是 99.99% 的移民在入籍任何国家前需要认认真真、切切实实花钱去请教律师的一个问题。不管一个有经验的律师要价多少，这个钱是值得花的，尤其是在法律法规健全的国家。据我所知，这道程序在发达国家里是极其严密和复杂的，它牵扯一个人在这个国家的全部。完成退籍申请需要的审查时间也是比较长的，这还是建立在申请人的退籍申请能够满足现有法律法规的要求的前提下，否则退籍申请“永远”都不会被受理。

总之，看一步走一步要比走一步看一步的胜算高一些。世界是自由的，我们也是非常幸运的，人各有志，哪里黄土不埋人？保重！

第五章

生活经历流水账

个人简历

姓名：亓官增明

住址：中国山东省青岛市第七大道1号

邮编：266000

电话：677123-45678

电子信箱：okok@okmail.com

◆ 工作经历

2011年1月至2013年6月

职业：写作

主要职责：完成《师夷长技以自强——我在加拿大的十二年》

2007年11月至2010年10月

职务：项目管理员

工作单位：加拿大北部农村医疗健康研究中心

主要职责：

- ❖ 财务
  - 管理研究所运营经费和预算
  - 负责准备研究所的各类财务报表
  - 制订和实施有效的财务管理办法，优化研究所现有的日常运营机制，减少不必要的开支
- ❖ 办公室其他工作
  - 组织参加各种会议，协助安排所有实地调研活动的交通和食宿
  - 分类保管、备份所有研究项目的资料和材料
  - 保管研究所人事合同、档案
  - 负责研究所资料中心的日常运行
  - 市场调查

2001年11月至2007年10月

职务：项目协调员（全职）、科员（临时工）、国际学生顾问（临时工）

工作单位：劳伦森大学国际部

2006年5月至2007年10月

职务：项目协调员（全职）

主要职责：

- ❖ 协调管理劳伦森大学国际学生英语语言培训项目的日常工作

- 财务管理
- 人事管理
- 采购教学和办公用品
- 网站管理
- 策划、执行开学前后的语言项目的教学活动
- 负责学生服务
- 协调教学人员的日常授课任务及提供相应的协助
- 依照大学教学评估办法，对教师进行学期教学质量评估
- 负责组织、主持教职员工例会

❖ 管理劳伦森大学的所有国际留学中介

- 招收、审批国际留学中介公司
- 评估、调查中介公司的背景、业绩、服务质量及合同续签申请
- 接收和初审中介公司递交的国际学生入学申请材料
- 维护更新大学国际留学中介网站
- 国际留学生招生市场调查

2005年5月至2006年5月

职务：科员（临时工）

主要职责：

❖ 教学研究项目助理

❖ 协调管理劳伦森大学国际学生英语语言培训项目的日常工作

2001年11月至2005年5月

职务：国际学生顾问（临时工）

主要职责：

- ❖ 国际学生服务
  - 协助国际学生申请医疗保险
  - 协助国际学生办理银行业务
  - 组织国际学生的校内外活动
  - 管理国际学生宿舍
  - 协调安排新生的接机、接站工作
- ❖ 其他
  - 协助审查国际学生申请材料
  - 翻译
  - 大学招生材料英文译中文
  - 为大学同事做会议同声传译

◆ 特殊功绩

- ❖ 编辑和完善 2007 至 2008 年度的《劳伦森大学国际学生英语语言培训项目的规章制度》
- ❖ 2006 年，通过与租赁商的谈判，成功签署了两年期的低租金的校外办公室和教室的租赁合同
- ❖ 主编 2004 至 2005 年第一版《劳伦森大学国际学生手册》
- ❖ 在国际学生会核心成员的协助下，成功组织了劳伦森大学国际学生会 2002 学年和 2003 学年的领导班子的选举

◆ 教育经历

2001年9月至2006年5月　商业荣誉学士学位
加拿大安大略省萨德伯里市劳伦森大学

2001年5月至2001年8月　英语语言培训
加拿大安大略省萨德伯里市劳伦森大学

2000年9月至2001年4月　英语语言培训
加拿大安大略省基臣纳尔康耐斯托加理工学院

◆ 义工经历

2001学年至2002学年　国际学生会创办人、主席
加拿大安大略省萨德伯里市劳伦森大学
中国留学生学者联谊会创办人、主席
加拿大安大略省萨德伯里市劳伦森大学

2001年9月至2002年4月　劳伦森大学CKLU广播电台播音员

◆ 其他工作经历和专业知识技能

- 多次参加各种加拿大国内、国际年会及相关的活动
- 熟识加拿大国家、省级、市级各部门政府网站
- 比较了解北美洲和欧洲的商业市场调查、研究、出版机构
- 电脑软件技能：M.S. Office 等
- 税务知识：接受过 2008 年安大略省税务（PST, GST/HST）基础知识培训

- ❖ 薪资管理知识：接受过2009年加拿大薪资管理协会主办的薪资管理基础知识一级和二级的培训
- ❖ 大学必修课程：管理会计学，金融会计学，企业策略管理，金融管理，管理科学，初级、中级、高级市场营销学，人力资源，一级、二级、三级高级人力资源心理学，会计基础，统计学，宏观、微观经济学，商务交流，中级宏观经济学，商业哲学等
- ❖ 大学毕业后自修的金融管理知识：世界主要国家银行、金融机构的建立及其职能（包括案例），私人投资和私人银行（包括案例），英国银行和金融机构（包括案例），风险管理和保险（包括案例），加拿大企业的兼并、合并，美国企业的兼并、合并，企业兼并、合并概述，企业管理层管理，战争经济学，企业员工（高、中、低层）招收的标准和要求，经济周期与资本运作，英国和美国金融市场的联系及分析等
- ❖ 其他：阅读过大量商业学术报告、论文、合同、财务报表、企业名人自传等

个人简历（英文版）

第一部分：Cover Letter

Name: QiGuan Zengming

Address:Unit1,7th Avenue,

Qingdao, Shandong,

People's Republic of China

Post Code:266000

Tel: 677123-45678

Email: okok@okmail.com

April 1, 2020

Dear Recruitment Officer,

Please accept the enclosed resume as my application for the Senior Client Services Assistant position （Job ID: 1111111） posted on your website on April 1, 1010.

I am an energetic person and a fast learner since the day I set my feet upon the path to learn English and achieved a college degree in Canada in 1010. I have several years of experience in customer services, financial management, marketing and research.

I truly think it is a great opportunity to join OK Group, Inc., a Fortune 500 and S&P 500 company.

Location is the most valuable term for both investors and developers, however to make the right decision at the right time is equally important, therefore as a potential candidate for the Senior Client Services Assistant position, I believe it is now also the best timing to work in the Corporate/Real Estate Industry in the current highly inflationary economic cycle and its long-term prospective is very bright in Canada.

In addition to my qualifications, I had the privilege to

working with administrators at the senior level; such invaluable experience empowered me to adopt irregular working hours and the culture of communicating diplomatically.

Please do not hesitate to contact me should you have any inquiry. I can be reached both by phone at 677123-45678 or email at okok@okmail.com.

Thank you for your consideration. I am looking forward to hearing from you.

Sincerely;

QiGuan Zengming

第二部分：Resume

Name: QiGuan Zengming

Address: Unit1,7th Avenue,
Qingdao, Shandong,
People's Republic of China

Post Code:266000

Tel: 677123-45678

Email: okok@okmail.com

WORK EXPERIENCE

Nov 2007 - Oct 2010 Project Administrator, Centre for Rural and Northern Health Research（CRaNHR）

Major Responsibilities:

❖ Financial Management
  - Budget monitoring
  - Preparing financial statements
  - Developing, implementing budget management procedures and expenditures projection models

❖ Office Administration
  - Filling confidential documents
  - Maintain correspondence with funding partners
  - Managing vendor services
  - Arranging conferences and research field trips
  - Inventory management
  - Managing Information Centre
  - Market research

May 2006 – Oct 2007 Administrative Coordinator for English for Academic Preparation (EAP) & Consultant Relations, Laurentian University

Major responsibilities:

❖ EAP Program Administrative Coordinator
  - Managing Program website
  - Providing student services
  - Organizing program preparation week, regular

staff meetings, graduation ceremonies etc.

- Coordinating teaching tasks
- Budget management
- Maintain office supplies

❖ Consultant Relations

- Managing current international recruitment consultants
- Screening and evaluating consultant applications
- Maintain regular correspondence with consultants
- Market research

Nov 2001 – May 2010 International Business Associate, EAP Administrative Coordinator, International Student Advisor, Laurentian University (All Part Time Positions)

Major responsibilities:

❖ International Business Associate: assisting colleagues with international academic projects and activities

❖ EAP Program Administrative Coordinator: coordinating program day to day operations

❖ International Student Advisor: assisting international students

◆ SPECIAL ACHIEVEMENT

- ❖ Joint editor for 2007 English for Academic Program Policies and Procedures
- ❖ Negotiated a less expensive 2-year off-campus lease agreement in year 2006
- ❖ Edited International Student Handbook in year 2004-2005
- ❖ Successfully organized two elections with Laurentian University International Student Club executive members & Laurentian University Chinese Student Scholar Association executive members in 2002- 2003 academic year

◆ EDUCATION

2001 Sep-2006 May

Laurentian University Sudbury Ontario

Honours Bachelor of Commerce

2001 May-Aut

Laurentian University Sudbury Ontario

English for Academic Preparation Program

2000 Sep-2001 Apr

Conestoga College Kitchener Ontario

English as Second Language

VOLUNTEER EXPERIENCE

2001 Sep–2002 Apr	Program Emcee, CKLU radio station Laurentian University
2001 Sep–2002 Sep	Founding President Laurentian University International Student Club Founding President Laurentian University Chinese Student, Scholar Association

ADDITIONAL QUALIFICATIONS

- Participated various national, international conferences and seminars
- International travel experience: China, India and Japan
- Fluently Bilingual: English & Mandarin
- Fundamental knowledge in Banking, Insurance and Risk Management, Corporate Governance, Accounting, H.R Recruitment and Management, Marketing, Financial Management, Mergers and Acquisition, Public Administration etc.
- Computer skills: MS Office
- Good word processing skills
- “G” Driver's license

小知识：Resume简历 & Curriculum Vitae履历

在加拿大，任何一份正式的求职书都包括两部分：第一部分是自我介绍信（Cover Letter），第二部分是简历（Resume）或者履历（Curriculum Vitae），简称C.V.。

简历（Resume）：简历就是简单地对自己过去的工作、教育和其他“相关”的能力和经验的描述。简历适用于大部分工作的申请。

履历（Curriculum Vitae）：履历是对自己现有的学术水平、教育经历和调查研究经历进行的详细的描述。它包括工作经历、教育经历、参加过的调研项目、发表过的文章、演讲经历、出版过的书籍、得到过的奖项和奖励、与其他单位的从属关系（例如，名誉教授、研究员等）以及其他个人经历。履历在北美适用于申请教育、学术、科研方面的工作。

留加12年小统计

- 战斗力：1万。
- 搬家次数：16次。
- 搬家费用：100至1500加币不等。
- 食宿开销月均：500至2 500加币不等。
- 老婆：1个。
- 孩子：3个。
- 前女友：不告诉你。

- 居住过1个月以上的城市：4个。
- 留学时转学的次数：1次。
- 读大学时换专业的次数：1次。
- 读大学时放弃和不及格的课程：约10门。
- 读大学时因为放弃和不及格的课程而损失的时间：约1年。
- 读大学时因为放弃和不及格的课程而损失的学费：约10 000加币。
- 工作过的岗位种类：钟点工、全职工，共6个职位。
- 接触过的来自于不同国家和地区的人：超过20个国家和地区。
- 日均睡眠少于4至5小时的时段：2年，2006年和2009年全年。
- 大学毕业后的阅读情况：商业书籍约150册；文化书籍约15册；商业学术、调查报告一堆。在国外，与喜欢阅读的人相比，我读过的东西只相当于他们的“九牛一毛”。
- 看过的外语电影、纪录片：至少1000部。
- 参加过的加拿大省、市或全国性的会议、培训次数：约15次。
- 因公、因私租过的车辆：卡车2次；货车10次以上；7座商务车20次以上；大中小型房车50次以上。
- 使用过3辆二手车：第一辆 3 000加币，2005年使用，美国产；第二辆 4 500加币，2007年使用，日本产；第三辆 8 000加币，2011年使用，日本产。
- 加拿大境内出差次数：20次以上。
- 国际出差次数：1次，3个国家10个城市。

- 因停车不当得到的罚单次数：约7次。
- 自己办过的学生签证和续签情况：申请过3次，成功率100%。
- 自己办过的外籍学生工作签证和续签情况：申请过1次，成功率100%。
- 自己办过的外籍员工工作签证和续签情况：申请过3次，成功率100%。
- 自己申请的技术移民情况：申请过1次，成功率100%。
- 婚姻情况：1次，非常成功，只是现在遇到了一点儿挫折。
- 回国探亲次数：4次。
- 个人电脑：用过6台。
- 接受过的帮助和提拔：无数次。
- 被人瞧不起的次数：无数次。
- 丢面子的次数：数不过来。
- 交过的朋友：很多。
- 被拘留次数：1次。
- 警局拘留时长：1天。
- 拘留所待的时间：4天。
- 一起工作过的同事的教育背景：低于本科学历的10人以上；本科学历的10人；硕士学历5人；博士、博士后、博士生导师10人以上。

在加拿大经历的，人生中许多个有意义的“第一次”

- 第一个外国女朋友（就是我现在的老婆）；
- 第一次婚姻；

- 第一次当丈夫；
- 第一次亲眼看孩子出生；
- 第一次剪脐带；
- 第一次当父亲；
- 第一次懂得什么是“爱”；
- 自己找到人生中第一份义工；
- 自己找到人生中第一份钟点工；
- 自己找到人生中第一份正式工作；
- 第一次租房子；
- 第一次租车；
- 第一次有了自己的信用卡；
- 第一次大学毕业；
- 第一次看脱衣舞（老外跳滴，昂～）；
- 第一次进赌场（没赢）；
- 第一次打高尔夫球；
- 第一次自己养活自己；
- 第一次买车；
- 第一次付费刷卡时卡里没有足够的钱（超没面子）；
- 第一次分类扔垃圾；
- 第一次在国外考驾照（成功）；
- 第一次出差住特高档酒店（这不是腐败，当时组织活动的单位只能订到高档的酒店，理由充分吧，开个玩笑，事实确实是这样）；
- 第一次停错车被开罚单；

- 第一次驾车旅行；
- 第一次改掉随地吐痰的陋习，后来又犯过（故意的）；
- 第一次在快餐店吃完后把盘子给人家端回去；
- 第一次带孩子钓鱼；
- 第一次钓到两公斤重的淡水鱼；
- 第一次懂得欣赏冬天；
- 第一次自己默默地流泪；
- 第一次当老外；
- 第一次看见罢工；
- 第一次吃火鸡；
- 第一次烤火鸡；
- 第一次想家；
- 第一次被拘留；
- 第一次进看守所；
- 第一次成为被告；
- 第一次找律师。

第六章

怎样对付老外

☺riental~

WitWitWitWitWitWitWitWit~

东方智慧

Like this chapter ?

You must be an alien to China~

对这章感兴趣?

你十有八九是个老外~

In China, I call this chapter an"International joke".

在中国,我管这一章叫“国际玩笑”。

Guó	Jì	Wán	Xiào
国	际	玩	笑

Welcome to China!

本书的书签是特意为爱书的人制作的，

我相信世上没有一本书是完美的。

敬请有心的读者:

能够将这本书的书签摘下来，留个纪念。

非常感谢!

一点点人生感悟

- 书山有路勤为径，学海无涯乐做舟。
- 钱可以让人变得更有知识，知识可以让钱变得更有价值。
- 学好数理化还有统计，走遍天下都不怕。
- 资本不是为了掠夺资源而存在，而是为了存在而掠夺资源。
- 行业竞争的尽头就是极端主义。
- 人可以为了求生承受任何事情。(Who has a why to live can bear with almost any how.)
- 男儿有泪不轻弹是谬论。
- 人生最重要的答案是找对正确的问题。(The most important answer to find in one's life is the right question.)
- 一味退让的人就是懦夫。(If a man always sucks things up, the man sucks.)
- 男儿膝下有黄金是在告诉好男儿：只有在低下头，跪下的时候，才会发现自己的双膝底下有黄金。
- 每天早晨5点前出门和7点后出门的人，每天晚上10点后和6点前回家的人看到的是两个不同的世界，他们也是生活在不同世界里的人。(For people who leave home before 5 am and after 7 am daily, for people who return to home before 6 pm and after 10 pm daily, they can see different worlds, they are also living in different worlds.)

- 人生就是有关怎样合理有效地运用自身有限资源的日常活动。(Life is logistics.)
- 不懂得怎样逃避现实的人，就不懂得生活。
- 天生贫穷不是问题，问题是懂不懂得怎样运用自身现有的资源。(Being poor is not a problem, the problem is not knowing how to spend what you have.)
- 出国刷盘子、刷碗的人并不辛苦，真正辛苦的是为刷盘子、刷碗的人提供机会的人。
- 本书中，好笑的地方很有可能是我曾经“哭”过的地方，让人伤心的地方很有可能是我曾经“笑”过的地方。

第七章

犯罪、罪犯、后果

法律之下，没有赢家。

（There is No Winner Under the Law.）

进一步解释：任何通过法律手段来解决的事情，都不会有赢家。

源于一位美国律师

在加拿大违反法律的后果是非常严重的，下面是我在加拿大违反法律的实例和后果。至于我的律师是否尽了他的职责，全力为我辩护；检控官公诉时是否做到实事求是；法官是否对我的案件作出了公正的裁判；警察[①]是否在宣判后开始干涉我的生活；这一年半，监察我的七名教导员（probation officer）是否真正地履行了他们的职责，是否把我当成一名少有的外籍罪犯来做研究以提高他们自身的工作阅历。以上内容并不是我在这个章节叙述的重点。

① See Cordner W. Gary & Scarborough E. Kathryn., Police Administration. U.S.A.: LexisNexis, 2010.

我为自己总结了以下重点事项

▌重点一

明白犯法等同于选择了跟全世界作对。不管触犯的是什么法律，一旦被认定有罪，罪犯原有的社会地位、名誉和信用度将会马上消失。任何人都没有能力帮罪犯抹掉这个人生中的“污点”。在法律法制健全的、高科技发达的国家间，犯罪记录是共享的。犯罪毁坏的不仅是自己和家庭的声誉，而且对自己的亲人，乃至后代都会造成长远的、实质性的、极其严重的后果，甚至还有很多想象不到的负面影响。

◆ 犯罪记录对子女的影响

- 在很多国家的签证申请表格中，有一条是询问申请者的父母是否在签证国有过违法行为。
- 很多国家的某些大学专业、某些职业在招收之前也会涉及同样的问题，即申请人的父母有没有过违法行为。
- 在很多高科技发达的国度里，犯罪学已经被延伸到遗传学研究领域，即研究罪犯的后代有没有可能继承“犯罪基因”，在未来危害社会。在科技高度发达的未来，罪犯的孩子说不定也会受到社会上特别的“关照”，在一出生就可能通过DNA来判定是不是潜在的“坏人”。总之，全世界公认的道理是：孩子的成长环境是父母提供的，受父母的影响最多，孩子在很多方面的行为是从“模仿”开始的。

◆ 犯罪记录对自身的影响

- 失去社会上大多数工作和面试的机会。简言之，如果一个人，尤其是外国人连遵守一个国家法律的基本能力都没有，雇主又怎么会给予这个人基本的信任？更不用说让有犯罪记录的人在单位里承担一份责任了。再进一步讲，社会上连守法的人都找不到工作，为什么要把工作机会给“坏人”？
- 人生不再是完全自由的。有刑事犯罪记录的人在申请外国工作、旅游、探亲的签证时，有可能被直接拒签，或最起码被长时间地严格审查。如果有刑事犯罪记录的人在申请签证的时候没有“报告”自己是有犯罪记录的，那么很多国家的移民局在发现这种情况后有可能给予“永远禁止入境”的处罚。
- 严重损坏个人信用度。毫无疑问，犯罪记录会影响到一个人的收入情况，各种保险公司和银行将有可能收回或停止现有的贷款和保险担保，或者增加苛刻的附加条件，或者直接提升现有产品的“价格”以降低他们自身所承担的“信用”风险。

德国人有句俗话：如果一个人的名誉被彻底地毁坏了，那么这个人的余生就可以过得“非常轻松”了。这句话也可以这样理解：在发达国家，“犯罪记录”是一个看不见的、永恒的“烙印”，永远跟随罪犯的家庭、家族，这种“耻辱”是永恒的。

▌重点二

明白在任何国家，犯过罪的“打工仔”等同于自己为自己的“打工”生涯画上了“句号”，很少有人有能力将这个“句号”改写成“顿号”、“逗号”或“分号”。懂得怎样利用“人”本身的“求生欲望”，在心理方面重新振作起来，明确人生目标，确立一个或几个现实的、最想达到的目标；在生理行为方面合理地利用自己有限的资源，如时间、体力、脑力、财力，切实做到脚踏实地，才是当务之急。

同时也要明白：在发达国家，查看对方或对方的家属是否有犯罪记录，是很多人在交友、找合作伙伴时所必须走的一步。以诚相待和人以群分的概念在世界任何地方都是有市场的。

在发达国家，个人、家庭等背景调查的方式、方法相当丰富。

重点三

审时度势充分自省，做到“知己”。告诫自己：无欲则刚，人在走下坡路的时候、在无助的时候，更要特别谨慎，懂得怎样鉴别、避免来自各个方面的不必要的“帮助”，明白“能站起来的人不需要‘扶’，站不起来的人‘扶’也没用”的哲理。

重点四

温故而知新，铭记以上重点。

我在加拿大的最后两年（2010年12月至2012年11月）

犯罪是我人生中最不想做的事情，但是还是发生了。2010年10月，我们一家人刚迁居到 Kitchener，同时我们的第三个孩子在那里刚出生一个月，又逢2010年圣诞节前夕，我因家庭暴力被抓了。在法院、看守所，我总共被关了五天。在看守所里的经历是我有生以来从未经历过的，当时的心情用百感交集来形容是再恰当不过的了。

对于一个有妻有子、家里的顶梁柱、家庭事业刚刚起步、三十岁刚出头、背负着父母的殷切期望、做事一向谨慎小心、一心一意要有一番作为、对加拿大的法律法规和社会结构都比较了解的外籍男人来讲，我非常清楚地意识到，我在加拿大10年的人生、10年的积累、10年的计划、10年的努力，在顷刻间葬送在自己的手里。我不仅毁掉了自己人生的一半——前途，而且还有可能渐渐地失去自己人生中最重要的另一半——家庭。我在加拿大的全部，在被抓的那一刻起就已经成为名副其实的“一团乱麻”。

在被拘留的那五天里，我几乎没有睡觉，把自己脑子里能回忆起来的、能想到的事情，从幼年到成年，全都过了一遍。得出来的结论是：

这五天是我有生以来最挂念“妻儿”的五天，因此我明白了“家庭”的价值。

这五天是我有生以来最不“自由”的五天，因此我明白了“自由”的价值。

这五天是我有生以来最“耻辱”的五天，因此我明白了“尊严”的价值。

这五天是我有生以来最“无助”的五天，因此我明白了自己是多么的“微不足道”。

这五天是我有生以来最“脆弱”的五天，因此我明白了什么是"坚强"。

被保释出狱后，我跟自己讲：现在唯一留在我身边的、有价值的东西是"积累"在脑子里的可以让我重新站起来的"学识"；现在唯一支持我，让我坚强起来的信念是我对家庭的责任感；现在我只为"被害者们"——我所有的亲人拼搏。

法院宣判后，我一定要避免的是：

- 自己在精神方面打垮自己，自暴自弃；
- 直接或间接地回应来自社会各个方面的直接或间接的骚扰；
- 一定不能让任何人以任何借口再把我和家人以法律的名义强制性地分开，避免再次因为我而伤害到家人。

我现在的目标只有一个，就是完成《师夷长技以自强——我在加拿大的十二年》。

2010年冬，我的家庭暴力案件整个过程

12月10日，星期五，晚上9点左右，我被捕

被捕的细节如下：

- 吵架后，老婆报警；
- 警察跟我说他们有证据逮捕我；
- 警察让我穿上衣服，还问是否要带上任何私人物品（钱包、首饰等）。我只带了信用卡，其他的都留在了家里；
- 警察为我戴上手铐，在警车上宣读了我的权利和拘捕我的原因；
- 我问了问可不可以给我一份记录逮捕我原因的笔录，警

察说可以，会在我被保释的时候，将笔录放进我的私人物品袋里，一起给我，结果没给。

当晚到达警察局后，我先后经历了以下事情：

- 押送至墙上有一面大镜子的小房间内进行全身脱光检查（strip search）；
- 查扣随身携带的所有物品，只许穿一件上衣、内裤、一条裤子；
- 押送至单间牢房，这个牢房长约2.5米、宽约1.5米、高约2.5米，牢房内有一张50厘米高、2.5米长的水泥床，一个约15厘米厚的塑料床垫，一个嵌入式的不锈钢马桶（无坐垫），一个嵌入式的不锈钢洗漱池，一面嵌入式的不锈钢镜子，牢房顶部有一个摄像头，没有窗户；
- 我当时的心理反应：一个长时间生活在“自由”世界里的人，突然失去了自由，又被关在一个灯光昏暗、空间狭小的房间里，感觉非常、非常的压抑；
- 大约在凌晨时分，警察把我押到一个带有电话的小房间里，然后告诉我，我会有一次与免费的值班辩护律师（duty counsel）通电话的机会，时限五分钟。之后，我与值班辩护律师进行了以下对话：

律师：我是你的义务辩护律师，你那边的房门关上了没有？

我：关上了。

律师：你跟警察认罪了没有？

我：没有。

律师：很好！什么也不要跟他们讲。根据你的案情，明天你有可能会被允许保释。但是，你必须有朋友或亲戚的家庭座机电话号码，手机通话是不允许的。

我：我没有亲戚在加拿大，记不起来朋友的家庭电话号码。

律师：那我也没办法，你今晚使劲想想吧。时间到了，再见（电话挂断）。

我向警察示意通话结束，警察带我回牢房。

- 凌晨不知道几点，我被要求拍照（数码相机拍摄），取指纹（激光扫描和传统方式各一遍，这两种方式取得的掌纹和指纹统一进入电脑系统归档）；
- 由于是冬天，我又只允许穿一件春秋衣，所以感觉牢房内很冷，直到听到隔壁有人向狱警要一条毛毯并得到了一条毛毯时，我才知道犯罪嫌疑人有权利要一条毛毯，于是也要了一条；
- 狱警在看守所内大约每 15 分钟巡视一趟。

12月11日，周六

- 早晨，警察问我想要素食三明治还是火腿三明治，我要了素食三明治；
- 早晨 10 点左右，全部当晚被抓的嫌犯被押解到候审牢房，按姓氏的字母顺序过堂。法官视案情当庭裁决是否允许保释。如果没有被允许保释的话，就要继续被关押至再次开庭，等候下一次的庭审结果。因为当天是周末，所以只有多伦多的轮值法官上班，法庭是远程摄像法庭，也就是两个城市的法庭用远程影像会议的办法来审案；

- 法官当庭作出允许我当天取保候审的决定，但是由于我没有朋友的家庭座机号码，所以没有能够取保候审，只能被继续拘留；
- 中午吃的是火腿三明治；
- 下午3点左右囚车到，押运所有候审的嫌犯去就近城市的一个保安严密的大型看守所，45分钟车程。这个看守所的名字是 Maplehurst Detention Center，位于安大略省 Milton 镇；
- 在上囚车前，每个人的衣物都被发还了，因此都是穿着被捕时的衣服离开的；
- 离开警察局前，囚犯们被再次点名确认，然后戴上手铐、脚镣。每5至6个囚犯为一组，每组囚犯都用手铐连起来；
- 囚车内空间很大，但是很矮只能坐，不能站；分左右两排座，每排可坐6至8个人，车厢内配有监控镜头和通话音箱；
- 由于是商科毕业的，我注意到手铐是美国造的，不是 made in China；
- 到达目的地后，看守所的狱警再次点名确认，并搜身接收囚犯，然后将所有囚犯押解到临时牢房，等候再次登记，分配牢房；
- 等候期间发放了晚饭，是盒饭；
- 看守所的正式登记程序是先确定姓名，然后输入电脑系统，最后进行体检，在检查时还给我注射了一针不知道是什么的药物，据说是防止什么病的，我当时脑子一片空白，也没问是不是非要注射；

- 登记完后，全部囚犯被再次要求脱光检查，并由专人看管换上橙色囚服和白色囚鞋，然后将自己的衣服全部放进有号码的更衣袋；
- 看守所很大，分好多个区，每个区都是圆柱形的，中间是狱警的值班室，可以随时全方位地查看三大间围绕在值班室周围的弧形牢房。每间大牢房是由两层共约18间小牢房和一个非常大的厅组成的，每两个囚犯共用一间小牢房；
- 我所在的区还有一间囚犯日用品仓库，一处半敞开式的室外活动区。半敞开式是指四周都是墙，没有房顶；
- 看守所单间牢房的门是双层铁门，至少有10厘米厚，室内面积是警察局看守所的两倍，但高度一样，上下床是钢制结构（带有塑料床垫），嵌入式不锈钢马桶一个（无坐垫），洗漱池一个，嵌入式不锈钢镜子一面，嵌入式桌椅一套（两个座位），非常厚的双层窗户一个，床单、毛巾被、浴巾、牙膏、牙刷各一件，是在进入牢房前集体配发的，如需更换必须提前填写申请表；
- 看守所内候审嫌疑犯中亚裔、印度裔、非裔、拉丁裔占多数。所有嫌疑犯无论犯了贩毒、谋杀、抢劫、打架斗殴、强奸等罪行，无论是否患有精神病、艾滋病、肺病、肝炎等疾病，在候审宣判定罪前都被混合关在同一间看守所，不分罪重罪轻、病重病轻。有病的嫌疑犯除非在入狱前自我报告病情，否则不会被隔离关押，不会给予药物上的治疗。嫌疑犯具体犯了什么罪是没有人知道的，在看守所里是没有人互通真实信息的；

- 有一位嫌疑犯看我是第一次入看守所，便告诉我在看守所里比在社会上还安全，所以不必担心自己的人身安全，因为大家都是“嫌疑犯”，很少有人会再次没事儿找事儿。

◀▶ 12月12日，周日

- 三餐是盒饭，量很大，都是外包的。嫌疑犯使用的刀叉都是塑料制的；
- 每天大约从8点起，每隔两个小时牢门会被自动打开，嫌疑犯可以到牢房大厅内活动两个小时，直到晚上10点。除此之外，每天可有30分钟的室外活动时间，呼吸室外空气；
- 牢房大厅内嫌疑犯在自由活动时可以查看所有贴在墙上的犯人信息，包括怎样找律师、犯人的基本权利等（全是英语）；
- 犯罪嫌疑人的日常活动包括吃饭、睡觉、打扑克、健身、看报纸和杂志。这些和电影里演的一样；
- 嫌疑犯可以在看守所开设一个现金账户。自己申请购买除必需品以外的日常用品，例如，零食、杂志、报纸等。因为候审的时间可长、可短，当时我听说已经有人被关押超过10个月，原因是找不到保释人或者不允许保释，又没有认罪，上法庭又需要排期等待等；

- 长期被关押的犯罪嫌疑人在看守所里需要填写的申请表的事项有：刮胡子、理发、换洗囚衣、浴巾、读物、零食等；
- 期间，很多狱友对我很“友善”，说要帮我，目的不详。

◆ 12月13日，周一

- 早晨5点起床，被原路押回法庭候审室，进出程序还是一样，点名、确认身份、戴手铐、戴脚镣；
- 我的选择是要么认罪，要么找到能担保我的朋友的家庭电话。到达法庭后，法警在确定我没有辩护律师后，为我指派了一名义务律师。我把存有自己朋友电话的电子邮箱的用户名和密码给了义务辩护律师，他当天帮我查到了我朋友的电话，而且打通了电话，让我朋友来保释我。更幸运的是，我朋友“同意”来保释我，但是要等到星期三才有时间；
- 过堂。法官继续维持允许保释的决定，但是保释人要一天后才能到，所以只能在看守所里多关两天；
- 当天下午3点左右囚车到，我又被押回看守所；
- 吃晚饭；
- 饭后，全身脱光检查，换囚服，回牢房，老一套；
- 期间又有很多狱友对我很友善，说要“帮忙”，其中有一个人已经知道他早我一天保释出去，还恶狠狠地跟我说：“如果你告诉我你家在哪儿，我可以帮你给你老婆带口信”，我没理会他。

“帮忙”这件事发生后，使我非常紧张，因为我刚搬到这个小城市不足一个月，虽然10年前在这里学习，但是现在这里的一切对我来说已经陌生了，而对于本地人来说，他们大都非常清楚哪里来了外地人、外国人，或者住着外地人、外国人。如果有人在这个时候伤害到我的老婆和孩子，我到死也不会瞑目。于是，在被保释后的第一时间我就向当地的警察局讲了这个情况，结果得到的答复让我顿时凉了半截（当时我的确有一种体温下降的感觉）。

警察笑着讲：“不用担心，他只是想和你交个朋友。”

这句话使我明白了犯罪嫌疑人的“信用度”在被捕的时候就已经成为历史。对于知道嫌疑犯背景的人，不管你跟他们讲什么，能够再次得到“好人”的信用，已经是“坏人”的奢望和梦想了。当时我心里只有悔恨和自责，那种束手无策的难受使我永生难忘！

事后我并不记恨警察，因为我知道如果我是一名守法公民，他们肯定会马上帮我，事实是他们从前也确实帮过我，但是现在不同了，我是一个“坏人”，全世界宣扬鼓励的是“疾恶如仇”。在警察眼里更是如此，诚实的“坏人”也是警察的奢望和梦想。让我更加后悔的是，在看守所里，我不应该跟任何人透露自己的任何信息、案情。有的在社会上无法谋生存的嫌疑犯就像秃鹫一样，时时刻刻盯着受伤的弱小，随时准备出击。有些时候，受伤的弱小会被受伤的秃鹫认为是自己生命中唯一的一根救命稻草而被逐戮。没有任何经验的我无疑就是秃鹫的目标。

◆ 12月14日，周二

- 三餐;
- 我按时放风、吃饭;
- 放风期间又有很多狱友对我很友善，说要帮我，目的不详;
- 晚饭前又一次例行体检、尿检，护士问我是否需要看医生，我说不需要;
- 晚饭后放风、活动、回牢房;
- 熄灯，等待明天;

◆ 12月15日，周三

- 早5点起床，吃早餐，被押运去法庭;
- 庭审细节如下:

（1）检控官（Crown Prosecutor）指控我实施了以下行为：掐老婆的脖子；严格控制家庭财务；毁坏他人财产，即我和老婆共有的财产。前两项是根本没有的罪名，在庭上我没有被允许做任何辩解，只是后来在我看到老婆的录像口供时得知，警察确实问过到底我有没有“掐她的脖子”，我老婆亲口证实“我没有”。当老婆在被问及家庭财务状况时，她也讲明了我们家现在的开销全部是我向我父母借的。

法律背景知识：在加拿大，法律规定任何犯罪嫌疑人都有权利在自己的辩护律师的陪同下查看警察和检察官所掌握的与起诉犯罪嫌疑人的罪名相关的所有证据。不论这些证据是否有利于犯罪嫌疑人，都不得对嫌疑人及其律师有任何隐瞒。

两个月后，我在律师办公室看到了警察给我老婆做的录像口供，看完后我有点儿害怕、有点儿紧张、有点儿生气。原因是保释当天是我被逮捕后的第六天，也是警察录完口供后的第六天。所以按情理、法理来推，检控官早已掌握我老婆的影像口供和警察的询问笔录，为什么要将我没有干过的罪名扣在我的头上？要知道，虽然控制家庭财产的罪名不算很严重，但是“掐人脖子”的罪名可不是小事情。这种“行为”绝对有可能按照“人身攻击”中最严重的罪行等级来起诉和量刑。如果败诉，监狱有可能会成为我后半生的家。因此，检控官在法庭上诬告我的行为绝对不是“闹着玩儿”的！我更不明白，为什么检控官竟敢在法庭上明目张胆地“栽赃”？为什么一个法律法规健全的国家会在关乎国家命运的法律系统中允许这样的人来维护法律的尊严？为什么自己国家的执法人员会这样藐视自己的国家、自己国家的根本、自己国家的尊严？

难道因为嫌疑犯是外国人，难道有人以为外国人听不懂英文，难道有人以为外国人就不可能了解加拿大的文化和法律吗？我不知道答案在哪里，原因是什么。我到今天也不清楚，也没兴趣弄清楚，对我来说最重要的是明天而不是昨天。

后来，在我跟自己的辩护律师讲过这件事后，原先的那位检控官被换掉了，但是控告我的罪名没变。

（2）法官听完检控官描述的情况后，决定维持原来的决定，只要有担保人，就允许当天保释。

当天下午，我朋友从外地赶来保释我，使我终于得到了“临时”的自由，保释条件大致如下，在官司结束前：

- 查扣护照，不许离开加拿大；
- 不许我与老婆和孩子有任何形式的接触，只能通过担保人跟老婆联系有关抚养孩子或接触孩子的事宜；
- 只能在有警察陪同的情况下，回家一次，只可以取自己的日常衣物和日用品，其余时间不能在原先住处方圆 200 米内出现；
- 在任何地点、时间以及任何情况下，不能出现在距老婆和孩子方圆 200 米内；
- 不许拥有武器；
- 在警察、检控官、法院有需要时随叫随到。

从被拘留到官司结束，历经近六个月的时间。由于我被捕的原因是家庭暴力，所以在这期间我们租的房子没有人住，家里的财产也没有人看管，就算此时家里的东西被盗或者损坏，也无法及时报警。从法律方面讲，我唯一能做的就是继续付房租、电话费、网络费和电视费。

在法院候审的时候，我得到了几位律师的联系电话，从中我找到了一位律师，通过电邮我预约了我们第一次的会面时间。

他的名字是 Nicholas Wansbutter，也是这位律师“帮”我“打”完了官司。

◆ 我会见律师的经过

第一次见辩护律师时，律师按顺序问我的问题如下：

（1）你现在有工作吗？

（2）你从前是干什么工作的，在哪里工作？

（3）你为什么不干从前的工作了？

（4）你们全家为什么要搬到这个城市来？

（5）那天到底发生了什么事情，为什么？

我在完全信任他的情况下，一五一十地回答了他问的所有问题，也跟他讲了事情的经过，而且还特意告诉他，我非常担心的一件事是，在我被保释的那天，当庭的检控官在法庭上诬告我的事情。

律师说他愿意做我的辩护律师，会为我查清楚事情的原委，但是由于我们之间还没有确立正式的客户关系，所以他没有权利以我的辩护人的身份要求查看警察和检控官所掌握的材料和证据。我与辩护律师的客户关系是指，我要先付一些费用并签署委托协议，同意请他作为我的全权辩护律师，代表我与检控官和法院沟通。付费标准是按小时计的，每小时好几百加元。

同时，律师还建议我去参加“家庭暴力学习班”（Partner Assault Response Program），他告诉我，参加学习班的好处是：可以让法官对我产生好印象，对我的官司有利，因为这是一种积极的表现。

我当时没有立即答应，只是说我会考虑参加的，因为我推断，参加学习班几乎等同于“认罪”，只有自认有问题的人才会去参加学习班，而且所有在学习班的情况和文件都会与法院、检察官共享。我并没有暴力对待我的老婆，我没有打她，我只是砸坏了自己的家具，跟她大声吵架，参加学习班可能会对我的案子有害无益。

一个月后，我第二次见到辩护律师。律师告诉我起诉材料和证据还没有拿到，但是在这次会面时，律师特意主动地提起了检控官诬告我的事情，并且非常委婉地告诉我："你是不是听错了？"

我当时对这件事情并没有太在意，也没有去计较，既然律师知道我没做这两件事，那就无所谓了，反正当庭也没有给我的案子造成实质性的影响。我全当自己那天在法庭上听错了，自己虽然不是聪明人，装一次傻还是能做到的，再加上我满脑子都是怎样快速地让这件事情过去，好与老婆、孩子团圆，承认错误，重归于好。

结果证明我错了，在不知不觉中又给自己上了一课：在法律面前无小事，万事应该斤斤计较，任何事情都要拿到证据，这样才可以更好地保护好自己。在西方有句俗话：在法律面前，不是你亲眼看到过什么、亲耳听到过什么，而是你能够证明什么！

在会面中我还告诉了律师，现在我完全是按照保释的要求在生活，但是我的保释人没有办法联系到我的老婆和孩子，我非常担心他们的一切。律师告诉我，检控官对他说我老婆已经带着孩子离开了加拿大，言外之意是我应该放弃联系他们。

2011 年 2 月中旬，我第三次见到辩护律师。我的律师终于拿到所有的证据，看完老婆的录像口供后，我终于明白，虽然是老婆报了警，但现在并不是老婆非要告我，而是检控官一定要告我，因为家庭暴力是刑事犯罪。此时，我更加明白了法律就是要打击每一个"罪犯"，不管报案人后来是否改变立场。一个国家也只有这样做，社会才能太平，人们才能安居乐业。我从心底里理解,也非常支持执法人员的敬业精神。虽然我现在是个"坏人"，但是我性本善，一心向善！

律师还告诉我，即使你的老婆不出庭指证你，警察的录像口供等同于老婆出庭作证。

这次跟律师会面的结果是：检控官开出了认罪的条件，如果我同意认罪，他会同意放弃让我再次入狱的公诉目的，取消起诉我毁坏他人财物的控告。罪名改为只有家庭暴力这一项。实际上在后来的判决书上写的是"人身攻击"（在加拿大刑法中，人身攻击和毒品犯罪的严重程度被排在同一个等级）。如果我不认罪，除了继续以原有的罪名公诉外，还会劝我老婆从日本飞回来，在法庭上与我对质。

我作出了同意认罪的决定，而且通知律师马上转告检控官我的书面决定并尽快协商宣判日期，原因如下：

- 我爱我的老婆和孩子；
- 吵架的原因是我引起的，前前后后都是我的错；
- 老婆刚生完孩子没几个月，身体非常虚弱，不能让老婆、孩子再因为我而受罪；
- 孩子们的年纪都很小。

◆ 2011年4月5日，法庭对我作出的判决内容

（1）18 个月内不可以跟自己的孩子和老婆有任何直接或间接的接触，除非有辩护律师或法庭的介入；

（2）不许出现在距离老婆、孩子工作或学习的地方方圆 50 米范围内；

（3）继续参加并完成家庭暴力学习班，而且表现要得到 Probation Officer 的满意；

（4）**18 个月不许离开安大略省，除非得到法庭或 Probation**

Officer 的书面授权；

（5）五年内不许拥有任何武器；

（6）参加任何 Probation Officer 建议的学习项目；

（7）在更换住处时必须提前通知 Probation Officer。

如果违反判决书上的任何条款，会立即被逮捕，最低可再判两年监禁。

宣判前的小插曲：

在我当庭认罪后，法官作出宣判前，律师特意让我到法庭外等待宣判结果。这期间大约有五分钟，他一直在和法官、检控官交流，至于讲过什么话、谈论过什么问题我一概不知，我只知道得到的宣判结果中有一条是事后我见过的其他的律师、执法人员全部都有异议和疑问的。这些从事法律行业的人士告诉我的都是同一个答案：**在他们的职业生涯中从未见过这样一条判决**。这一条判决就是上面列出的第四条：从收到判决书这一天起，18 个月不许离开安大略省。

所有这些法律界人士产生异议和疑问的原因是：在正常状况下，都是判决在一定时限内不许离开加拿大这个“国家”，而不是某“省份”，即使法院担心我会在结案后去日本“报复”我老婆，我花钱请的辩护律师应该最清楚这点不过了！他可是我亲自授权的全权代表，“包括”在法庭上“帮”我“听”宣判结果，他在从事律师职业之前最起码也做过多年的检控官，并且是有着多年辩护经验的大律师。难道我案子中的律师、检控官、法官、打印判决书的法院秘书处工作人员都是这样一致的“疾恶如仇”？难道他们想以行动告诉我，加拿大的法律在他们这个城市是“儿戏”？

我当时的想法是：目前最重要的是先确定老婆、孩子的安危。因为在我被保释后，等待法院判决期间，日本发生了“3·11”大地震。我知道没有任何事情能够再分散我对“家庭”的注意力了。我的过错已经产生了无法弥补的后果。

在宣判后，我问律师的最后一个问题是：作为父亲，如果我想见见孩子们，应该怎么办？他的回答是：去家庭法院（Family Court）申请。如果家庭法院判你可以看孩子，那么你就可以跟家人有直接或间接的接触。

官司结束后的18个月

宣判结果出乎我的意料，我心里对父母、老婆、孩子除了歉意，就是歉意。要知道，如果任何亲人在这18个月里出现任何差错，我有可能再也见不到他们了，只能眼睁睁地忍受着。因此，每天我都在心里默默地祝福他们身体健康，事事顺心！

宣判后的第一步

我首先回到自己租的住处，结果更是让我吃惊：

（1）信件。在没有邮局提前通知的情况下：我的医疗健康卡被以地址不详的方式退回了卫生部；我的永久居民卡被以地址不详的方式退回了移民局；我的银行信件被以地址不详的方式退回了银行，我的部分银行服务被以地址不详的方式临时拒绝使用；信箱里满满的都是广告和账单。

事后我打电话到邮递公司询问过，结果得知在通常状况下，如果信箱已满，当地邮局会给客户的信箱里发放一份通知，告诉客户信箱已满，如果家里没有人查收，从某日起，其所有的信件将会被退回给发信人。但是，我的信箱里没有这样的通知。在这个城市里，是谁有权利侵犯一个“坏人”的隐私权和人权？我所有的个人信件是在被打开后还是在被打开前退回的？我不知道，也没有兴趣知道。

（2）家庭用品。电冰箱电源被拔掉后又在我回家前刚被恢复，冰柜里的食品全变质了。我知道我勤俭节约的老婆不会干这种事情，再加上我是按时通过银行付房租的，房租是包括水电费的；自己的笔记本电脑被明显的动过（在加拿大的12年中，这已经不是第一次了）；自己的电话功能异常，通话效果时好、时坏。

（3）洗衣服。楼里公用洗衣房的机器是投币式的，还可以定时。我一般使用的是热水，通常都是在投完币，洗衣机开始工作后回家等待，直到设定洗衣的时间结束后再回洗衣房取衣服。有一次发现有一只袜子没洗，结果当我再回洗衣房加袜子的时候却发现有人把热水设置为了凉水。很有意思的举动。洗衣房是没有监控的，这个“老外”在做这件事儿的时候是怎样想的，我并没有“看到”。

真是人在走下坡路的时候，洗衣水都是凉的！

上述所有的事情给我的第一反应是：小心！此地不宜久留！千万不要为小事儿计较。如果因为自己再出差错而伤害到亲人，那可真的是错上加错了。一切“忍”为先，家人最重要！“坏人”在社会上吃亏是不会受到怜悯的。

（4）我去警察局要求拿回在被保释的时候就被“没收”的护照：第一次去时，警察直接说不给，并说需要再跟检控官确定一下。即便我给他们看了我的宣判书原件，里面没有继续“扣留”我的护照这一条判决；第二次去时，警察说不在警察局，在另外一个地区的警察局的证物处；第三次去时，我到了指定的警察局，警察在还我护照的时候讲："顺便告诉你，我们要把你的'案子'告诉中国大使馆。"言外之意，就算你现在自由了，有能力拿着护照跑回中国，你也是个罪犯。

在任何国家，家庭暴力尤其是对弱势群体的暴力行为，如针对老婆和孩子的暴力行为，实施暴力者会受到所有执法人员的鄙视。因此，我理解警察的行为，如果我是警察，我的态度应该也好不到哪儿去。

宣判后的第二步，我去当地家庭法院（Family Court）申请看孩子的权利（2011年4月6日至4月11日）

在这个过程中我接触过四个义务律师，起初都帮我填申请，但后来他们竟然"全都"要求我去起诉我老婆把孩子绑架到了日本，还劝我使用国际公约，要求通过日本政府劝我老婆带着孩子从日本赶回加拿大。我很不理解为什么他们突然都要尽全力让我以起诉老婆的形式来达到我仅想知道家人是否平安的目的。这样做无疑是要我跟老婆离婚，给老婆造成我要"争夺"孩子的抚养权的假象。

> 在加拿大，如果父母有一方在没得到另一方同意的前提下带走孩子，在法律上是可能构成绑架罪的。

在明白这一切后，我在递交申请联系孩子的"起诉书"后的第一个星期一来到家庭法院，撤销了我的"起诉书"。同时，我非常坚决地告诉自己：这个城市不宜久留！至少不适合像我这样的"坏人"居住。

第二天，因为我担心有人会从中挑拨我和老婆的关系，所以一早便去了多伦多，找了一位华裔律师，合法地将扫描过的宣判书以电子邮件的方式发给了我的老婆，而且在电邮中还特意写明了："只要孩子们健健康康，您可以带着孩子们去任何地方。"

◆ 宣判后的第三步（2011年4月至5月底）

（1）4月底，我告诉房东要搬家。房东非常通情达理地告诉我，搬家可以，如果你能找到人承接你剩下的六个月的租约，随时可以走。我做到了，房东也履行了自己的承诺。

（2）在搬家前完成了家庭暴力学习班的学习。值得一提的是，学习班的老师有一半以上是单身，全部老师都没有过稳定的婚姻，而他们的职责是教育有家庭暴力的"问题男人"。

◆ 宣判后的第四步（2011年6月至2012年11月）

在完全遵守法院的判决下，我成为了一名安大略省的"流浪汉"。

（1）搬到多伦多1个月谋生存：未果。

（2）搬到渥太华1个月谋生存：未果。但是经历了我有生以来在加拿大首都的唯一一次加拿大国庆节，好多人，就是没有我的家人。在渥太华的一个月中，当地的 Probation officer 突然给我做了"精神鉴定"。原因不详、目的不详。为什么在案发后的第九个月、宣判后的第三个月突然强制性地给我做精神健康鉴定？这里的 Probation officer 与我从未有过任何接触和交流，我们之间完全是陌生的，就算她是个大夫，她也根本没有了解过我是不是可能有精神问题。她是从哪里得到的"命令"？难道除了判我有罪还想判我有病？有没有可能是因为精神不健康的人讲话的可信度和"坏人"讲话的可信度有一比？这我就不知道了。总之，在这之前，当我对其他的四位 Probation officers 提出了质疑法官作出禁止我离开安大略省而不是加拿大的判决时，他们对我的态度全变了。其中有三位在我见她们的时候竟然主动提及这件事情，还特意告诉我："你是不是应该'忘了'这件事儿？"我的答案是："什么事儿？"

如果被强制关进精神病院，那我这一生就彻底game over了，在这个时候再不装傻，那我以后，不用"装"就"傻"了。除此之外，还有几个原因让我不得不感到恐惧，不得不小心。

第一，这章结尾的"人生中的心理压力排行表"是我在大学里学过的，是经过学术研究的，这一个表也只不过是我知道的可以被专业人士借鉴的一种依据而已，肯定还有很多我不知道的办法。对我而言，我早已非常清楚老婆和孩子在案发前后的精神压力是怎样的，更清楚自己的精神压力是怎样的，应该小心什么、做些什么来保护父母给我的身体，把自己维持在一个健康的水平，至少做到活下去。想一想，如果连我这个老外都心知肚明的事情，身为发达国家的专业执法人员怎么可能不清楚我这个"第一次犯罪"的人会有可能在什么时候心理最脆弱？加拿大可是一个法律法规、医学科技健全、发达的国家。再说，一旦法律认定有罪，医学鉴定"确定""有病"，在这些"事实"面前，就算是"神仙"也会变成"半仙"。一般有犯罪记录的人，在发达国家里只能做体力工作；对于一个身无长物，既有犯罪记录又有精神疾病的人来讲，就更难找到一条活路了。

第二，幸运的是，多年的生活、工作、学习经历让我有能力听懂英语，并且能够正确地判断出英语里的"言外之意"。

第三，我现在是只身一人在加拿大，我没法告诉家属："我被‘判’精神病，你们来看看我这个‘精神病人’吧！”我的父母远在万里之外，他们不懂英语，就算有好心人告诉他们，仅签证就需要至少几个月的时间。如果一旦被关进精神病院，开始进行各种治疗的话，给的药物我吃不吃，我敢反抗吗？我吃证明自己承认有病，我拒绝吃更证明我有病！见过真正的精神病人穿“束缚装”没有？没吃过猪肉，我还没见过猪跑吗？一个正常的“老外”在国外能够承受的精神压力方面的极限，肯定可以在这种情况下创造世界吉尼斯纪录了，假如这个人之后还有机会被“判”精神正常。

就算日后“改判”精神正常，那也是医院治疗有方的结果，不属于病人自愈。精神病院可不是疗养院。

这件事过后，我深深地感觉到，这个我从心底里非常喜欢的社会治安良好的城市并不适合像我这样的“罪人”长住，应该马上搬走。有很多人在不断地给我制造麻烦，而这些我见过的执法人员却正在被“各种巧妙”的借口和谎言所利用。

（3）搬回多伦多直到2012年11月离开加拿大，总体想法：“回国吧，父母很想见个活的。”

- 找到了一份临时工作，但是没有挣到钱；
- 把二手车卖了，买车的人还想找我麻烦，是谁指使的我不清楚，但是我会装傻，又躲过了一劫；
- 每个星期20加元的伙食费，几乎从未超标，大多食品是蔬菜和水果，从未买过一瓶油；

- 买了一辆二手自行车60加元，在加拿大的最后六个月里，我天天骑车上班，往返需要一个半小时，后来降到一个小时以内，在这期间我又买了一辆二手自行车，前一辆坏了；
- 健康得到有效的维持，平均每天做200个俯卧撑，最多一天做过300个俯卧撑；
- 闲暇时间看书、看书、看书，学习、学习、学习。我确实性本善，而且一心向善！从未改变过。看书几乎是我那段时间唯一的乐趣；
- 找过律师多次，寻求和老婆、孩子接触的机会。因为财力有限，所以没能继续下去；
- 戒过烟,历时10个月左右,戒烟的真正原因是:没钱买烟；
- 从未借酒销愁，每次都以看书、看电影和锻炼身体的方式解决精神压力；
- 即使我早就讲过我不是单身，有老婆和孩子，而且天天带着结婚戒指,还是有很多人莫名其妙地想给我介绍“女朋友”，让我间接地作出离婚的行为，是受人所托还是别有用心我不清楚。这些人知道我的案子，他们也知道我知道他们知道。因为我的住址有时会收到Probation officer的信件，在加拿大只有“坏人”有这种待遇，所以不必多解释。在加拿大，很多种罪犯在被释放回居住地后，附近的居民和警察局会在第一时间得到通知。这样一来，“好人”心里都有数，可以生活得更加安心。至于我的“罪行”是否属于这种类型，我不清楚；
- 自己的住处被人进过多次，电脑又一次被人动过，电脑里存有我在加拿大十几年的学习资料和很多个人隐私。这样的事情在加拿大已经发生过至少五次；

- 最后的一次精神折磨是我的Probation officer 跟我讲，她可以允许我早一个星期给我老婆在日本的家通电话，结果几个星期后在我到她那里报到的时候，她跟我讲："我从未答应过你任何事情。你听'错'了吧？"我的答复是："对，我肯定听错了。"在我心里她是另外一个被利用的棋子；
- 最后，总算没有出差错，"刑"期已满，现在终于完全自由了；
- 2012年11月1日回国。

◆ 在法律法规健全的国家，涉及家庭暴力案件的夫妻，可能会有以下几种后果

- 夫妻双方都失去孩子的抚养权，孩子被政府没收，孩子有可能会被集体或交给他人"饲养"。很多社会调查研究表明，这样的孩子在长大后，在性格方面和其他生理行为方面出问题的几率比较高；
- 夫妻一方或双方坐牢；
- 夫妻一方或双方失去工作；
- 夫妻离异或分居；
- 夫妻双方在一定时间内居无定所。

根据表5来衡量，在上面列举的后果同时发生时，"主犯"很有可能会在"精神上"变得非常脆弱，甚至更糟。

表5　人生中前20种压力的来源*

1.丧偶	11.家庭成员生病
2.离婚	12.怀孕
3.分居	13.性生活不协调
4.坐牢	14.新家庭成员加入
5.家庭成员离世	15.生意调整
6.重病、残疾	16.个人财产情况变更
7.结婚	17.好友离世
8.被辞退	18.换工作
9.复婚	19.夫妻之间争论
10.退休	20.家庭债务超过10 000美元

*Holmes T.H. & Rahe R. H., The Social Readjustment Rating Scale. Journal of Psychosomatic, 1967 (11) : 214.

在这本书写完的时候，我虽然经过多种努力，可是仍然没有能够联系到我的老婆和孩子，我不知道她们这两年半到底是怎样度过的，病过多少次、吃过多少苦、吃过多少亏、流过多少血、流过多少泪、经过多少个不眠之夜、经历多少个担惊受怕的日子。总之，我在全案结束的第一时间里给老婆的父母发过快递，告诉老婆和她全家：我错了，我会一直等老婆，直到属于我的最后一天。

祝长年在外的夫妻们：和和美美~

愿长年在外的夫妻们：有话好好说！

第八章

老外到底有多么了解中国

中国的文明世界闻名，中国的历史悠久灿烂。发达国家具体是从什么时候开始全方位了解中国的我不清楚，但是有两点我可以证明：第一，发达国家对中国、对中华民族的了解至少从第一次世界大战前期到目前为止是从未停止过的，而且还在夜以继日地、不断地加深；第二，发达国家对中国、中华民族的了解程度和能力远远超出大多数中国普通老百姓的认知和想象。

我对这个问题的认识从小学直到大学都非常肤浅，尽管从学习语言到大学毕业我在加拿大度过了六年的时间。我最初认为，大部分的老外对中国的认知还停留在一个非系统的、浅显的、片面的阶段。因为从自身的生活、学习经历来看，我接触过的老外对中国的了解还停留在以下几个较为陈旧（stereotype）的层面：

- 中国是亚洲的一个由共产党领导的国家；
- 中国是一个人口大国，但是有很多老外不知道中国的人口到底是多少；
- 中国有着世界闻名的饮食文化，包括中国人吃狗肉的文化；

- 中国人都用筷子吃饭，见面喜欢问“吃了吗”；
- 中国人在日常生活、工作方面讲关系、爱面子；
- 中国学生学习理工科都很牛，除了我以外；
- 中国人过的是农历新年，有十二生肖，喜欢舞狮子，逢年过节都说恭喜发财，还给小孩儿发红包；
- 中国人相信风水；
- 中国人生活得都很传统，除了我以外；
- 中国在宗教方面有儒教、佛教和道教；
- 中国的文化遗产有长城、孔子；
- 中国有稀有动物大熊猫；
- 中国人在世界各地有唐人街；
- 中国不是一个发达国家，但是中国人现在很有钱[①]等等。

在国外的主流媒体宣传方面，我所能了解到的中国也是有限的，大多聚焦在政治、经济方面，而且报道中国的频率相对于报道欧美发达国家的频率要低得多。

在加拿大的最后六年，随着自己语言能力的不断增强、社交圈的不断扩大，自己多少读了点东西，再加上几年的工作经验和一个见多识广的日本老婆，使我对这个问题有了较深刻的认识。我找到了成百万上千万的结果，让我有了一种踩在一群人肩膀上看世界的感觉。这种“高潮”现在品味起来，还让我兴奋。

事实上，很多发达国家的老外不仅对中国的了解确实局限于

---

① 老外认为中国人有钱的原因之一在于，2011年4月21日，加拿大统计局在一份题为“Debt and Family Type in Canada”的报告中公布的数据显示，截至2009年底，加拿大每个家庭平均欠债在11万加元左右。在这些债务中，房贷的比例是最大的，而且由于全球经济不景气，欠债家庭的偿还能力还在不断地下降。然而，中国每个家庭平均欠债却比加拿大低很多。

上面讲的层面，而且对世界其他国家，尤其是发展中国家和不发达国家的了解也是很有限的。原因是：发达国家稳定的社会运行管理机制，不仅能够满足政府所期待的，国民应有的爱国主义和集体荣誉感；而且已经很成功地将个人实用主义的理念转化到了积极有序的、安居乐业的、术业有专攻的层次。

我们所讲的“劳心者治人，劳力者治于人”的理念已经被大多数社会大众所接受，接受的“先决”条件主要是本书第一章有关“阶级明确”的讲述。

总之，造成大多数老外对中国了解有限的原因和造成很多中国人认为大多数老外对中国只有非常浅显的了解的原因不是教育水平达不到，不是单纯的国际媒体的片面报道；而是对老外来讲，去学习和探索跟自己日常工作和生活没有多大关系的事情是大可不必的，尤其是针对发展中国家和不发达国家的认知。换句话说，对生活在发达国家的民众来讲，通过深度探索、学习和了解不发达国家，他们能够得到什么？为了维持这种广泛的“兴趣和爱好”所要付出的和得到的是否成比例？

多年的生活经验让我感觉，这并不是我想要找的真正的答案。因为我知道“中国通”确实存在，而且人数越来越多。我的问题的前提应该是从老外的立场上出发，立足于他们术业有专攻的角度。

正确的问题是：如果老外从事的是和中国政府、企业、人民、移民、学生、留学生等与中国相关的工作，他们对中国的了解会有多少，他们会从哪些方面来了解中国，他们会怎样了解中国？

下面的这些例子是我找到的一些有代表性的英文资料，分为近代和现代两部分。这些书大部分来自于同一个网站：The

Internet Archive[①].

老外对近代中国的了解

老外对孔子的了解：

William Edward Soothill, The Analects of Confucius, 1901.

老外对孟子的了解：

James Legge, Life and Works of Mencius with Essays and notes, 1875.

老外对中国女性的了解：

J.T.Gracey, China in Outline and Woman in China, 1900.

Margaret E. Burton, The Education of Women in China, 1911.

老外对中国女孩的了解：

Ida Belle Lewis, The Education of Girls in China, 1919.

老外对中国少儿生活的了解：

Mrs. Bryson of the London Mission Tientsin China, Child Life in China, 1900.

老外对中国文明的了解：

Herbert A. Giles, The Civilization of China, 1911.

---

① The Internet Archive 是1996年在美国旧金山成立的一个非营利性网站。他们的目的之一是将历史性书籍经过高端扫描仪和软件处理后，改存为多功能的电子版，然后完成永久性的存档。与此同时，所有处理后的电子版的历史书籍都被公开地放在网络上免费共享，供大众阅读、做研究使用。

老外对中国人的了解：

Venerable Arthur Evans Moule, The Chinese People, 1914.

老外对中国哺乳动物的了解：

Glover M. Allen, The Mammals of China and Mongolia, 1938.

老外对中国昆虫的了解：

E. Donovan, J.O. Westwood, Natural History of the Insects of China (First Edition) , 1798.

老外对中国宗教的了解：

Edward Harper Parker, China and Religion, 1905.

Rev. Timothy Richard, Litt. D, Calendar of the Gods in China, 1906.

老外对中国地理的了解：

G.M.H. Playfair, The Cities and Towns of China, 1910.

老外对中国银行业、货币、物价的了解：

J. Edkins, Banking and Prices in China, 1905.

Srinivas R. Wagel, Chinese Currency and Banking, 1915.

老外对中国商业、工业的了解：

Julean Arnold, China-A Commercial and Industrial Handbook, 1926.

老外对中国蟋蟀的了解：

Berthold Laufer, Insect-Musicians and Cricket Champions of China, 1927.

可以说，老外对中国的近代历史、文化、自然资源、人种、物种、哲学、价值观等，“大大、大大地”了解，凡是我能想到的话题，大多都能找到详尽的英文资料。

老外对现代中国的了解

美国传统基金会

2011年7月，The Heritage Foundation[①] 在其官方网站发表了一篇名为 Chinese Outward Investment: More Opportunity Than Danger 的文章，作者是 Dr. Derek Scissors。这篇文章介绍的是这个基金会建立了一个中国全球投资数据追踪统计器（China Global Investment Tracker）。文章中公布的数据包括自2005年1月至2011年6月以来所有的中国企业在国际上投资额度在1亿美元以上的项目及其合作伙伴的明细。

加拿大统计局

2007年，加拿大统计局公布了一份调查报告：The Chinese Community in Canada（Colin Lindsay, 2001）。这是一份不定期的调查报告。该报告于2001年完成，2007年得到加拿大工业部批准后出版。报告的主要内容包括加拿大的华裔公民和移民团体的工作、生活、教育、宗教、男女比例、语言能力、婚姻状况、生活习惯、教育背景、择业趋向、收入、是否“爱国”等情况。

---

① The Heritage Foundation 总部在美国华盛顿，这个智囊团成立于1973年，口号是 Leadership for America。2006年9月，英国前首相 Baroness Margaret Thatcher 正式成为该基金会的理事和赞助人。

美国国会图书馆

美国的国会图书馆（The Library of Congress），实际上（Defacto）是美国国家图书馆，是世界上最大的、藏书最多的两个图书馆之一，另外一个是大英图书馆（The British Library）。美国国会图书馆的亚洲部所收集的有关中国的资料包括下列内容：

- 220 000 篇社会科学方面的刊物，历史最悠久的是 1915 年出版的；
- 来自于 7 200 种不同期刊的 22 000 000 篇学术文章；
- 来自于 700 种主要新闻报纸的 9 000 000 篇文章；
- 超过 10 000 个科目的 170 000 册中国古籍。

大英图书馆就更不用讲了，数量肯定不会少。为什么？他们心里比我们清楚。让我也面对英国吼一次吧：“把我们国家的东西还给我们！”在少爷我想欣赏中国“美”的时候，我只愿意买门票，不想买机票！这也是少爷我的“中国梦”的一部分。

BBC中文新闻网站

BBC 中文新闻网站是一个最有针对性的、国外最大的有关中国的中文新闻网站。在他们的雇员队伍中“精通中文”的老外人才“济济”。他们使用的中文语言是我见过的、最尖刻的媒体语言，有时很难让我相信 BBC 中文网是一个“文明的、注重礼节的”英国大企业麾下的部门。我在加拿大接触过的每一个英国人都比这个网站懂得什么是礼节（etiquette）。

除此之外，我感觉如果要真正看懂 BBC 中文新闻网站的内容，我还需要掌握一些有关“媒体心理学”（Media Psychology）和“心理骚扰”（Psychological Harassment）方面的基础知识，这样才可以保护好我幼小脆弱的心灵。至于例子吗，就不在这里列举了，俺过会儿还要用膳。

总之，不夸张地讲，就我目前的了解，对于世界上现有的中国通个人、中国通集体、中国通企业和中国通国家来说，中国、中国企业、中国人、中国的种种在他们面前“几乎”是透明的。

我们对世界的了解

我们对中国以外的世界到底有多了解？世界在我们眼中是透明的吗？是几乎透明，还是半透明？

有多少中国人真正明白什么是历史、什么是“实用”历史，真正了解西方人对“历史”的总结、见解和评论

推荐大家阅读 1916 年 Frederick J. E. Woodbridge 的著作 The Purpose of History（《历史的“目的”和“用途”》），1912 年 Benjamin F. Shambaugh 主编的 Applied History（Vol. 1）(《实用历史（第 1 卷）》)。这两本书是开始了解实用历史的很好的途径。

为什么我们地球人不允许进行核试验，发展核武器

在中国，有多少人知道地球从 1945 年至今，已经经历过至少 2 058 次核试验、核爆炸。

有多少人想过陆地上、海洋里、天空中到底还有没有一片未曾被核污染、侵害的净土？有多少人明白为什么日本对自己国家

的食品进出口的质量指标要求的这样严格？在中国，有多少人关心过类似的问题、关心过整个地球？

表6　1945年至今地球历经的核试验、核爆炸次数统计

国别	核试验、核爆炸次数	国别	核试验、核爆炸次数
美国	1 032	印度	5
哈萨克斯坦	496	巴基斯坦	5
俄罗斯	214	乌克兰	2
法国	210	乌兹别克斯坦	2
英国	45	土库曼斯坦	1
中国	45	朝鲜	1

西方人对财富、财富再分配和怎样分配的见解

推荐大家阅读以下图书：

- Serge-Christophe Kolm, Jean Mercier Ythier 于 2006 年联合编写，由 North-Holland 出版社出版的 Handbook of The Economics of Giving, Altruism and Reciprocity Foundations Volume I；
- Serge-Christophe Kolm, Jean Mercier Ythier 于 2006 年联合编写，由 North-Holland 出版社出版的 Handbook of The Economics of Giving, Altruism and Reciprocity Applications Volume II。

题目我就不翻译了，其中有三个重点词汇：giving（给予、赠与），altruism（利他主义）和 reciprocity（互惠）。

知道吗？全世界最健全、最稳定的合伙人制度是以律师事务所的经营模式为榜样的

推荐大家阅读以下图书：

- Leslie D. Corwin & Arthur J. Ciampi 于 2010 年联合编写，由 Law Journal Press 出版社出版的 Law Firm Partnership Agreements（《律师事务所合伙人合约》）；
- Susan G. Manch, Marcia Pennington Shannon 于 2010 年联合编写，由 Law Journal Press 出版社出版的 Maximizing Law Firm Profit Ability(《律师事务所利润最大化策略》)；
- John P. Quinn, Joseph A. Bailey, David E. Gaulin, Stanley Kolodziejczak 于 2007 年联合编写，由 Law Journal Press 出版社出版的 Law Firm Accounting and Financial Management (《律师事务所财务管理》)。

西方对自由贸易的总结、见解、评论

推荐大家阅读以下图书：

- Park Publishing Company 于 1888 年出版的 Which? Protection, Free Trade, Revenue Reform（《哪一个？保护主义、自由贸易、税务改革》）；
- Frank William Taussig 于 1921 年编辑，由 The Athenaeum Press 出版社出版的 Selected Readings in International Trade and Tariff Problems(《国际贸易和关税问题选读》)。

西方对外交的一些见解、评论

推荐大家阅读以下图书：

- D.A. Graber 于 1959 年编写，由 Public Affairs Press 出版社出版的 Crisis Diplomacy - A History of U.S. Intervention Policies and Practices（《美国的危机外交》或者译为《危机中的美国外交》）；
- A.L. Kennedy 于 1922 年出版的有关英国的“世界外交”和“外交世界”的著作：Old Diplomacy and New 1878-1922 from Salisbury to Lloyd-George（《新旧外交》）；
- John W. Foster 于 1926 年，由 The Riverside Cambridge 出版社出版的 American Diplomacy in the Orient（《美国的东方外交》）。

中国的葡萄酒实在是难喝，太难喝了！我帮帮你们吧

给中国的葡萄酒企业推荐一本书：1857 年 G.J. Mulder 在伦敦出版的 Chemistry of Wine（《红酒的化学性质及反应》）。我个人喜欢意大利的红葡萄酒。

有关威士忌酒的一点知识

推荐大家读一下 George C. Buchanan 于 1892 年编辑，由 John P.Morton and Company 出版社出版的 Fine Whisky Facts（《好威士忌酒的知识》）一书。

▍巧克力好吃吧？我家的孩子都爱吃

推荐大家阅读 Paul Zipperer 于 1915 年由 E&F.N.SPON Ltd. 出版社出版的 The Manufacture of Chocolate（《怎样生产巧克力》）一书。

▍喜欢西方的幽默吗，想了解西方的幽默吗

给大家推荐一本书：The Review of Reviews Company 于 1906 年出版的 The World's Wit and Humor- An Encyclopedia of the Classic Wit and Humor of all Ages and Nations（《世界各国的智慧与幽默》）。

▍有多少中国人在天天用Fifth Estate，但却不懂这个词的含义

▍有多少人明白什么是Stewardship

我对“学海”的理解

这也是本章最后一个问题：“书山有路勤为径，学海无涯‘乐’做舟”还是“学海无涯，回头是岸”？留给读者自己思考吧！

第九章

对祖国未来的信心

从穷则思变，到富则思变；从改革开放，到开放改革。

记得有一次我同父亲讨论这样一个话题：人在“穷则思变”的时代里变得多、遇到的挑战多，还是在“富则思变”的时代里变得多、遇到的挑战多？

父亲的观点是：人在穷则思变的时代里变得多、遇到的挑战多。原因是：在他们的那个年代，大环境是中国解放了，中国人有了一个稳定的国家、稳定的政府；但是，改革开放前的中国国情又决定了一般的老百姓想要逾越“穷”这个字几乎是不可能的。改革开放前，人们的生活水平都一样，都非常艰苦，大多数老百姓都缺少很多最基本的生活保障，有些日子甚至是饥一顿、饱一顿，穿不暖，睡不好。在某些情况下，人们的生活甚至可以说是处在生老病死听天由命的状态。在有劳动力不等同于有生产力，有生产力不等同于有生产资源，有生产资源不等同于有生产技术的前提下，“思变”的挑战是很多很难的。

我父亲的情况是，除了每天帮家里干活还要努力学习，他靠着自己的刻苦、勤奋，凭着非常优秀的学习成绩考到城里去上学和工作，只有这样才有机会走出老家，来到城市。他当时的观念是：离开农村，到城市工作；能够有一份稳定的收入养活自己。这就是“穷则思变”后的翻天覆地的变化。父亲说，当时来到城市的学习、工作、生活环境虽然没法与现在比，但是比起当时农村老家的生活环境不知道要好上多少倍。具体当时有多好，我是体会不到的，也没有很浓厚的兴趣去体会，相信他的同龄人体会过当时的“好”日子，但是从父亲的语气中我能深深地感受到他那时的生活确实不一样了。父亲还告诉我，如果小时候没有经历过那些磨炼和挑战、没有吃苦耐劳的精神、没有“穷则思变”的迫切愿望，他现在很有可能还是一个普普通通的、面朝黄土背朝天的劳动者。

改革开放后直到现在，生活变得越来越好，父亲和母亲都有一份政府分配的永久性工作。虽然他们工作的头几年，我们这个小家总是居无定所，东搬搬、西搬搬，但是后来有了单位分配的固定住处。记得当时因为父亲是干部，所以在分房子的时候还可以先挑一挑，挺有意思的。随着改革开放的推进，父母渐渐地摆脱了挣一个、花一个的经济情况，开始有了积蓄。对于我们这个家庭来讲，也算是进入了一个允许“富则思变”的时代了。在这个阶段，父母的生活态度是大众型的，在生活方面想要的变化是：家里人都越活越健康；家里能够拥有现代化的电器、家具、通讯工具、汽车等；孩子们可以有一个好的学习成绩，掌握现代化技术，最好能够达到出人头地的境界。在工作方面，由于是改革开放的初期，再加上父亲已经做到较高的职位，所以没有遇到很多的挑战，自然也没了思变的“迫切”

需要。在学习方面，父母早已停滞不前了，也没想变太多。在经济方面，父亲退休前，曾尝试过几种生意，但是由于各种原因，结果都不理想，他也没太在意。总之，父亲讲："如果他的人生可用穷则思变和富则思变两个阶段来划分的话，他在富则思变的这个过程中遇到的来自各方面的挑战要大大小于穷则思变过程中所面临的挑战。"

如果站在父亲的角度看这个问题，我同意父亲的观点。在他和母亲经历过的那个过程中、那个年代里，的的确确很有挑战。相较而言，确实穷则思变所付出的代价、经历过的挑战要多很多。人的一生毕竟是有限的，能做的事情又有多少！

也许单纯地用穷则思变或是富则思变来描述是不恰当的；也许应该用被（主）动的穷则思变到主（被）动的富则思变更为合适一些；或者再搅和一下，把人所处的时代和年龄段的因素也加上，会让人作出更确切的、更有逻辑的理解和分析。总之，大体意思、大方向都差不多。

我的观点是：人在富则思变的时代里变得多、遇到的挑战多。

我衡量这个问题的标准是以"钱"的多少来区分穷与富。通俗、客观地解释就是：穷则思变等同于一个人在没有钱的时候，能做的事情和选择的余地是非常有限的，想要得到的东西首先局限于钱；富则思变等同于一个人在有钱的时候，能做的事情和选择的余地是无限的，想要得到的东西就不单单局限于钱了。无论是一个个体、家庭、企业、城市、省份乃至整个国家，在富则思变的阶段里所经历的变化要多、要快，情况更复杂，风险更高，挑战更多。最明了的反面例子莫过于先致富，后治理污染！

我们政府所鼓励的“青山绿水就是金山银山”的理念是再英明不过的了！

作为一个炎黄子孙、一位普通的老百姓、一名加拿大劳伦森大学的商科毕业生，我从 1978 年出生到 2008 年全球性最大的经济危机爆发之间的这三十年里，直接或间接经历的改革开放后的日子，使我深深地感觉到，这三十年对中国来说是一个穷则思变的过程、一个“穷则思变”的时代。

1949 年新中国成立到改革开放启动前夕，近三十年的日子，在我看来，我们政府的最大成就是给了中国人民和全世界一个稳定的国家——中华人民共和国；一个稳定的执政党——中国共产党。美中不足的是，中国还是一个不发达国家，中国人民还没有完全摆脱贫困。怎么办？答案是“穷则思变”。

改革开放三十余年

从整个世界进步发展的角度来理解，中国成功地解决了全世界 20% 的人口的温饱问题；中国不仅为全世界提供了一个更稳定、更开放、不断进步和完善的自由贸易市场，而且加入了世界贸易组织的这个大家庭；中国在诸多国际事务中，从一个外交小国发展成为一个外交大国；中国正在为整个世界的进步不断地释放着积极的、极其有益的正能量；中国正在成为一个可以完全将不发达国家世界和发达国家世界紧密连接起来的纽带，等等。中国人民的成绩是举世瞩目的，中国政府的成绩是举世瞩目的，中国的成绩是举世瞩目的！

从整个中国国情的角度来理解，我们的国家、政府为了摆脱不发达国家的现状，为了摆脱经济落后的面貌，经过多年的努力，成功地从一个不发达国家成长为一个发展中国家；成功地让千千万万的老百姓从贫困中摆脱出来；成功地让千千万万的中华儿女受到了良好的教育；成功地让千千万万的个人和家庭的生活水平得到了综合性的提高……

总之，在我看来，穷则思变的时代已经接近尾声，中国在诸多方面都取得了长足的进步和良好的积累，在穷则思变阶段里的诸多目标已经实现。现在的中国社会进步多了，法律法规健全多了、医疗服务水平提高了、科技水平提升了、交通便利多了、基础设施完善多了、高科技人才增多了、人均受教育水平提高了、中国人民富裕多了、中国企业富裕多了等等。从经济角度来理解，如果从 1949 年到 1978 年近三十年的时间里，中国是一个婴儿，只会爬不会走；那么从 1978 年到 2008 年的三十年里，中国就是一个已经有能力站起来，能够独立行走的孩童。接下来，在各方面“财富”积累的基础上，在今后的三十年，也就是 2008 年到 2038 年，中国会经历怎样的过程，会是什么时代？毫无疑问，是一个富则思变的过程，是一个富则思变的时代。

作为一名普通的老百姓、普通的商科学生，我能看到、感觉到的

相对于教育水平落后时代的学生，现在的学生所需要学习和

掌握的知识越来越有挑战性、针对性、目的性，对学生自身智商和情商的要求越来越高。

相对于工业水平落后时代的工人，现在的工人所使用的各种工具越来越先进，工具的更新换代的时间越来越短，对工人自身所需要的知识和技能的要求越来越高、越来越严格。

相对于农业水平落后时代的农民，现在的农民所使用的各种工具、农药、肥料的选择余地越来越大，对农民自身所需要学习的知识和技能要求越来越高、越来越全面。

相对于生活水平落后时代的老百姓，现在的老百姓所掌握的生活资源越来越丰富、越来越“时髦”，一家老小所需要掌握和学习使用的现代化家庭用品越来越多、越来越复杂。

相对于经营管理水平落后时代的企业，现在的企业所使用的各种管理模式、办公设备、人力资源越来越现代，企业之间的竞争也越来越自由、越来越激烈。

相对于发展水平落后时代的城市，现在的城市所拥有的各种基础设施、地方政策、可用来发展的资源和渠道越来越多，城市发展、管理和经营所需要的宏观、微观方面的人力、物力、财力的结构要求越来越细、越来越科学。

但是，

- 知识多了可以误人子弟；
- 机械多了可以伤到工人；
- 农药多了可以污染环境；
- 生活资源多了就容易产生浪费；

- 自由竞争多了就会产生恶性竞争；
- 城市多了就会减少耕地资源。

作为一个发达的发展中国家，中国如何在这个充满挑战的富则思变的时代里，在国内和国外都做到步步为营、运筹帷幄、左右逢源、国富民富、国强民强，避免适得其反的现象出现，将会是每一个有理想的中华儿女的努力目标——这就是中国梦！

中小企业

中小企业的健康发展是全世界任何一个国家的经济健康发展的决定性因素之一。在中国，中小企业的健康发展可以为中小业主创造“财富”；可以为社会增加大量的就业机会，解决就业问题；可以为整个社保体系添砖加瓦；可以成为中国梦的“发源地”之一；可以给人民带来更多的机会和希望；可以为整个社会的完整与和谐贡献力量。与此同时，中小企业又是在任何一次经济危机中受创最早、受伤最严重的弱势群体之一。

在穷则思变的时代，大部分中小企业寻求的是计划经济和自由经济的中间产物。生产、管理、经营环节的很多不足可以通过相关的大企业、大公司，甚至是政府的扶持来弥补，以维持自身的良性循环。因此，中小企业在穷则思变的时代不需要具备非常全面、现代化的各种资源，管理系统就可以生存、营利。在我看来，处在这个时期的很多中小企业就好比在企业的大家庭里被娇生惯养的“小皇帝”，衣来伸手、饭来张口，没有独立行动的能力。

在富则思变的时代，在法律法规不断健全、完善的今天，中小企业在经营管理方面需要做到的是“麻雀虽小，五脏俱全”，只有这样才可以维持自身的良性循环。中小企业对市场的了解要从微观拓展到宏观，对人才的需求要从“全才”“降级”到“专业人才”，对管理的完善要从非系统化升级到系统化；只有这样才能够在激烈的自由竞争市场中，在“富则思变”的时代中生存、发展、壮大。

我选择商科最初的原因之一是：我希望有一天我会为自己打工，赚快钱、赚大钱！只和自己志同道合的人一起打拼，只挑自己看着舒服的人一起干活，想炒谁鱿鱼就炒谁鱿鱼。不过，在经过一段时间的学习、做过一些市场调研后，虽然我知道很多生意自己都可以做，也可以有机会赚一份稳定的收入，甚至是祖祖辈辈地传承下去；但是，现在的中国是一个法律、法规、管理经营体制不断完善的中国，正在稳定地朝着发达国家的方向发展。我这种暴富的观念是非常不切实际的，也可以理解为暴富现象存在的本身就是一种社会的不稳定因素。只有脚踏实地，一步一个脚印才是走向成功的捷径。同时，在全世界范围内，我还发现[①]凡是创业成功的，并且有能力做到持续性发展的中小业主，都是经过长时间的积累和努力的结果，都会具备下面给出的在穷则思变的阶段中未曾面对过的商业管理常识。

- 了解建立“企业史”档案的价值；
- 了解“法律”两个字；

① 参见 Walton Sam, Made in America, U.S.A. & Canada: Bantan Books, 1992. Kroc Ray, Grinding It Out, U.S.A.: St. Martin's Paperbacks, 1977 等名人自传。

- 了解“供求”两个字；
- 了解“竞争”两个字；
- 了解风险；
- 了解保险业；
- 了解银行业；
- 了解资本；
- 了解收购、并购；
- 了解会计师事务所；
- 了解律师事务所；
- 了解谈判技巧；
- 了解办公自动化；
- 了解创新；
- 了解信用度；
- 了解合同；
- 了解人力资源；
- 了解公共关系；
- 了解市场营销；
- 理解继承权；
- 了解中小企业“换代”管理所面临的问题（有多少中小业主真正了解自己的孩子，有多少中小业主想让自己的孩子继承自己的事业，有多少中小业主的孩子想继承中小业主的事业，有多少中小业主的孩子能够意识到“日积月累”才是硬道理，有多少中小业主从内心深处对自己事业的经营环境、政府的优良政策的持续性有信心……）；

- 了解职业经理人；
- 了解薪金制订策略；
- 了解信息和数据的价值。

如果我是一名个体户，或者有一家小企业，在我有需要的时候，自己却不具备上面所说的专业知识；那么等待我和我企业的路就剩下：要么自生自灭；要么变现卖掉企业；要么聘请职业经理人。总之，还是我“学”来的观点：中小企业对国家的作用近乎“水能载舟，亦能覆舟”；中小企业在“富则思变”的时代中所面临的各种挑战多过于“穷则思变”时代里的挑战。如果中小企业主未能及时改变观念，审时度势，那么在穷则思变时代的积累将很难进入到可持续发展[①]的阶段。有生命力、竞争力的中小企业是能够从“强者”手中争一杯羹的企业，而不是从“弱者”手中争一杯羹的企业。看不到明天的人就没有明天，因果定律只是时间问题。

试举以下创新（innovation）的例子来说明。乔布斯团队的成绩是世界有名的。他们在创新方面的例子数不胜数。我所理解的、最重要的一条就是：苹果台式电脑是“增大”了的“笔记本”；苹果 iPad 是“缩小”后的“笔记本”。这种 2+1=3，2-1=1 的创新是非常值得学习的。我相信在中国有很多这样的“创新机会”可以进行深度发掘。

> **如果雌性是通过生理繁殖下一代，雄性是通过精神繁殖下一代；那么企业呢？**

① Family Firm Institute 定期出版的Family Business Review，这是我见过的有关大中小家族企业的最有价值的出版物。

家　庭

作为 70 后，我在童年时期的确经历过“苦日子”，但是对于一个不懂事的孩子来讲，再苦再累的日子也只不过是介于好玩和不好玩之间的事儿，跟父母的经历是没法相提并论的。父母在我高中毕业前就已经为我创造了很好、很稳定的生活环境。我无偿地享受着父母在穷则思变后创造的成果，也很幸运地避开了穷则思变的痛苦过程，但是这并不意味着天生就生活在好时代里的我就会一帆风顺、万事俱备。现在回忆起来，我有很长一段时间活的就像是一只正在温水锅里享受的青蛙，根本意识不到锅底下还有熊熊烈火。再打个比方，我从小到大享受到的是“小皇帝式”的娇生惯养，就像是一头在养猪厂里被喂得膘肥体壮的八戒，时代的变迁和潮流的进步就是一位无情的屠夫，在这位屠夫的眼里，世界万物包括我父母都是潜在的被屠宰的对象。如果我这头八戒不能有效地利用身边良好的生活环境、良好的生理心理条件，做到与时俱进，那么等待八戒的永远不可能是嫦娥。

总之，大环境再有利，国家的政策和福利再好，对个人和家庭的帮助也不可能是永恒的，只有从自身出发、从小做起，将父母在穷则思变时代里的积累变成可延续、可再生的资源，才是长远之计。

对于我这个年代的人来讲，如果我在富则思变时代里的目标之一是在父母的积累之上，按照发达国家的模式建立起自己的一个顺应潮流的、现代化的家庭，下面的挑战是必须要面对的。看看吧，我自己光想一想、问一问下面的这些个挑战都头疼的不得了，就别提能不能做到了。

- 坚决“打击”祖父母辈在家里培养“中国小皇帝”。
- 坚决“贯彻”自己是家里最后一代“末代小皇帝”的思想。
- 怎样科学化地教育子女？
- 怎样帮孩子树立起一个可延续的人生观，真正做到富可以过二代？
- 怎样让孩子正确地面对青春期？
- 怎样教育孩子们远离非法药物和毒品？自己懂什么是毒品吗？
- 怎样科学化地“饲养”全家，让家人更健康？
- 怎样享受（性）生活？
- 怎样科学化地管理自己的积蓄（如果有工作，如果还没花光的话）？
- 怎样科学化地管理自己的债务（如果我是房奴、车奴、学奴等）？
- 怎样科学化地健身，好离医院远点儿？
- 怎样科学化地设置家庭电脑网络？
- 怎样理解“独立生活”的意义和境界？
- 是否知道从国外涌入的日化、医药、教育产品，文化及消费观念对自身乃至全家的长远影响是什么？

- 懂不懂什么是网络、网络安全?
- 懂不懂什么是电子书房，家里要不要一个电子书房?
- 懂不懂什么是家庭防盗系统?
- 懂不懂怎样安装和使用现代化的投影仪、复印机、打印机、扫描仪?
- 懂不懂保护个人隐私的重要性?
- 懂不懂什么是律师?
- 懂不懂什么是法律?
- 懂不懂个人破产是什么情况，会给家庭带来什么后果?
- 懂不懂什么是钱?
- 懂不懂什么是遗嘱?
- 懂不懂什么是信用卡?
- 懂不懂什么是保险、什么是股票、什么是基金、什么是债券、什么是投资?
- 懂不懂为什么有很多中国男人天天都跟自己讲：我是为了家里人在打拼，为了家里人在忙碌，为了家里人在应酬；然而却在临终的时候告诉自己，其实自己亏欠最多的还是家里人? 不知道吧，其实这一条我也不是很清楚，大家一块想想呗。

现在时代确实不一样了，我的生活确实富裕了，但是在“富则思变”的时代里会让我、我的家庭变得更富还是更穷? 我自己到底有没有一种紧迫感? 父母的积累可以在我这一代人的身上延续多长时间? 我有没有能力在父母给予的基础上更上一层楼，在父母的积累消失殆尽的时候建立起自己的一片天地？我的思维方式、观念和个人能力，能不能顺应潮流、赶超潮流、创造潮流？我是否明白什么是超前意识？

我的结论是：富则思变的时代就是现在；富则思变的时代带来的挑战更多、更复杂，是名副其实的“机遇”与“挑战”并存的时代。观念的进化、意识的到位是能够实现成功发展的至关重要的第一步。

作为一名归国“唐僧”，

我衷心地祝福所有的中国老百姓和家庭走在一条成功的富则思变的大道上！

我衷心地祝福所有的中国企业走在一条成功的富则思变的大道上！

我衷心地祝福我们伟大的祖国走在一条成功的富则思变的大道上！

中国未来的三十年是充满机遇的！

“唐僧”们，“龟”来吧！

我的一点“超前意识”

一个国家经济发展的好与坏、快与慢是可以通过这个国家的金融市场间接反映出来的。全世界任何国家或地区能够有序地发展经济、实现经济目标的前提是建立在全球经济发展的“可预测性”之上的；这也是为什么每个对世界经济发展有影响力的国家，每隔几个月都会按时对外公布本国是否正在实现当年经济发展的目标及其相关的数据，然后在每年初公布未来一年或几年的经济发展目标和预测数据。只有这样，世界经济才会有一个总体的、相辅相成的发展规划和努力目标；只有这样，市场才有秩序、投资才有方向、社会才能稳定、世界才能和平。

如果中国 10 年的发展也就是从 2012 年 12 月开始到 2022 年 12 月这 10 年的时间，可以单纯地从股市的表现来做判断和技术分析，那么以“上证指数”为例，我的分析结果如下：

前提条件

阶段一：0 至 6 000 点，1991 年 12 月至 2007 年 10 月，涨 6 000 点，共计 16 年。这 6 000 点包括 1978 年至 1990 年我们政府经济改革的成果。

阶段二：6 000 点至 2 000 点，2007 年 11 月至 2012 年 12 月，下跌或调整：降 4 000 点，共计 5 年。如果 2 000 点是较为保守的底部，那么未来上证指数的走向按现在世界通用的技术分析[①]方法来计算，可能的走势是：

预测成果一

阶段三 A：2 000 点至 6 000 点，2012 年 12 月至 2022 年 12 月，涨 4 000 点，共计 10 年。

预测成果二

阶段三 B：2 000 点至 10 000 点，2012 年 12 月至 2022 年 12 月，涨 8 000 点，共计 10 年。

预测成果三

上证指数再次探底，可能触及 1 500 点，在回归成长趋势后

① 参见 John J. Murphy & Martin J. Pring 的金融市场投资理论。

会 100% 地挑战 6 000 点，然后逼近或突破 10 000 点，时间为 10 年至 12 年。

郑重声明

本预测只是预测，我今年只不过 35 岁，各方面的经验、学识非常有限。虽然这种预测是有根据的，但是我的预测 100% 的不可以作为任何股民投资股市的唯一根据。投资股市是有相当大的风险的，股民的原始积累也是来之不易的，敬请好自为之。

我想象中的，在我有生之年能够看到的中国

中国将是一个发达国家，未来的中国社会是一个优秀传统文化、文明重生的社会，是一个法律法规健全、科技高度发达、信息高度集中、人才济济的社会。

具体表现为：

- 工种和工种之间将不再有歧视；
- 各民族之间的关系越来越好；
- 社保系统可以保证低收入人群的良性生活水平；
- 社会生活达到安居乐业、夜不闭户；
- 博物馆、文化馆、科技馆、社区图书馆无处不在；
- 高端人才至少掌握两种或两种以上的外语；
- 精通拉丁语、希腊语、希伯来语的人才越来越多；
- 台式电脑有第二春（分久必合，家庭用超级多功能台式电脑）；

- 家家有一个电子书房；
- 污染得到整治；
- 医疗服务得到全面的提高，能够满足真正意义上的“治病、防病、救人”；
- 教育、科研水平达到无国界的信息化、自由化；
- 系统化的管理模式全面深入到社会的各个角落；
- 国强、民富、国富、民强；
- 中国更好地为全世界服务，为全世界人民服务，为全世界的和平、稳定和繁荣服务。

第十章

遗嘱、遗产

我对身后事这个概念的理解在过去的10年里变化了很多，最大的变化是，从小时候传统地、刻意地去避讳接触谈论相关的话题，到现在主动地去接触、学习怎样为自己的身后事做准备，怎样为自己所爱的人们做一点有价值的事情，不管什么时候“走”，至少要做到不给家里人添麻烦。

据我所知，在发达国家立遗嘱主要涉及私人财产和财产托管方面的“一些”法律。立遗嘱的人主要是受过良好教育的有产阶级，遗嘱是他们更好地保护和延续自己或家族的财产而作出的一种长期的、具有战略性的财产管理、分配计划。在西方，很多协助制订遗嘱的律师们，不仅具备多年相关的专业知识，而且一般都同需要立遗嘱的人有着多年的、深厚的信任和了解。

对于一个国家而言，遗产法以及其他相关法律的制定和执行，是促进社会稳定发展所不可缺少的一个重要的组成部分。从小到大，我听过、见过许许多多、大大小小的有关家庭财产方面的纠纷，不只是因为某个家庭成员的突然离世。这其中有很多财产纠纷是在“已故”的家人“曾经”有时间、有精力的时候没有意识到提前安排身后事的“益处”的情况下发生的。再看一看我们身边，有多少人每天在法庭上为了子女、父母、祖父母或其他亲属的财产而消耗自己的精力和财力，就足以说明建立一份有法律效应的遗嘱的重要性。此外，遗嘱并不是制订完以后就只能一成不变，遗嘱是可以根据个人需要随时更改的。

再想一下，就算立遗嘱、更改遗嘱需要一定的花费，那也比让有可能继承财产的人通过法院打官司、争夺财产的花销要低得多得多。

以下是在西方某些发达国家制订一份具有法律效应的遗嘱时所需要同律师分享的最基本的个人和家庭信息①。

> 这些信息仅供参考，任何一个国家的法律都不是一成不变的，法律的要求也是经常完善和变动的。

◆个人信息

（1）姓名。

（2）住址：

- 现住址；
- 现永久性住址；
- 拥有房产所有权的其他住址。

（3）社会保险号：

- 自己的；
- 配偶的。

（4）生日、出生地、出生证明原件。

① Inheritance (Provision for Family and Dependents) Act 1975(美国).Brown Gordon, Administration of Wills, Trusts and Estates, US. UK. CA. : Thomson, 2003.

（5）国籍：

- 本国国籍；
- 其他国家国籍。

◆ 家庭信息

（1）婚姻状况：已婚、未婚、离婚、分居、丧偶；

（2）已婚：结婚日，结婚证书原件、配偶的姓名、年龄；

（3）如果任何一方配偶结过婚：前配偶的姓名，婚姻破裂证明，婚姻破裂后财产分配等所有相关文件；

（4）如果配偶是遗嘱的执行人：配偶自己遗嘱的所在地和持有人；

（5）所有家庭直系亲属的姓名、血缘关系，包括领养、已经去世的子女。

◆ 工作单位信息

（1）雇主的姓名，单位地址、联系电话，单位福利，医疗保险，人身保险，股票、利润分成计划等；

（2）如果是自雇：经营范围、地址、电话号码；

（3）如果已经退休：退休日期，退休后政府发放的福利，包括前雇主发放的福利。

◆ 兵役记录

（1）空军、陆军、海军；

（2）国外服兵役记录；

（3）退役记录。

◆ 银行存款、贷款、信用合作社账户

（1）个人所有的银行账户：银行名称、开户行地址、账户种类、账号、开户所用姓名、账户余额、有效身份证件所在地；

（2）联名银行账户：银行名称、开户行地址、账户种类、账号、开户所用姓名、账户余额、有效身份证件所在地；

（3）商务银行业务账户：银行名称、开户行地址、账户种类、账号、开户所用姓名、账户余额、有效身份证件所在地；

（4）受信托管的银行账户：银行名称、开户行地址、账户种类、账号、开户所用姓名、账户余额、有效身份证件所在地。

◆ 保险箱

银行或信托公司的名称、地址，指定的使用者。

◆ 不动产

地点、所有权凭证、监管人信息等全部有关文件。

◆ 个人私有物品描述、所在地及相关文件

（1）贵重首饰；

（2）机动车、游艇、飞机；

（3）家具；

（4）古董艺术品、收藏品等。

◆ 保险

（1）所有人身保险的信息：保险单、账号、公司、地点；

（2）其他保险，例如，汽车、房屋等保险单、账号、公司、地点。

◆ 有价证券

股票、债券：购买数量、购买日期、存储地点、相关的公司名称，等等。

◆ 专利权、著作权、开采权、连锁经营权，等等

种类、相关日期、价值。

◆ 公司企业所有权

（1）合资公司：名称、经营范围、公司净值、所占公司的比例、职位；

（2）合伙人经营性质的公司：名称、经营范围、公司净值、所占公司的比例、职位；

（3）独资公司：名称、经营范围、公司净值、所占公司的比例、职位。

◆ 遗嘱制订者作为债权人所享有的债权

债权性质、见证文件、债权数额、债务人、债务人所在地等。

◆ 遗嘱制订者作为债务人所拖欠的债务

债务性质、见证文件、债务数额、债权人、债权人所在地等。

◆ 遗嘱制订者的赠与物、预付款

接收人、价值、日期、税务。

◆ 遗嘱制订者所托管的财产和不动产

地点、价值等相关内容。

◆ 遗嘱制订者所享有的信托责任范畴和管理决策权

信托建立者的联系方式、地点等相关信息。

◆ 纳税申报记录

（1）提供纳税申报服务的公司或个人的名称、联系方式；

（2）报税的地点；

（3）报税相关的文件、材料。

◆ 遗嘱的附录

（1）遗嘱制订者姓名；

（2）提供遗嘱制订服务的律师；

（3）遗嘱制订的地点；

（4）遗嘱执行者的姓名；

（5）遗嘱制订者所授权的未成年人（例如，未成年子女）的监管人的姓名；

（6）遗嘱制订的日期；

（7）其他可能影响到执行遗嘱的限制性条款（例如，结婚、离婚、收养子女、新生儿、房贷等）。

◆ 在了解相关的知识后，我问了自己以下几个问题

- 如果有一天我走狗屎运了，变得很富有；那么作为一个多年生活在异国他乡的中国人，我有没有一位可以让自己充分信任的、有经验的、真正能够帮我制订遗嘱的律师朋友？
- 如果我拥有双重国籍，是有产阶级，那么我的遗嘱需要经过多少道法律程序后才能顺利地实施，花费是多少？

在国外的某些网站上是可以找到很多世界名人的遗嘱的。我自己就怀着非常尊敬和感激的心理收集了很多名人的遗嘱，譬如，莎士比亚、美国的几位非常有名的总统等。在我看来，收集西方名人的遗嘱是真正了解名人的内心深处如何看待人生终点和财富的一种非常有价值的、有意义的途径，同时我也可以了解到他们的价值观、他们的文化等信息。

◆ 以下的网站和书籍可以让大家了解到更多的有关遗嘱的知识：

- www.legalwillcanada.com.

- www.nationalarchives.gov.uk.
- www.lawdonut.co.uk.
- Gordon Brown, J.D.Thomson, 2003. Administration of Wills, Trusts, and Estates.
- www.wikipedia.com，可以查到 Wills Law (《遗产法》) 的信息。
- 美国 1975 年的 Inheritance (Provision for Family and Dependents) Act。
- The American Bar Association. Complete Personal Legal Guide—The essential Reference for Every Household (《家庭实用法律手册》), Random House, 2008.
- Ira Distenfield & Linda Distenfield, We The People's Guide To Estate Planning (《我们老百姓自己的遗产制定指南》),John Wiley & Sons, Inc., 2005.

第十一章

非法类药物和毒品

关键词解释和定义*

药物（drug）：除食物以外的任何可以改变生理、心理功能的制剂。

非法药物（illegal drug）：俗称毒品，被法律禁止使用、拥有、买卖的药物。

麻醉药、镇静剂、致幻剂（narcotic）：可以使大脑和脊髓意识不清、失忆、精神欢快、头晕的药物（许多麻醉药、镇静剂、致幻剂来源于罂粟）。

毒药 (poison)：可以致人死亡、残疾或生病的物质，包括人身体里自己产生的同类物质。

本章讲的法律是广义上的，是在全世界范围内现行有效的法律，不特指任何具体国家的法律。

毒品的危害是全球性的，人们只有对毒品及其危害有一个根

* http:// www.drugfreeworld.org，访问日期 2012 年 8 月 9 日。

本上的了解，才能够更有效地保护自己和家人，更有效地为创建和保持一个稳定、和谐、繁荣的社会一起努力。Kety Holloway 和 Trevor Bennett 于 2005 年编写出版的 Understanding Drugs, Alcohol and Crime（《了解药物（毒品）、酒精和犯罪》）一书，可以让人们对毒品和酒类的危害有一个深度的了解。

中国是一个发达的发展中国家。老百姓，尤其是针对为人父母的人群来讲，对非法药物和毒品的知识及其危害也应该相应地提高到和发达国家民众一样的水平，特别是从未学习过有关非法类药物和毒品知识的，有计划出国留学、工作的人们，更应该具备相关的基础知识和自我保护意识。

毒品概述和简介*

在西方发达国家，毒品概念于 1960 年左右兴起，主要集中在多媒体和音乐方面；但是随着社会的发展和进步，毒品几乎深深地侵入到社会的每个角落。伴随着科学技术的不断进步，毒品的种类也随之增加，尤其是化学合成类毒品可以说是五花八门、层出不穷。任何一种合成类毒品所使用的化学成分从几种到几十种不等。以下是有关毒品和毒品使用者的几点共性：

- 使用毒品的最大误区之一：毒品总是可以让人在极短的时间内感觉兴奋、舒适、快乐、超脱。事实上，使用毒品同样具有相反的效果。使用毒品后，极短的时间内可

* See Drug-Free World Foundation . The Truth About Drugs, 2009.

以让人在精神和身体方面产生沮丧、压抑、恐惧、紧张、好斗、焦虑等消极负面的情绪。

- 毒品的使用者不可能完全知道所使用的毒品的制作过程和化学成分。
- 毒品的卖点是通过扭曲人体神经对正常事物的听觉、嗅觉、视觉、味觉和触觉，从而使人在极短的时间内达到兴奋、亢奋的状态，在精神方面可以暂时地脱离现实世界。
- 短期、长期或过量使用毒品可导致休克、猝死、多种精神疾病、脏器早衰等后果。
- 毒品使用成瘾后，只有在用量不断增加或者与其他毒品同时使用的情况下，才会达到与第一次或前一次同样等级的兴奋或亢奋状态。

现在已知的毒品的类别

现在已知的毒品主要分为两大类：天然毒品和化学合成毒品。本章的重点是引述世界禁毒基金会所掌握的世界上八种最常见的毒品以及它们在市面上流通的各种名称。

▌第一类：大麻(Cannabis)

◆ 名称

学名一：大麻 (Marijuana)，包括大麻的花、种子和叶子；

英文俗称：Pot, Weed, Herb, Grass, White, Widow, Ganja, Astro turf, Bhang, Dagga, Dope, Hemp, Home grown, J, Mary,

Jane, Reefer, Roach, Texas tea。

学名二：麻药 (Hashish)（大麻的树脂）；

英文俗称：Chocolate, Hash, Shit。

大麻类毒品的总称是 Cannabis，也是世界上最常见的毒品。

◆ 历史背景

两千年前开始种植的印度大麻（India Hemp）是作为迷幻剂来使用的，它含有 400 种不同的化学成分，它的主要化学成分是 THC。THC 的含量是区分大麻浓度的主要指标。随着现代农业科技的进步和发展，截至 2008 年，大麻的种植者已有能力将最初大麻中 THC 的含量从原始的 1% 提升到 24%。

◆ 主要成分

THC。

◆ 颜色

绿色。

◆ 形态

固态，类似碎茶叶。

◆ 使用方法

与吸烟相似。

◆ 客户群

青少年、成年人。

◆ 对大脑的影响

短期：扭曲大脑神经对现实世界的感观，产生无原因的恐慌、焦虑，反应迟钝，忧郁症，心律不齐，心脏病发病率提高。

中长期：智力、记忆力、免疫力下降，年轻人发育失调，肺脏损坏，永久性大脑损伤，性生活失调、性欲下降，学习能力下降。

◆ 毒品在人体内残留的时间

按使用量不同，从几星期至几个月不等。

◆ 对身体部位的危害

主要集中在喉咙、气管和肺部。

◆ 医学价值

有医学、药用价值。

◆ 合法与否的界定

介于合法与非法之间。

◆ 联合国有关生活在加拿大的人群在使用这种毒品方面的统计数据

- 2004年，约有14%的加拿大人口使用过大麻类毒品，同1994年相比几乎翻了一番。
- 2007年，加拿大东部约有3%的从七年级至十二年级的学生有大麻类毒品成瘾的趋向。约有5%的学生每个星期都使用大麻类毒品，有2.5%的学生每天都使用大麻类毒品。

第二类：迷药（Ecstasy）

◆ 名称

学名：安非他命（Ecstasy）。

俗称：摇头丸。Cadillac, Adam, Beans, California sunrise, Clarity, E, Essence, Elephants, Eve, Hug, Hug Drug, Scooby snacks, Love pill, Lover speed, Roll, X, Snowball, XE, XTC。

◆ 历史背景

迷药最初是 Merch 医药公司在 1912 年研制的一种治疗抑郁症的药品。他最初的名称是 MDMA。大约在 1970 年，迷药流入社会各个阶层。在加拿大，迷药在 1976 年被定义为非法，大约在 1989 年开始泛滥。最常见的使用方式是开派对的时候，多人集体使用。

◆ 主要成分

麻黄硷、麻黄素（Ephedrine）。

◆ 颜色

五颜六色。

◆ 形态

固体、小药片状，液体。

◆ 使用方法

固体与服药方式相似，液体是注射。

◆ 客户群

以青少年为主。

◆ 对大脑的影响

短期：判断力下降、忧郁症、睡眠障碍、严重焦虑、妄想症、肌肉紧张、嚼牙、盗汗、视觉模糊、体温忽上忽下等。

长期：可能导致永久性大脑失忆，损坏大脑控制睡眠和情绪的神经，可使人患抑郁症、忧虑症、精神分裂症、心血管坏死、痉挛等病症，也时有发生突发性死亡。

◆ 对身体部位的危害

以爱情药（Love Pill）为例，爱情药还有一个名字叫“摇头丸”。因为这种毒品可以加重人对颜色和声音的感观，尤其是在有肢体接触时和性交时极为突出。这种毒品含有迷幻剂（Hallucinogen），可以使人产生幻觉，看见或听见一些不存在的事物和声音。例如，让人在不知不觉中陷入一种没有原因的恐惧或伤心而无法自拔。

◆ 医学价值

没有医用价值。

◆ 合法与否的界定

非法。

◆ 联合国有关生活在加拿大的人群在使用这种毒品方面的统计数据

- 至 2008 年 1 月，加拿大已经成为全世界最大的合成类毒品的生产国家之一，其中摇头丸、冰毒是比较有代表性的合成类毒品；
- 加拿大全国性的调查结果：摇头丸类药品是最常用的四种毒品之一，有 4.1% 的加拿大人用过类似的毒品；
- 2007 年，加拿大安大略省学生调查问卷显示：1.2% 的八年级学生、4.7% 的十年级学生、50% 的十二年级学生至少用过一次摇头丸类毒品；
- 统计显示：92% 的用过摇头丸类毒品的人会转变使用其他类毒品，例如，大麻、可卡因和海洛因。

第三类：古柯碱、可卡因（Cocaine）

◆ 名称

学名：古柯碱、可卡因；

英文俗称：Aunt nora, Bernice, Binge, Blow, C, Charlie, Coke,

Dust, Flake, Mojo, Nose candy, Paradise, Sneeze, Sniff, Snow, Toot, White, Dope fiend。

◆ 历史背景

古柯碱是世界上最早、最有效的天然神经兴奋类药物之一。在西方耶稣基督出现三千年前，住在安第斯山脉的古人（Incas）就是通过咀嚼古柯碱叶子来增加自己的心跳、呼吸频率，从而让自己有能力生存在空气稀薄的山区。秘鲁原住民在举行宗教庆典时也使用古柯碱叶，但是 1532 年西班牙人的入侵改变了这个状况，他们使用这种毒品来控制、奴役开采银矿的印第安人。

可卡因是 1859 年被一名德国化学家 Albert Niemann 从古柯碱叶里提取出来的，大约于 1880 年在医学界开始流行。

奥地利心理分析学者 Aigmund Freud 自己也使用过可卡因，然后把它作为滋补品大范围地推广给抑郁症和阳痿病患者。1884 年，Aigmund Freud 发表了一篇宣传推广使用可卡因的文章，他在这篇文章中称可卡因是一种神奇的物质，同时还将可卡因推荐给她的亲朋好友，建议他们经常使用，后果可想而知。

古柯碱还是可口可乐（Coca-Cola）最早的配料之一。古柯碱的使用大大地提高了可口可乐的流行程度和市场份额。但是，在公众舆论的压力下，1903 年可口可乐公司同意在生产可口可乐的配料中不再使用古柯碱。

大约从 1850 年到 1900 年，含可卡因和鸦片的滋补品、不老长寿药、万能药开始在西方流行。社会各个阶层的人都在大量地使用有可卡因和鸦片成分的红酒、药酒等滋补品。好莱坞曾经也大力宣传使用此类滋补品。大发明家爱迪生也是“受惠者”之一。

1912 年，美国政府报告，有近 5 000 人的死因与可卡因有关。

1922 年，美国政府正式在法律上把可卡因、古柯碱定义为非法药物。

◆ 主要成分

古柯碱。

◆ 颜色

白色。

◆ 形态

粉末状、晶体状。

◆ 使用方法

与玉米淀粉、滑石粉、糖或其他毒品混合，以吸食、注射为主。

◆ 客户群

男女老幼。

◆ 对大脑的影响

短期：刺激大脑兴奋中枢在短时间内达到兴奋状态，药力过后会很快产生抑郁、压抑、渴望再次使用这种毒品的生理需求。此外，还会产生食欲降低、心律不齐、血压不稳、体温不稳、血管收缩、呼吸加快、瞳孔放大、失眠、恶心、高度兴奋紧张、暴力倾向、幻觉、皮肤病、焦虑和妄想症等症状。古柯碱的过量使用会导致突然死亡。

长期：严重失眠、抑郁症、幻觉等多种精神疾病。

◆ 对身体部位的危害

主要是造成心血管、大脑血管永久性损坏，脑血栓，高血压，心脏病，肝脏、肾脏和肺脏损坏、衰竭，鼻内肌肉损坏，呼吸系统损坏，营养不良，体重降低，严重牙齿脱落，听觉、触觉出现异常，不孕等。

◆ 其他危害

- 古柯碱和可卡因是仅次于甲基苯丙胺、脱氧麻黄碱（中枢兴奋药）的一种最容易上瘾的毒品。随着人体本身抗药性的增强，这种毒品使用者会很快需要使用更大剂量的毒品来达到相同的兴奋程度；
- 以注射方式使用这种毒品是达到兴奋的最快途径，也是过量使用导致死亡的主要原因之一；
- 古柯碱和可卡因是一种极易让人成瘾的毒品；
- 孕妇使用古柯碱和可卡因成瘾后，不但可能导致孩子的早产、生理缺陷，而且婴儿出生时便会与母亲一样有毒瘾。

◆ 医学价值

最初用作止痛药。

◆ 合法与否的界定

非法。

◆ 联合国有关这种毒品的统计数据

- 古柯碱和可卡因是全世界第二大被走私和贩卖的毒品；
- 截至 2009 年，全世界已经缴获 756 吨古柯碱和可卡因，而且年缴获量呈递增趋势。从缴获的数量上看，缴获这类毒品最多的是南美洲，其次是北美洲；
- 据欧洲毒品毒瘾监控中心（European Monitoring Centre

on Drugs and Drug Addition）公布的信息，在年龄为15岁至34岁的毒品使用者中，古柯碱和可卡因是欧洲危害排名第二的毒品。2009年的统计数据显示，约有750万人曾经在人生的某个阶段中使用过古柯碱或可卡因，350万人在2008年中用过这类毒品，150万人在这次统计调查的前一个月用过古柯碱或可卡因；

- 在加拿大的年轻人群当中，最为普遍的、以注射方式使用的毒品有古柯碱、可卡因、吗啡、海洛因，还有Speedballs（古柯碱或可卡因与海洛因同时使用）。在加拿大只有少于5%的7年级至12年级的学生在2008年使用过古柯碱和可卡因，但是使用这种毒品的趋势是随着年级的升高逐年增加的。

第四类：晶体状可卡因（Crack Cocaine）

名称

学名：可卡因。

英文俗称：24-7, Apple jacks, Badrock, Ball, Base, Beat, Candy, Chemical, Cloud, Cookies, Crack, Crumbs, Crunch & Munch, Devil Drug, Dice, Electric, Kool-aid, Fat bags, French fries, Glo, Gravel, Grit, Hail, Hard ball, Hard rock, Ice cube, Jelly beans, Kryptonite, Nuggests, Paste, Piece, Primie time, Product, Raw, Rocks, Rock star, Rox/Rosanne, Scrabble, Sleet, Snow coke, Sugar block, Topo, Tornado, Troop。

◆ 可卡因（Cocaine）与晶体状可卡因（Crack Cocaine）的区别

- 粉末状可卡因被称为有钱人的毒品，晶体状可卡因价格便宜，因此也被称为大众型毒品；
- 晶体状可卡因的纯度相当高，一般在 75% 至 100%；
- 第一次使用晶体状可卡因比使用粉末状可卡因上瘾的几率还要大。

◆ 历史背景

晶体状可卡因出现于 20 世纪 70 年代，80 年代中期开始在美国范围内泛滥。1985 年，有 580 万戒毒者曾使用过可卡因。2002 年前后，在英国、荷兰、法国开始泛滥。

◆ 主要成分

古柯碱。

◆ 颜色

黄色、玫瑰色、白色。

◆ 形态

固态晶体。

◆ 使用方法

加热吸食，与吸烟类似。

◆ 客户群

成年人、未成年人。

◆ 对大脑的影响

与粉末状可卡因类似。

◆ 对身体部位的危害

与粉末状可卡因类似。

◆ 医学价值

没有医用价值。

◆ 合法与否的界定

非法。

◆ 联合国有关这种毒品的统计数据

- 在欧洲使用晶体状可卡因的人群集中在失业者和贫民中；
- 2006年，欧洲有2%的戒毒人员与使用晶体状可卡因有关，而且大部分是在英国；
- 2007年，加拿大安大略省的统计显示，有1%的高中生曾经使用过晶体状可卡因。

第五类：甲基苯丙胺、脱氧麻黄碱（Methamphetamine）

◆ 名称

学名：甲基苯丙胺、脱氧麻黄碱。

甲基苯丙胺俗称：冰毒，Beannies, Brown, Chalk, Crank, Chicken feed, Cinnamon, Crink, Crypto, Fast, Getgo, Methlies Quik, Mexican Crack, Pervitin, Redneck cocaine, Speed, Tick tick, Tweak, Wash, Yaba, Yellow powder。

晶体状甲基苯丙胺（Crystal Meth）俗称：冰毒，Batu, Blade, Cristy, Crystal, Crystal glass, Glass, Hot ice, Ice, Quartz, Shabu, Shards, Stove top, Tina, Ventana。

◆ 历史背景

1887 年，德国人制造出安非他命 (Amphetamine)；1919 年，日本人制造出了更有效力的甲基苯丙胺、脱氧麻黄碱 (Methamphetamine)。

甲基苯丙胺、脱氧麻黄碱在“二战”时期开始盛行，“二战”后流入民间，开始被滥用。在“二战”期间，两边的多国军队为了在战场上让士兵们保持清醒，在军中大量使用过这种毒品。

1950 年，甲基苯丙胺、脱氧麻黄碱在某些国家曾被作为治疗肥胖和忧郁症的非处方药。因此，在学生、卡车司机、运动员等人群中被滥用。

1960 年，随着供应量的加大，甲基苯丙胺、脱氧麻黄碱开始被广泛的以注射形式滥用。

1970 年，美国政府发现甲基苯丙胺、脱氧麻黄碱对健康人群的危害巨大，将这种药物定义为毒品。

1990 年至今，这种毒品通过墨西哥流入美国，通过捷克流入整个欧洲。大部分在亚洲国家流通的这种毒品是在泰国、缅甸和中国制造的。

◆ 主要成分

安非他命类衍生药物、甲基苯丙胺、脱氧麻黄碱。

◆ 颜色

白色、淡黄色、橙色、粉红色。

◆ 形态

粉末状。

◆ 使用方法

用鼻吸、注射。

◆ 客户群

成年人、未成年人。

◆ 对大脑的影响

失忆、精神恍惚、精神分裂、老年痴呆。

◆ 对健康的影响

短期：食欲下降、瞳孔放大、血压不稳、体温不稳、睡眠质量降低、休克、猝死 。

长期：肝肾肺功能失调、早衰、气短、牙齿坏死脱落、精神分裂、老年痴呆、猝死、传染性疾病、免疫力严重下降、厌食症、体重下降。

◆ 医学价值

没有医用价值。

◆ 合法与否的界定

非法。

◆ 联合国有关这种毒品的统计数据

- 全世界每年制造约500吨的冰毒，每年大约有2 400万人在使用冰毒；
- 1989年，冰毒流入加拿大；
- 2007年的一份加拿大安大略省的7年级至12年级的调查问卷显示，有超过8 000名学生在过去的一年中用过冰毒；
- 加拿大不列颠哥伦比亚省是受冰毒危害最严重的省，冰毒死亡事例从2000年的3起增加到2004年的33起。死因大部分是过量使用或使用后驾车酿成车祸；

- 在捷克共和国，据统计有20%至60%的戒毒中心客户是与冰毒有关的；
- 冰毒在泰国被叫做Yaba，在菲律宾被叫做Shabu。

第六类：各种吸入剂（Inhalants）

英文俗称：Air blast, Highball, Satan's secret, Ames, Hippie crack, Shoot the breeze, Amys, Huff, Snappers, Aroma of men, Laughing gas, Snotballs, Bolt, Locker room, Spray, Boppers, Medusa, Texas shoe shine, Bullet, Moon gas, Thrust, Bullet bolt, Oz, Toilet water, Buzz bomb, Pearls, Toncho, Discorama, Poor man's pot, Whippets, Hardware, Pooppers, Whiteout, Heart-on, Quicksilver, Hiagra in a battle, Rush snappers。

简介

吸入剂是对1 000多种家用化工产品中所挥发的，可以让人产生快感的有毒物质的一种统称。这些化工产品包括指甲油清洗剂、鞋油、强力胶、发胶、空气清新剂、食品防腐剂、油漆稀释剂、汽油、打火机油、甲苯（染料或火药的原料）、笑气等。大部分此类化工产品所挥发的有毒物质是非常容易被肺和血液吸收并快速传入大脑神经和身体的各个部位的。其中很多化学产品对人的“身体”和“心理”健康的危害是永久性的。

历史背景

人们使用吸入剂来影响自己的行为和意识的历史是由来已久

的，例如，在中国、印度、埃及、古巴比伦（今天的伊拉克）的历史中，人们使用熏香、香水、树脂、香料等都是有记载的。以下是过去的一些实例：

- 1799 年，英国科学家 Sir Humphry Davy 把笑气作为一种便宜的可以替代酒类的产品推广给社会，他自己也经常举行笑气派对，同时还建议将笑气作为手术用麻醉剂；
- 在欧洲和美国，笑气曾经作为休闲商品，一直延续使用到 19 世纪；
- 1940 年，汽油类吸入剂开始在美国流行并泛滥；
- 1950 年，吸入剂在全世界的青少年人群中危害最广；
- 1960 年，许多家用化工产品开始大量地作为吸入剂被滥用；
- 到目前为止，吸入剂对南亚、南美、北欧、肯尼亚等地区或国家的一些无家可归的青少年危害最大。他们使用吸入剂的原因是麻醉因感冒、饥饿和精神忧郁等方面产生的精神痛苦。

◆ 主要成分

1 000 多种家用化工产品的配料。

◆ 颜色

白色、无色。

◆ 形态

液态、固态、气态。

◆ 使用方法

直接以呼吸方式吸食。

◆ 客户群

未成年人、贫民。

◆ 对大脑的影响

短期：口齿不清、产生幻觉、焦虑、好斗、判断力下降、意识不清。

长期：脑细胞受损、严重忧郁症、记忆力下降。

◆ 对健康的影响

因肺脏、大脑被麻醉后发生吸入剂中毒、吸入剂猝死症、内脏功能早衰、脑缺氧、肌肉疼痛、免疫力下降、肺病、肝病、心脏病、脱发、肾功能下降等。

◆ 医学价值

没有医用价值。

◆ 合法与否的界定

到目前为止没有有效的、直接的法律对其进行约束。

第七类：海洛因、吗啡（Heroin）

◆ 名称

学名：海洛因。

英文俗称：Big H, Junk, Skog, Horse, Smack, Thunder, Hell Dust, Nose Drops。

◆ 历史背景

海洛因和鸦片、吗啡类似，都是从罂粟树脂中提炼出来的。1898 年，德国的贝尔药物公司为了治疗肺结核和缓解吗啡上瘾病患开始生产海洛因。1850 年，鸦片在美国危害甚广，为了降低鸦片的危害，吗啡被以非上瘾性药物用来清除鸦片，而海洛因又被以同样的原因生产出来替代吗啡；但是，事实证明海洛因比吗啡更容易上瘾，危害更大。

1937 年，德国科学家 Max Bockmuhl 和 Gustav Ehrhart 为了探索手术用镇痛剂制造出美沙酮，后来美沙酮被广泛用来治疗因海洛因上瘾的患者，但不幸的是，“美沙酮”被证明是一种比海洛因更容易上瘾的药物。

大约在 1990 年，海洛因成瘾者的死亡率是现知任何毒品成瘾者死亡率的 20 倍。

◆ 主要成分

罂粟树脂。

◆ 颜色

白色。

◆ 形态

粉末、灰色、褐色、黑色。

◆ 使用方法

注射、吸食。

◆ 客户群

成年人、未成年人。

◆ 对大脑的影响

高度兴奋。

◆ 对健康的影响

呼吸减慢、呕吐、体温降低、心率降低、休克、猝死、牙齿坏死脱落、牙龈肿胀、皮肤瘙痒、破坏人体免疫系统、肌肉功能降低、性功能降低、月经不调、失忆、面部长肉瘤、食欲降低、失眠、死亡。

◆ 医学价值

有医学价值，镇痛类药物。

◆ 合法与否的界定

介于合法与非法之间。

◆ 联合国有关这种毒品的统计数据

- 全世界大约有1300万人使用鸦片类毒品，其中920万人使用海洛因。
- 2007年，加拿大约有10万人使用海洛因上瘾，其中以药用的借口滥用海洛因的趋势开始上升。
- 欧洲毒品检测中心数据显示，80%的与毒品有关的死亡是与海洛因有关的。

第八类：止痛药（Painkillers）

表7

学名	品牌	俗称
Oxycodone	OxyContinue, Percodan, Percocet, Roxiperin, Roxicet, Endodan, Endocet	Oxy80s, Oxycotton, Oxycet, Oillbilly heroin, Percs, Perks
Hydrocodone	Anexsia, Dicodid, Hycodan, Hycomine, Lorcet, Lortab, Norco, Tussionex, Vicodin	Pain killer, Vikes, Hydros
Propoxyphene	Darvon	Pinks, Footballs, Pink footballs, Yellow footballs, 65's, Ns
Hydromorphone	Dilaudid	Juice, Dillies, Drug street heroin
Meperidine	Demerol	Demmies, Pain killer

◆ 历史背景

止痛药是药力极强的一种干扰人体神经系统传输疼痛感的药物，大部分止痛药有刺激大脑、控制愉快感神经的副作用。也就是说，止痛药在阻止疼痛感的同时也使人产生快感。

吗啡（Morphine）是最早的止痛类药物，他的名字源于Morphine，是古希腊的梦神。

2007年，加拿大毒瘾与精神健康研究中心在7岁至12岁学生中进行的一项调查研究报告显示：在加拿大滥用罂粟类止痛药的情况愈演愈烈。止痛类药物滥用在所有的药物滥用问题中排名第三。

加拿大的青少年人群中，处方药滥用的程度仅次于大麻，而一半以上滥用处方药的青少年是在滥用止痛药。原因是大部分滥用处方药的青少年认为，滥用处方药比滥用在马路上购买的其他非法药物要安全得多，但是这些青少年不知道罂粟类止痛药是药性极强的一种影响大脑思维方式的精神类药物，长时间使用会让人对这种药物产生强烈的依赖感，甚至上瘾。

2007年，因滥用芬太奴（Fentanyl）而死亡的事例超过1000例，后来发现这种止痛药的药力是海洛因的30倍至50倍。

◆ 主要成分

罂粟提取物。

◆ 颜色

白色。

◆ 形态

药片。

◆ 使用方法

直接服用。

◆ 客户群

病人。

◆ 对健康的影响

便秘、呕吐、思维混乱、昏厥、休克、猝死、忧郁症。

◆ 医学价值

镇痛类药物。

◆ 合法与否的界定

合法，处方药。

◆ 联合国有关生活在加拿大的人群在滥用止痛药方面的统计数据

- 加拿大安大略省有 20% 的 7 年级至 12 年级的学生承认在没有病理需要的情况下使用过止痛药，在因滥用药物而求诊的病例中，有 11% 是源于滥用处方药。
- 2005 年至 2007 年，滥用 OxyCotin 止痛药在加拿大呈上升趋势。
- 2006 年，加拿大有 6 个城市共同参与的一项调查结果显示，被非法滥用的药物主要是罂粟类止痛药。

第九类：麦角酸（Lysergic Acid Diethylamide（LSD））

◆ 名称

学名：麦角酸。

英文俗称：Acid, Battery acid, Boomers, Doses, Dots, Golden

Dragon, Hippie, Loony toons, Lucy in the sky with diamonds, Microdot, Pane, Superman, Tab, Window pane, Yellow sunshine, Zen。

◆ 历史背景

Albert Hoffman 是瑞士巴塞尔 Sandoz 医药公司的一名化学家。他在 1938 年为了寻求一种血液刺激物合成了 LSD，但是直至 1943 年他才发现食用 25 毫克的 LSD 就会使人产生幻觉。

此后精神病学家们因为 LSD 与大脑中的一种使人兴奋的化学物质的功能相似，因此开始寻找 LSD 的药用价值。他们在 1940 年至 1960 年进行了许多实验，但是这些实验都没有成功，相反在实验过程中大批量的 LSD 被 Sandoz 医药公司作为免费试用品发放给老百姓，造成了 LSD 被人滥用。

20 世纪 60 年代，美国的精神病学家 Timothy Leary 鼓励学生们使用 LSD，这使得 LSD 开始在美国、英国，甚至整个欧洲流行起来。直至今日，LSD 在英国的使用者比世界上任何一个国家都多。

西方的情报组织因为 LSD 的流行与整个社会反对使用毒品的文化相冲突，而将 LSD 列为潜在的化学武器。

◆ 主要成分

麦角酸。

◆ 颜色

无色。

◆ 形态

固态晶体、液体、胶囊、胶片状。

◆ 使用方法

含化。

◆ 客户群

未成年人。

◆ 对大脑的影响

产生幻觉，看见、听见或触摸到一些现实中不存在的东西，严重忧郁症，恐惧，惊慌，对真实事物产生错觉。

◆ 对健康的影响

瞳孔放大、体温不稳、盗汗、食欲下降、失眠、口干、寒战。

◆ 医学价值

没有医用价值。

◆ 合法与否的界定

非法。

◆ 联合国有关这种毒品的统计数据

- 1999 年，加拿大安大略省有 6.8% 的学生用过 LSD；2007 年，使用 LSD 的人数下降到 1.6%。调查结果还显示，56% 的学生强烈反对使用迷药，53% 的学生强烈反对使用 LSD，52% 的学生强烈反对使用可卡因。
- 欧洲年龄在 15 岁至 24 岁的年轻人有 4.2% 曾经用过 LSD。在保加利亚、意大利、捷克共和国、波兰、匈牙利、拉脱维亚，有超过 1% 的 15 岁至 24 岁的年轻人在过去的一年中用过 LSD。

第十类：Ritalin

◆ 名称

学名：利他林（中枢兴奋药），盐酸哌甲酯。

英文俗称：Diet Coke, Kiddie Cocaine, Kiddie Coke, Vitamin R, R-ball, Poor man's, Rids, Skittles, Smarties。

◆ 历史背景

利他林在美国被认定是与可卡因、吗啡、安非他命同一等级的药物。曾经有一位学者这样写道："是否告知家长不能给孩子服用利他林，对孩子将来是否使用其他生理依赖性药物产生较大影响，不被告知的家长的孩子在将来使用生理依赖性药物的可能性高于被告知的家长的孩子的两倍。1/3 的孩子在使用利他林一年内会导致强迫性神经官能症，有时甚至会导致死亡！"

◆ 主要成分

苯哌啶醋酸甲酯（Methylphenidate）。

◆ 颜色

黄色。

◆ 形态

药片。

◆ 使用方法

吸食，苯哌啶醋酸甲酯注射。

◆ 客户群

未成年人、病人。

◆ 对大脑的影响

刺激中枢神经产生兴奋、焦虑、恐慌的情绪，或产生暴力、自杀倾向，引发幻觉、忧郁症及其他精神类疾病。

◆ 对健康的影响

食欲不振，血压不稳，休克，心脏病，血管永久性损坏，肝脏、肺脏、肾脏早衰，营养不良，生理依赖。

◆ 医学价值

有药用价值。

◆ 合法与否的界定

合法。

◆ 联合国有关这种药品的统计数据

- 2007 年，加拿大安大略省有 9 600 名 7 年级至 12 年级的学生用过利他林；
- 2004 年，美国有 3 601 例急诊病患与服用利他林有关；
- 1990 年至 2000 年,美国有 186 个死亡事例与服用利他林有关；
- 1995 年，美国把利他林列为最常被偷的药物。

第十一类：常见的被滥用的处方药

◆ 镇静剂、镇定剂

简介：中枢神经系统镇静剂，能够降低大脑功能。

镇定药效：使人变得放松、昏昏欲睡，降低紧张感，缓解焦虑。

品牌：Xana x, Valium, Halcion, Librium, Ativan, Klonopin, Amytal, Nembutal, Seconal, Phenobarbital。

英文俗称：Candy, Downers, Sleeping pills, Tranks, Barbs, Reds, Red brids, Phennies, Tooies, Yellows, Yellow jackets。

对健康的影响：大脑功能减弱、血压低、神志不清、头晕、发烧、视力下降、小便不畅、心率降低、口齿不清、反应迟钝、休克、产生自杀倾向、肝脏衰竭。

例如：Rohypnol 是一种镇定剂，它又被称作 Forget me pill, Mexican valium, R2, Roche, Roofies, Roofinol, Rope, Rophies。这种药可以使人在 20 分钟到 30 分钟内失去知觉，短暂失忆，无反抗能力，所以又被称为**"约会"强奸药**（Date-Rape Pill）。在美国和加拿大是非法药物，在欧洲、拉丁美洲仍是合法的适用于治疗失眠患者的处方药。

◆ 罂粟、吗啡止痛药类药物

品　牌：Fiorional with Codeine, Robitussin A-C, Tylenol with Codeine, Empirin with Codeine；

俗称：Captain Cody, Cody, Schoolboy, Doors & Fours, Pancakes & Syrup, Loads。

品牌：Actiq, Duragesic, Sublimaze;

俗称：Apache, China girl, Dance fever, Goodfella, Murder 8, Tango and Cash, China white, Friend, Jackpot, TNT。

品牌：Roxanol, Duramorph;

俗称：M, Miss Emma, Monkey, White Stuff。

品牌：OxyContin, Percodan, Percocet, Tylox；

俗称：Oxy 80, Oxycat, Hillbillyberoin, Percs, Perks。

品牌：Demerol;

俗称：Demmies, Pain killer。

品牌：Dilaudid;

俗称：Juice, Dillies。

对健康的影响：昏迷、呼吸频率下降、意识不清、头晕、猝死、休克、生理依赖、老年痴呆等。

◆ 精神刺激类药物

品牌：Ritalin, Concerta, Biphetamine, Dexedrine;

俗称：R-ball, Skippy, The smart drug, Vitamin RJif, Kibbles and bits。

品牌：Biphetamine, Dexedrine;

俗称：Speed, Truck drivers, Bennies, Black beauties, Crosses, Hearts, LA, Turnaround。

对健康的影响：抑郁症、心律不齐、高体温、产生暴力倾向、严重忧郁症。

◆ 抗抑郁性药物

品牌：Prozac, Paxil, Celexa, Zoloft, Effexor, Remeron;

对健康的影响：暴力倾向、失眠、焦虑、兴奋激动、抑郁、盗汗、思维混乱、妄想症。

例如：Ketamine 开他敏，氯胺酮。与该药物有关的品牌：Ketaset, Katalar, Ketalar SV, Ketanest, Ketanest S; 俗称：Special K, K, super C, Cat Valium, Jet, Super acid Green。对健康的影响：呕吐、头晕、产生幻觉、忧郁症、肢体麻木、血压高。开他敏、氯胺酮也曾被用作**"约会"强奸药**（Date-Rape Pill）。

◆ 非处方药：咳嗽糖浆（DXM）

品牌：Coricidin Robitussin；

俗称：Dxm, CCC, Triple C, Skittles, Robo, Poor Man's PCP。

对健康的影响：血压高、晕眩、盗汗、大脑的损坏、口齿不清。

第十二类：酒类（Alcohol）

酒对人的危害已经是众所周知的了，过度饮酒会上瘾，导致猝死，诱发各种生理和心理疾病。

读者若想进一步了解本章提及的内容，可参考下列信息

（1）美国儿科学会（American Academy of Pediatrics），http://www.aap.org/en-us/Pages/Default.aspx.

（2）英国广播公司（BBC News），http://www.bbc.co.uk/.

（3）英国医学杂志（British Medical Journal），http://www.bmj. com/.

（4）加拿大成隐与精神健康中心（Canadian Centre for Addiction and Mental Health），http://www.camh:ca/en/hospital/pages/home.aspx.

（5）加拿大药物滥用中心（Canadian Centre for Substance Abuse），http://www.ccsa/Pages/Home.aspx.

（6）英国卫生部（Department of Health），http://www.gov.UK/government/organisations/department-of-health.

（7）加拿大高中生药物应用调查（Canadian Drug Usage High School Survey）.

（8）美国药物政策信息交换中心（American Drug Policy Information Clearing House），http://www.ncjrs.gov.

（9）联合国 ADHD 兴奋剂、药物滥用和精神健康急诊就诊管理办（United Nations Emergency Department Visits Involving

ADHD Stimulant Medications, Substance Abuse and Mental Health Administration), http://www.un.org/en/.

（10）欧共体毒品和毒品成瘾监控中心（European Monitoring Centre on Drugs and Drug Addiction), http://www.emcdda.europa.eu/.

（11）美国世界禁毒基金会（Foundation for a Drug-Free-World), http://www.drugfreeworld.org.

（12）联合国国际麻醉药物控制理事会（International Narcotics Control Board), http://www.incb.org/.

（13）荷兰阿姆斯特丹市警局实验室 [Laboratory of the Municipal Police Amsterdam (Netherlands)].

（14）美国纽约大学健康中心（New York University Health Center of U.S.A.), http://www.nyu.edu/.

（15）美国国家毒理学专家公司（National Toxicology Specialists Inc. of U.S.A.), http://www.drugtestinfo.com.

（16）新西兰药物研究协会（学院）(Medical Research Institute of New Zealand), http://www.mrinz.ac.nz/.

（17）美国药物控制政策办公室（Office of Drug Control Policy of U.S.A.), http://www.whitehouse.gov/ondcp.

（18）加拿大渥太华市民报（Ottawa Citizen of Canada), http://www.ottawacitizen.com.

（19）加拿大公共卫生局（Public Health Agency of Canada), http://www.phac-aspc.gc.ca/index-eng.php.

（20）加拿大皇家警察局（Royal Canadian Mounted Police),

http://www.rcmp-grc.gc.ca/index.htm.

（21）加拿大皇家警察局药物问题报告（RCMP Drug Situation Report），http://publications.gc.ca/site/eng/330241/publication.html.

（22）美国家庭毒品问题调解委员会（The Family Council on Drug of U.S.A.）.

（23）美国哈佛克里莫森药物滥用研究中心（The Harvard Crimson Center for Substance Abuse Research of U.S.A.）.

（24）美国南卡罗兰纳大学（University of South Carolina of U.S.A.），http://www.sc.edu.

（25）美国卫生和人民服务部（U.S. Department of Health and Human Services），http://www.hhs.gov/.

（26）美国德克萨斯大学药物分支机构（University of Texas Medical Branch of U.S.A.），http://www.utmb.edu/.

（27）联合国药物和犯罪办公室（United Nations Office on Drugs and Crime），http://www.unodc.org/.

（28）美国药物管理局（U.S.A. Drug Enforcement Administration），http://www.justice.gov/dea/index.shtml.

（29）美国国家药物滥用协会（U.S.A. National Institute of Drug Abuse），http://www.drugabuse.gov/.

（30）美国药物管理局年鉴（US DEA History Book）.

（31）2006年加拿大未成年人药物使用报告（Vancouver Youth Drug Report 2006 of Canada）.

（32）美国维基百科，http://www.Wikipedia.org.

第十二章

出国前后的心理变化

心理因素决定了我在很多方面的“进”、“退”和“停滞”。

我的心理历程在前面的章节中已经涉及了很多，之所以要把自己的心理变化单独地列出来作为短短的一章，是因为我坚信一个人的心理能够在“前不着村儿，后不着店儿”的情况下持续性地、长期性地保持在积极向上和健康稳定的水平上，是实现任何理想的基础中的基础。没有积极稳定的心理素质、没有灵活开放的思维方式，人们在“海外”的生活和“归国”后的生活都会非常局限。

出国前后对中国的认识

2000 年是我人生的一个转折点，是我各方面心理因素的一个转折点，因为这一年我出国了，而且一走就是 12 年。期间，回来过几次，但都非常短暂，总共不到 90 天。人生前 22 年的生活和之后的 12 年的生活是在两个不同的国家、不同的世界度过的。

2000 年前的中国是新兴发展中国家，处在发展中国家的世界里；2000 年后的加拿大是发达国家，处在发达国家的世界里。2000 年，这两个国家的综合差距至少有 30 年到 50 年。也就是说，如果以发达国家和发展中国家来定位加拿大和中国的话，在我从中国这个发展中国家到达加拿大这个发达国家的那一刻起，就已经开始生活在至少 30 年后的中国了。这个时间跨度就像是电影里所描述的，世界上好像真的有时间机器，不同的是父母用他们的积蓄作为时间机器把我送到 30 年后的未来去学习和生活。这也是他们对孩子未来的美好憧憬：他们相信孩子的未来是会有“面包”的，孩子的“未来”也肯定是美好的。结果是：“面包”是有了，天天吃；但是，“美好”可能还需要些时间。

身为一名普通老百姓，我了解 2000 年前的中国。因为我是中国人，出生在中国，在中国长大。从幼儿园、小学、初中直到高中教育都是在国内接受的。从小到大、从校内到校外、从家里到家外的教育和生活经历打造了我，一个大众型的普普通通的中国青年。22 年成长在中国，每天上的课都是由中国老师教的；每天看的书都是中文的；每天回家享受的都是中国传统式的家教；每天看的电视都是中文的；每天穿的都是中国制造的衣服；每天吃的都是中国的传统食品；每天讲的都是中国话；每年过的都是中国农历新年等。我的衣食住行、衣食父母都是原汁原味、地地道道的中国式的。我已经适应了中国的生活，对中国的了解程度也已经达到了接近成年人的水平，我的“心理”疆域只局限在中国。

我不了解 2000 年后的中国。出国后，我几乎彻底脱离了自己的生长环境，脱离了养育我的父母，脱离了我早已习惯生活的社会，脱离了伴我一起成长的亲朋好友，脱离了我原先赖以生存的物质基础和精神基础。渐渐的、慢慢的我失去了对自己的家乡、自己的祖国的了解。中国飞速发展的10年（1998年至2008年），我没有完全看到，也不曾参加，更没有亲身经历，没有国内老百姓的那种“切身体验”后的自豪感和成就感。我的自豪感只局限于肤浅的媒体方面所宣传的信息。我的“中国心理”在出国“后”的12年中产生了很多很深的与时代文化、家庭文化、传统文化等各种领域的“心理代沟”。再具体点儿，这些代沟的来源包括父母这些年来的心理变化；亲戚们这些年来的心理变化；朋友们这些年来的心理变化；左邻右舍们的心理变化；马路上小商小贩们的心理变化；政府服务部门人员的心理变化；医疗服务人员们的心理变化；执法人员们的心理变化；中国穷人的心理变化；中国富人的心理变化；全中国老百姓的心理变化等。这些个“代沟”的深浅决定了我“走”的时候容易，“龟来”的时候要想重新融入社会就有了点儿“难”度。人是回来了，“魂儿”是不是被这些个“代沟”隔离在“前不着村儿，后不着店儿”的地方了？都说人死了以后招魂儿难，我看人活着的时候招魂儿更难。

我一直都是在讲心理问题，这里面不含其他任何迷信成分。

总之，我感觉怎样在“龟来”后迅速调整心理，做到蓄势待发，跟社会各界建立起共同语言，是长期在海外拼搏的唐僧们在“龟来”之前需要严肃考虑、认真准备的事情。我就是个活例子。

例一

我回国后的第一时间，多年的同学为了“检验”、“审查”、“考核”我是不是已经彻底地被加拿大洗脑了、同化了；或者说为了检验我的已经被“西方”同化、洗脑后的大脑损伤程度，决定从饮食习惯方面下手，对我进行“验证”和“诊断”，看看我是不是已经变成“老外”了。

于是，便邀我去了一家非常有“特色”的小饭店，点了几样“很有特色”的菜。最有特色的一道菜是我长这么大第一次听说的，也是第一次吃的，菜名好像是“菊眼肉”，要么叫“菊花肉”，总之有个“菊”字，名字也确实很好听，让人感觉很艺术，尤其是对刚从国外“龟来”的我来讲。

说真的，当时“打死我”都想不出来这道菜的原材料是什么，只知道是猪肉。吃完后才得知这道菜的“白话文”名字是：蒜蓉拌酱猪腚眼儿。爽，实在是爽！

后来我问：难道吃个鸡爪子、猪大肠，还不够说明问题，非要加个猪腚眼儿？下次别忘了借个照妖镜，那就更保险了，说不定还能照出个“鬼佬”来！

例二

回国后的某一天，我陪家人去医院检查身体。我在排队挂“普通号”时（不是急诊），突然有个中年妇女莫名其妙的插队，还正好插在我前面，在她插队的那一瞬间我看了她两眼，什么也没说，让我意想不到的是，她竟然还回过头来“瞪”了我一眼。真败了，搞得我是满脑子问号。

让我再感叹一下：我们山东妇女就是“直爽”！

当时我很想跟她讲：您看不出来我是个小哥儿？

- 她真正瞪我的原因可能是因为我当时留着胡子，看起来“又帅又酷”；也可能是插完队，又后悔了。
- “小哥儿”在青岛话里是指有思想、有文化的有志青年。

例三

12 年的海外生活，我早已养成了洗衣做饭的习惯。尤其是在洗衣方面，我已经习惯了天天换内衣和袜子，然后攒起来一个星期洗一次。回家后，我亲爱的母亲见到我换下来的衣服，就拿去洗，甚至有的还用手洗，连问都不问，天天如此。

我跟母亲解释说不用，我自己来就行了，全部都用洗衣机一个星期洗一次多好，我的做法又省水、又省电。结果妈妈以细菌容易滋生为理由硬是不同意。后来我想了个办法，不如先学会怎样使用家里的洗衣机，然后自己按照自己的路子来不就行了？于是我找了个机会跟母亲说：“要么这样吧，你有时间的话教教我怎么用家里的洗衣机，要么把使用说明书找出来给我看看也行，在我有时间的时候我还可以帮你做点儿家务。”结果得到的答案是：好，你等着吧，我就是不告诉你！

后来一想，天天洗衣、做饭早就是退休多年后妈妈的日常习惯了，我是在干涉她的工作和生活。算了，谁让我是当儿子的。现在回国了，在这些方面还是归乡还俗，一切照旧吧！

出国前后对加拿大的认识

我不了解2000年“前”的加拿大，站在一个普通老百姓的角度上讲，我不是出生在这个国家的人，我不是在这个国家长大的，我没有在这个国家接受过幼儿园、小学、初中、高中等方面的教育，我出国前没有享受过老外的谆谆教导，我对西方知之甚少，我没有吃西餐的习惯，我没有品牌的概念，我没有在外独立生活的任何经验等。

2000年“后”的加拿大对我来说更是一团雾水。我去留学之前是带着至少30年的各种心理方面的“代沟”去的。在很多方面的思想、行为方式一直处在一种“混沌”的状态，太多的事情对我来说是看不清也搞不明白的。如果把加拿大的历史和未来的发展比作一个轨道，在我刚入境后的加拿大是一列正在轨道上运行的火车；那么在我刚进入这个轨道的时候，我体会到的、看到的只是这个轨道上的一个点，至于在这个轨道上能不能跟上加拿大这列行进中的火车，怎样跟？对我来说都是很大的挑战。

在加拿大经历了许多个“人生的第一次”，对我来说都只有心理变化，没有做好心理准备，有很多甚至根本没有心理准备。

作为事后诸葛亮，我总结的心理准备工作包括下列内容：

- 重温本书第二、三、四章；
- 保持健身①的习惯；
- 勤学、勤问，避免不懂装懂的思维方式、行为方式。

---

① See Delavier Frederic, Strength Training Anatomy, France: Human Kinetics, 2005.

出国前后我的其他方面的变化

下列表格可更清晰地显示我出国前后其他方面的变化。

表8 出国前后我的其他方面的变化

出国前 1978年至2000年	出国后 2001年至2012年
教育：高中文凭	教育：大学本科
学习：不好	学习：好多了
外语：英语不通	外语：英语可以用了
国外的人际关系：没有	国外的人际关系：从无到有
工作：没有	工作：干过两份
工作经验：没有	工作经验：有
阶级：无产阶级	阶级：打工族
国内的人际关系：有	国内的人际关系：从有到无
婚姻：单身	婚姻：已婚
孩子：没有	孩子：有
孩子的教育：不懂	孩子的教育：开始了解，但知之甚少
个人收入：没有	个人收入：有
经济来源：父母	经济来源：自己+父母
住房：没有，住在父母的房子里	住房：没有，租房
车：没有	车：从有到无
体型：胖	体型：从胖到瘦，再从瘦到胖循环了好多次
饮食习惯：不科学	饮食习惯：科学化
健身：没概念	健身：有概念
价值观：没概念	价值观：有概念
人生观：不成熟	人生观：较成熟
购物：不相信价钱与质量成正比	购物：相信一分钱一分货
穿衣服：买便宜的，经常换	穿衣服：买质量好的，穿破为止，不换
家务：极少干	家务：经常干
省钱：没概念	省钱：有概念
贪小便宜：有习惯	贪小便宜：改了不少
虚荣心：很强	虚荣心：更强
生老病死：没概念	生老病死：有概念